O bom filho

You-jeong Jeong

O bom filho

tradução
Jae Hyung Woo

todavia

I
Um chamado na escuridão

O cheiro de sangue me acordou. Era um cheiro incrivelmente intenso, como se eu não o absorvesse apenas pelo nariz, mas pelo corpo inteiro. Como se passasse por um tubo de ressonância, o cheiro se ampliava e reverberava dentro de mim. Cenas estranhas flutuavam por minha mente: a luz fosca e amarela de postes enfileirados na névoa, água redemoinhando sob meus pés, um guarda-chuva vermelho-escuro rolando na rua molhada pela chuva, uma lona de construção balançando ao vento. Em algum lugar, um homem com dicção arrastada cantava uma música: *Uma mulher anda na chuva, uma mulher inesquecível.*

Não demorei muito para entender o que estava acontecendo — e o que estava prestes a acontecer. Nada disso era realidade, tampouco resquício de um sonho. Era um sinal que meu corpo enviava ao cérebro. Não se mexa e fique deitado. Esse é o preço que você paga por não tomar seus remédios.

"Não tomar os remédios" era a chuva refrescante que eu mesmo derramava no deserto de minha vida. Às vezes, o preço da chuva era a tempestade da convulsão. As perturbadoras alucinações que eu experimentava naquele momento eram um alerta de que a tempestade estava próxima. Contra aquela tempestade, não havia porto seguro. Nada podia ser feito, além de aguardar sua chegada. A julgar por minhas experiências anteriores, eu não me lembraria de coisa alguma após o fim da crise. Permaneceria num sono longo e profundo, até a consciência voltar por contra própria. A tempestade seria simples, intensa, e me deixaria exausto como se eu tivesse realizado um trabalho físico extremo. Eu merecia isso; sabia onde estava me metendo quando escolhi esse caminho. Era uma espécie de vício: eu continuava fazendo a mesma coisa, mesmo sabendo os riscos envolvidos. A maioria dos viciados usa drogas para despertar sua fantasia. No meu caso, era o contrário: para atingir um patamar de realidade mais intensa, eu precisava *parar* de tomar minhas drogas. Era então que começavam as horas mágicas: a enxaqueca e os zumbidos nos ouvidos desapareciam, e todos os sentidos despertavam. Meu olfato ficava agudo como o de um cachorro, a cabeça funcionava mais rápido que nunca, e eu decifrava o mundo por meio do instinto, em vez da razão. Eu me sentia uma criatura poderosa e superior, em pleno domínio de minha própria vida.

No entanto, ainda restavam algumas insatisfações. Jamais me sentia superior a minha mãe e minha tia. Essas duas mulheres me tratavam como uma almofada de poltrona: sentavam-se em cima da minha vida e a esmagavam. Eu sabia muito bem o que minha mãe faria se me visse tendo convulsões. Assim que eu acordasse, mamãe me arrastaria para o consultório da titia, a renomada psiquiatra, diretora da Clínica Pediátrica do Futuro. Com um sorriso gentil, minha tia iria me olhar nos olhos, fazendo perguntas persistentes, até ouvir uma resposta que fizesse sentido. *Por que interrompeu a medicação? Diga a verdade. Eu só posso ajudá-lo se você for honesto.* Francamente, ser "honesto" não é meu forte, nem pretendo que seja. Prefiro ser prático, portanto minha resposta seria esta: *Um dia eu me esqueci de tomar o remédio, no dia seguinte esqueci que tinha esquecido, então dá na mesma dizer que esqueci todos os dias até este exato instante.* A titia declararia que eu estava descambando por uma trilha perigosa, e minha mãe me obrigaria a tomar o remédio após cada refeição, sob seu escrutínio. Assim, as duas tratariam de me relembrar qual é o preço a pagar por alguns dias mágicos: deixariam claro que, se eu não me comportasse direito, seria eternamente vigiado por elas.

"Yu-jin!"

De repente, lembrei-me da voz de minha mãe. Eu a escutara antes de acordar. Era calma como vento que passa num sonho, mas firme como quem pega pelo pulso. Acordado, eu já não sentia a presença dela. Tampouco escutava seus movimentos no andar de baixo. Tudo estava silencioso. Uma ensurdecedora imobilidade. Estava escuro no quarto; talvez ainda fosse madrugada. Quem sabe mamãe ainda estivesse dormindo; ela acordava sempre às 5h30. Nesse caso, eu poderia ter minha anunciada convulsão sem que a mamãe ficasse sabendo — assim como acontecera na noite passada.

Eu lembro que foi mais ou menos à meia-noite. Estava ofegando na passarela do quebra-mar, voltando de uma corrida ao Observatório da Via Láctea na Marina de Gun-do. Costumava correr quando sentia os músculos estalando de energia. Havia apelidado aquela sensação de "síndrome do corpo agitado". Muitas vezes eu saía para correr no meio da noite. Não seria forçação de barra classificar a situação como uma forma de loucura.

Como de hábito a essa hora da noite, as ruas junto ao quebra-mar estavam completamente desertas. O quiosque do Yong, que vendia panquecas doces, estava fechado. A balsa encontrava-se envolta na escuridão, e uma densa neblina engolia a avenida de seis faixas. Do mar, soprava uma ventania invernal, áspera e severa, misturada a um pouco de chuva. A maioria das pessoas acharia aquele clima péssimo, mas meu corpo estava tão leve que parecia flutuar. Meu humor estava ótimo. Podia ir voando para casa. Tudo seria perfeito, não fosse pelo cheiro de sangue que temperava o vento, um cheiro ferroso e adocicado, sugerindo uma iminente crise epiléptica. Uma moça desceu do último ônibus com destino a An-san e veio em minha direção. Andava com passos de pinguim, curtos e rápidos, com o guarda-chuva aberto, a favor do vento. Eu teria mesmo de voar para casa. Não queria que uma desconhecida me visse rolando no chão feito lula na chapa.

Depois disso, tudo se apagou. Devo ter me atirado na cama, sem tirar as roupas, assim que entrei no quarto. Depois, provavelmente caí num sono profundo. Antes disso, já tivera duas convulsões; mas esta era a primeira vez que uma nova crise se anunciava logo após a outra. E aquele cheiro fortíssimo me garantia que algo inusitado se aproximava: a pele pinicava, o nariz latejava, minha mente estava nublada, como se eu estivesse cercado pela fumaça de um canhão. Tudo indicava que o próximo episódio seria o mais intenso de todos.

A severidade da crise, por si só, não me assustava. Se for para se molhar, tanto faz andar na garoa quanto na chuvarada. Mas, se a convulsão ia acontecer de qualquer forma, queria que fosse logo, para que tudo terminasse antes de mamãe acordar.

Fechei os olhos e aguardei. Era possível que a convulsão viesse acompanhada de dispneia, por isso ajeitei a cabeça de lado. Relaxei o corpo e respirei fundo. Comecei a contar mentalmente, com pena de meu próprio corpo, que em breve iria sacolejar e se contorcer. Um, dois... Quando contei cinco, o telefone sem fio começou a tocar sobre o criado-mudo. O susto interrompeu minhas preparações. Tive uma contração ao perceber que o telefone também estaria tocando na sala do primeiro andar. Ou seja: minha mãe de certo também estava acordando, agora mesmo. Senti raiva. Que tipo de idiota telefona assim no meio da noite?

O telefone parou de tocar. Em seguida, o relógio da sala ressoou — apenas uma vez. Não, não podia ser só uma da madrugada. Além de dar as horas, o relógio batia de trinta em trinta minutos. Estiquei o braço para o despertador, que ficava ao lado da cama: eram 5h30. Eu tinha costume de acordar cedo desde os tempos em que era nadador. Sempre acordava uma hora antes do treino, independentemente do horário em que fosse dormir. Àquela hora, mamãe devia estar sentada junto à escrivaninha, no quarto, rezando suas três ave-marias à estátua da Virgem.

Depois das preces, mamãe sempre ia tomar banho. Prestei atenção nos barulhos do andar de baixo, tentando captar um arrastar de cadeira ou um rumor de água correndo. Mas, de repente, tudo o que ouvia era um novo toque de telefone. Dessa vez, meu celular. Talvez a ligação para o telefone fixo também fosse para mim.

Ergui a mão por cima da cabeça e a enfiei sob o travesseiro, procurando o celular. Não o achei. Onde estaria? Na escrivaninha, no banheiro? Antes que pudesse achá-lo, o celular ficou em silêncio. Depois de um tempo, o telefone fixo começou a tocar de novo. Levantei abruptamente a cabeça quase dando um salto e peguei o fone do gancho.

"Alô?"

"Estava dormindo ainda?", perguntou uma voz familiar.

Era Hae-jin. Tinha que ser. Quem mais iria me telefonar àquela hora? Por outro lado, era meio estranho que me ligasse: afinal de contas, meu irmão dormia no quarto ao lado.

"Sim, estou acordado", respondi.

"O que a mamãe está fazendo?"

Que pergunta esquisita. Será que não havia retornado de seu encontro com o pessoal do estúdio? Resolvi conferir.

"Você não está em casa agora?"

"Como assim? Por que eu ligaria se estivesse em casa? Estou em Sang-am-dong." O diretor de *Aula de reforço*, com quem Hae-jin tinha trabalhado um verão atrás, havia lhe arranjado um serviço novo, ele me disse. Para comemorar a assinatura do contrato, foram a um bar beber *makgeolli*, depois foram ao estúdio de um amigo para editar o vídeo de um aniversário de sessenta anos, e acabaram dormindo por lá.

"Acabei de acordar e vi que mamãe tinha me telefonado no meio da noite. Achei estranho, porque ela deveria estar dormindo." Além disso, achara que, a esta hora, já estaríamos acordados; como ninguém atendeu, ficou preocupado.

"Está tudo bem aí em casa, certo?"

De repente, ergui a mão diante dos olhos. Senti uma crosta seca, dura e arenosa cobrindo meus dedos, meu nariz, os olhos e a boca. "Por que não estaria?", respondi, sem prestar atenção em minhas próprias palavras, apalpando os cabelos, que pareciam emaranhados e endurecidos.

"Então por que ela não atende o telefone? Não atendeu o celular nem o fixo."

"Deve estar rezando. Ou então está no banheiro ou na sacada. Talvez não tenha escutado." Tateei o peito, a barriga e as pernas. As roupas eram as mesmas que usara na noite anterior, mas a textura estava completamente diferente. O suéter, geralmente leve e macio, estava rígido como um pano que tomou sol demais. A calça estava dura como couro cru. Levantei os pés e toquei uma das meias. Também estava rígida e massuda.

"O.k., então está tudo bem? Não aconteceu nada, mesmo?", Hae-jin insistiu.

Grunhi alguma coisa, irritado. O que poderia ter acontecido aqui em casa? O único problema era essa camada de lama seca cobrindo meu corpo.

"Se está assim tão preocupado, ligue de novo mais tarde."

"Não, daqui a pouco eu volto para casa mesmo."

"Vai vir agora?", perguntei, mas estava pensando em outra coisa. Como é que fiquei todo sujo de terra durante a noite? Será que caí no chão ao voltar para casa? Eu não conseguia lembrar. Mesmo que tivesse caído, as ruas não estavam assim tão enlameadas. Será que tomara o caminho mais longo, atravessando os canteiros de obras, por dentro da cidade? Ou será que havia pulado o muro de um canteiro?

"Vou tomar banho agora. Volto para casa antes das nove horas."

Hae-jin desligou. Sentei na cama, coloquei o fone no gancho sobre o criado-mudo e apanhei o controle remoto da iluminação elétrica. A luz branca da lâmpada LED explodiu acima da minha cabeça e, no mesmo instante, um grito explodiu em meus ouvidos.

"Yu-jin!" Era a voz de minha mãe.

Olhei ao meu redor, e a respiração entalou na garganta. Engasguei-me com saliva e tive um acesso de tosse. Bati no peito, lacrimejando, e caí de bruços na cama.

Na época em que era atleta, logo depois de ganhar a medalha de ouro em mil e quinhentos metros numa competição de natação, um repórter de jornal me perguntou: "Qual é o seu ponto forte?". Respondi modestamente, como minha mãe ensinara: disse que minha maior força era a respiração relativamente estável. O repórter fez a mesma pergunta ao técnico, que foi um pouco menos modesto na resposta. "Ele tem a mais extraordinária capacidade pulmonar entre todos os rapazes que treinei até hoje." Poucas coisas no mundo poderiam bloquear minha extraordinária capacidade pulmonar; uma delas era a combinação entre duas mulheres que me usavam como almofada para sentar. Apenas um torpedo lançado contra minha garganta poderia fazer com que eu me engasgasse, e foi isso que aconteceu quando olhei ao redor naquele instante.

Marcas e pegadas de sangue estavam espalhadas pelo piso de mármore cor de prata. Começavam na porta do quarto e terminavam ao pé da cama. A menos que o dono das pegadas tenha andado em marcha a ré, o evento sangrento ocorrera fora de meu quarto. Minha cama também estava encharcada de sangue. Lençol, cobertor, travesseiro. Tudo vermelho. Só então olhei para meu corpo. Camadas de sangue coagulado cobriam o suéter preto, a calça de exercícios e até as meias. O cheiro de sangue que me acordou não era o prenúncio de uma crise; era sangue de verdade mesmo.

Fiquei perplexo. Aquelas pegadas eram minhas? O que acontecera no lado de fora da porta? Por que eu estava ensanguentado? Será que tive convulsão? A convulsão foi tão forte que mordi a língua? Será possível uma mordida na língua ensanguentar todo o corpo? Nesse caso, contudo, eu deveria estar morto. Era mais verossímil imaginar que alguém me jogara um balde de sangue de porco enquanto estava convulsionando. Ou então levei uma facada. Mas não havia sinal de ferimento em meu corpo.

Onde estava minha mãe quando tudo isso aconteceu? A chance de termos cruzado um com o outro nos corredores era quase nula. Mamãe é uma pessoa metódica, cheia de regras para comer, fazer exercícios e até ir ao banheiro. Suas horas de sono também eram rigorosamente reguladas. Exceto em casos especiais, dormia às nove da noite, após tomar o comprimido receitado por minha tia. Até esse horário, eu tinha de voltar para casa. As únicas ocasiões em que mamãe alterava sua rotina noturna eram quando eu chegava atrasado.

Essa regra, contudo, não se aplicava a Hae-jin. Para justificar essa discriminação, mamãe alegava que Hae-jin não corria risco de sofrer convulsões no meio da rua. Era injusto, mas não me restava opção além de aceitar. Afinal de contas, eu não queria cair no chão na frente das pessoas, ou tombar nos trilhos enquanto aguardava o metrô, ou desabar no asfalto e ser atropelado por um ônibus. Era o toque de recolher que me obrigava a escapulir ocasionalmente no meio da noite, esgueirando-me pela porta de metal do terraço e correndo pelas ruas, como alguém sequioso de escuridão.

Foi o que ocorreu ontem à noite. Cheguei em casa às 20h55, após sair apressadamente de uma festinha com os professores. Raramente bebo, mas naquela noite tomei três ou quatro copos de *soju* com cerveja. Para esfriar o rosto avermelhado, fui a pé da plataforma de ônibus até em casa, sob a chuva. O calor se dissipou, mas continuei me sentindo meio alegre. Talvez estivesse um pouco mais que alegre. Acabei esquecendo que tinha uma trava eletrônica, e que para abri-la era preciso digitar um código seguido de um asterisco. Isso levou a um duelo insolúvel entre mim e a porta de casa por cerca de vinte minutos. Depois enfiei as mãos nos bolsos e fiquei olhando a porta com raiva. Nesse intervalo, o celular apitou umas quatro, cinco vezes no bolso do casaco. Sabia que era minha mãe enviando torpedos. Mesmo sem lê-las, eu podia imaginar o que as mensagens diziam.

"Está vindo?"

"Em que parte da cidade está agora?"

"Quando vai chegar?"

"Está chovendo. Não volte a pé. Eu vou te buscar no terminal de ônibus."

Cinco segundos após a última mensagem, a porta de casa se abriu. Mamãe, que se veste com elegância até para ir ao supermercado, estava muito estilosa com seu boné de beisebol, suéter branco, cardigã marrom, jeans skinny e tênis branco. Trazia a chave do carro na mão. Franzi os lábios e fiquei olhando a ponta dos meus pés, irritado. "Me deixe em paz", eu queria gritar na cara dela. "Quando chegou?" Mamãe manteve a porta semiaberta com um peso e ficou parada no vão. Não tinha a menor intenção de me deixar em paz.

Sem tirar as mãos dos bolsos, espiei o relógio em meu pulso. 21h15.

"Eu cheguei agora há pouco. Mas...", comecei a falar, e me detive, percebendo que acabaria piorando as coisas. Um abismo se abria sob meus pés.

Minha cabeça estava pesada como barril cheio de bebida. O rosto estava vermelho. Devia estar parecendo um tomate maduro. Continuei olhando fixo para a frente, na esperança de que ela não notasse meu estado. Muito devagar, fui girando os olhos para a direção de mamãe. Quando nossos olhares se encontraram, continuei, atrapalhado:

"Não consegui entrar. A porta não queria abrir."

Mamãe olhou de relance a trava da porta. Teclou a senha de sete dígitos com rapidez estonteante. A trava se abriu com um bipe. Mamãe olhou para mim outra vez. Qual era o problema?

"É que…" Balancei a cabeça, tentando sinalizar que, sim, eu havia entendido que a porta não estava estragada. Meu cabelo gotejava. Um pingo escorreu pelo meio da testa e ficou pendurado na ponta do nariz. Comecei a assoprar, tentando derrubar a gotinha, e levei um tempo para perceber que mamãe tinha os olhos cravados na pequena cicatriz no meio de minha testa — como se aquela fosse a fonte de todas as minhas mentiras.

"Você bebeu?"

Era uma pergunta embaraçosa. De acordo com minha tia, álcool aumenta o risco de convulsão. Por isso, eu estava proibido de beber: essa era a maior de todas as regras impostas por minha mãe.

"Só um pouco. Bem pouquinho mesmo."

Aproximei o polegar e o mindinho, deixando só um centímetro entre os dois. Mas o olhar de mamãe não se suavizou. A cicatriz em minha testa latejava como se um pássaro me bicasse. Tentei melhorar um pouco a situação, acrescentando:

"Só um copo de cerveja."

Mamãe pestanejou. "Ah, é mesmo?"

"Eu não ia beber nada, mas o professor me ofereceu um drinque e…"

Parei de falar, com raiva. Aos vinte e cinco anos, estava levando bronca por ter bebido! Tudo por causa daquela porcaria de porta. Se meu plano original tivesse funcionado, eu entraria de fininho, subiria ao segundo andar e diria "cheguei", ao passar pelo quarto da mamãe. Não teria rompido o toque de recolher, mamãe não teria vindo me atormentar, tampouco teria notado que bebi. Minhas pernas fraquejaram e o joelho esquerdo se dobrou de repente. Soçobrei.

"Yu-jin!", mamãe gritou desesperada, agarrando meu cotovelo. Balancei a cabeça. *Estou bem. Não estou bêbado. Juro que só bebi um copo.*

"Vamos entrar e conversar."

Eu queria entrar, mas não conversar. Empurrei a mão dela, fazendo com que largasse meu cotovelo. Então, foi a vez de o joelho direito se dobrar. Meu corpo adernou para o lado de mamãe. Fui obrigado a me segurar nos ombros dela. O ar sibilou nas narinas de minha mãe; seu corpo pequeno e magro se enrijeceu. Talvez estivesse surpresa, ou comovida, ou simplesmente achasse estranho que eu a tocasse. Coloquei ainda mais força nos braços. *Não vamos conversar coisa nenhuma. De que adianta? Eu já bebi mesmo, e não há nada que possa fazer a respeito.*

"Qual é o seu problema?", mamãe disse, desvencilhando-se de meus braços e recuperando a calma habitual.

Meus braços ficaram suspensos no ar por um instante, depois entrei em casa, me sentindo ridículo.

"Aconteceu alguma coisa?", perguntou mamãe enquanto eu tirava os sapatos.

Balancei a cabeça, sem me dar ao trabalho de olhá-la. Atravessando a sala, me limitei a fazer um aceno com o queixo empinado:

"Boa noite."

Ela não tentou me deter. "Quer que eu suba com você?".

Fiz que não e comecei a subir as escadas, nem muito rápido nem muito devagar.

Lembro que tirei as roupas assim que entrei no quarto, depois deitei na cama, sem tomar banho. Ouvi mamãe entrando no quarto ao lado e fechando a porta. Assim que ouvi o estalo da fechadura, a bebedeira se dissipou. Depois disso, acho que passei um tempo olhando para o teto, sem fazer nada. Uns quarenta minutos depois, comecei a me sentir inquieto e escapuli pela porta do terraço.

Acabei de acordar e vi que mamãe tinha me telefonado no meio da noite. Achei estranho, porque ela deveria estar dormindo. Isso é o que Hae-jin me dissera ao telefone. Na hora, não achei nada de estranho, mas agora, pensando bem... Por que diabos mamãe havia telefonado para ele? Por causa do meu comportamento estranho? Ou teria percebido que saí pelo terraço? A que horas ela telefonou? Onze? Meia-noite? Se continuou acordada após telefonar, será que notou quando voltei?

Não. Se tivesse me ouvido chegar pela segunda vez, mamãe não me teria deixado em paz. Teria me encurralado num canto e faria um interrogatório — da mesma maneira que me obrigava a confessar as mínimas transgressões, quando eu era pequeno. Não me deixaria dormir, até que eu contasse tudo. *Onde andava a essa hora? Quando saiu? Quantas vezes já saiu escondido?* Fazia tempo que não me colocava de castigo, mas talvez até revivesse a antiga punição: ficar de joelhos em frente à estátua da Virgem, recitando ave-marias. Se me encontrasse encharcado de sangue, o castigo não pararia na reza. O fato de eu ter acordado em meu próprio quarto era sinal de que mamãe não me vira nesse estado.

Desci da cama. Precisava sair do quarto e descobrir o que estava acontecendo. Fui até a porta, andando bem devagar, com cuidado para não pisar nas pegadas de sangue. Parei em frente à escrivaninha. Atrás da mesa, nas vidraças do pátio, vi um homem estranho, cabelo empinado feito chifres de bode, o rosto vermelho como se estivesse sem pele, o branco dos olhos brilhando nervosamente. Senti uma tontura. Aquela criatura vermelha era eu?

Não dava para enxergar nada do lado de fora: a névoa do mar formava uma cortina espessa. A única coisa visível era uma luzinha amarela: a iluminação da pérgula, que a mamãe instalou ao construir o jardim suspenso. De certo, eu mesmo acendera a luz ao escapulir pela porta do terraço. Devia tê-la desligado ao voltar.

Notei que a porta de vidro estava entreaberta — só uma frestinha, mas era estranho mesmo assim. A porta se tranca automaticamente ao ser fechada; por isso, sempre que eu escapulia pelo terraço, tinha de deixá-la meio aberta. Mas eu deveria tê-la fechado ao voltar. Por mais bêbado que estivesse, não teria motivo algum para abri-la novamente: era inverno, meu quarto fica no topo de um dúplex, no décimo andar de um prédio, numa cidade à beira do mar. Eu não teria motivo algum para querer esfriar o quarto — a menos que eu fosse minha mãe, que está na menopausa.

Só havia uma resposta possível. Eu não tinha voltado por aquela porta. A julgar pela direção das pegadas, a vidraça entreaberta e a luz acesa na pérgula, eu havia entrado pela porta da frente. Mas por que eu faria isso? Por que me encontrava nesse estado? O que significava essa confusão no meu quarto?

Olhei para o relógio sobre a escrivaninha. Três números vermelhos brilhavam no painel preto. 5h45. Não se ouvia barulho de água, mas mamãe talvez estivesse ainda no banho. Em dez minutos, deveria sair do quarto principal e ir para a cozinha. Antes que ela emergisse, eu precisava descobrir o que estava acontecendo.

Abri a porta e saí para o corredor. Liguei a luz. As marcas de sangue se estendiam sobre o assoalho, da porta do meu quarto até a escada. Apoiei-me na porta. Meu lado otimista sussurrava, tentando soar convincente: *Você está sonhando. Ainda não acordou. Uma coisa dessas não poderia acontecer na vida real.*

Com receio crescente, me afastei da porta. Comecei a seguir as pegadas, relutante, como se alguém estivesse me puxando pelo pescoço. Quando pisei no degrau da escada escura, a lâmpada com sensor acima da minha cabeça despejou luz. Marcas de mãos sangrentas cobriam o corrimão; havia pegadas e pingos vermelhos em todos os degraus. Atônito, fiquei olhando as paredes ensanguentadas e a poça no patamar da escada.

Voltei a olhar para minhas próprias mãos, o suéter, a calça, as meias: tudo vermelho. Então, algo havia acontecido no patamar da escada? Alguém despejara um balde de sangue em cima de mim? Quem? Comecei a entrar em pânico, incapaz de pensar com clareza.

Desci a escada com passos tortos. Passei pela poça de sangue e dobrei no segundo lance de degraus. Quando olhei lá para baixo, o ar escapou subitamente de meus pulmões, e tive de fechar os olhos. Minha mente sugeriu uma alternativa tentadora. *Não está acontecendo nada de errado. Volte para o quarto e durma de novo. Ao acordar, vai descobrir que tudo está normal.*

Meu lado realista, contudo, discordou. *Não, você não pode ignorar o que está vendo. Precisa descobrir se isto é mesmo um sonho. Se não for, você tem que desvendar o que aconteceu lá embaixo e por que você acordou desse jeito. Se tudo não passa de um sonho, pode voltar a dormir depois.*

Abri os olhos. A luz estava acesa no andar de baixo. Junto à divisória entre a escada e a cozinha, havia mais uma poça de sangue. Dentro da poça, um par de pés descalços alinhados, os calcanhares no piso de mármore, os dedos apontando para o teto. A parede bloqueava minha visão e os pés pareciam avulsos — como se alguém os houvesse deixado ali, feito uma estranha escultura.

De quem eram esses pés? De um boneco? De um fantasma? Ficar olhando aqui de cima não resolveria o problema. Tinha que olhar de perto.

Engoli em seco e continuei descendo. Havia sangue em todos os degraus. Além disso, córregos vermelhos tinham escorrido do patamar da escada para o chão da sala. Quando cheguei ao último degrau, tudo o que conseguia notar era a evidência física, inegável, daquele par de pés. Eram pés estreitos, de articulações avermelhadas, com um talismã pendurado na tornozeleira. Meu estômago deu um pulo e comecei a soluçar. Queria voltar para o meu quarto.

Eu me forcei a seguir em frente. Hesitante, virei para a direita, em direção à entrada da casa. O sangue formava um pântano retangular entre a escada e a porta da cozinha. No meio, estava deitada uma mulher, o corpo reto, os pés voltados para a escada, e a cabeça para a porta da frente. Usava uma camisola branca folgada. As pernas estavam esticadas, com as duas mãos juntas no peito, as longas mechas de cabelo cobrindo o rosto. Parecia uma alucinação produzida pela mente de um louco.

Dei um passo, depois outro, e parei à altura de seu cotovelo. Sua cabeça fora erguida com força, e o pescoço estava cortado logo abaixo do queixo, de orelha a orelha. O talho parecia feito num único golpe, por alguém forte, com uma faca afiadíssima. No interior da ferida, a carne era vermelha como brânquias de peixe: por um momento, pareceu palpitar. Pupilas negras me fitavam por baixo dos cabelos em desalinho. Eram olhos como garras, me aferrando, ordenando que me aproximasse. Obedeci. Dobrei as pernas endurecidas, me agachei ao lado dela, estiquei a mão trêmula. Sentindo que cometia um crime, afastei o cabelo que lhe cobria o rosto.

"Yu-jin!"

Era a voz de minha mãe, novamente, a mesma voz que eu escutara no sonho. Dessa vez, soava fraca e distante. Eu não conseguia mais respirar. Um estrondo sacudiu minha cabeça, como trens em colisão. Minha visão se dissipava, como se eu estivesse debaixo d'água. Minhas costas se encurvaram e meus pés escorregaram na poça de sangue. Caí sentado no chão, apoiando as mãos no assoalho para arrefecer o impacto.

Os olhos dela estavam esbugalhados, como os de um gato assustado. Gotas de sangue pendiam como lágrimas dos cílios escuros. Tinha o rosto magro, o queixo aguçado, os lábios abertos em círculo. Era a mesma mulher que perdera o marido e o filho mais velho naquela ilha, dezesseis anos atrás, e que desde então vivera grudada em mim, e em mais nada. A mulher que me deu metade do seu código genético. Minha mãe.

Tudo ficou escuro. Senti náuseas. Não conseguia me mexer nem respirar. Meus pulmões pareciam cheios de areia quente. Não me restava nada além de ficar ali sentado, esperando que minha mente emergisse das trevas. Queria me convencer de que tudo era um sonho. Queria que meu relógio interno soasse o alarme e me arrancasse desse pesadelo.

O tempo passava devagar. A casa estava terrivelmente silenciosa. O carrilhão começou a badalar. Meia hora se passara desde que eu havia acordado. Num dia normal, a essa hora, mamãe estaria terminando de preparar meu café da manhã, e em breve subiria as escadas levando uma tigela com leite, nozes, pinhão e banana. Eram seis horas.

O relógio parou de tocar, mas minha mãe continuava deitada na frente dos meus joelhos. Então eu não estava sonhando? Será que minha mãe havia me chamado de verdade, ontem à noite? Pedindo socorro, implorando que a salvasse?

Meus joelhos tremiam. Senti um peso na barriga, uma dor abaixo do umbigo, como se alguém me espetasse com agulhas. Minha bexiga ficou inchada e dura, como se fosse rasgar a pele. Senti uma vontade insuportável de fazer xixi. Era a mesma sensação que eu experimentava naqueles sonhos de infância, em que um trem vinha velozmente em direção a meu corpo paralisado. Sentei em cima das próprias pernas e abracei os joelhos. Um suor frio escorria pelas minhas costas.

Um suor frio escorria pelas minhas costas. Estava me sentindo um idiota. O cobertor e o lençol estavam encharcados, o pijama grudava nas costas e na bunda. O cheiro de urina pulsava no ar. Eu havia cometido o mesmo erro três noites seguidas. Mamãe ia me dar uma bronca. *Você é um bebê, por acaso, fazendo xixi na cama?* Talvez chamasse meu irmão e nos interrogasse juntos. *Contem a verdade. Aonde vocês foram depois da escola? O que aconteceu?*

Eu e meu irmão mais velho, Yu-min, estávamos cursando a primeira série em uma escola particular, perto de Sinchon. Mamãe nos levava ao colégio todas as manhãs antes de ir para o serviço — ela trabalhava em uma editora de livros ali perto, atrás da Universidade Yonsei. Depois das aulas, nós íamos para uma escola de artes, que também ficava nas redondezas e funcionava para nós como uma espécie de creche. Como ficava perto do colégio, sempre íamos a pé. Em geral, a gente se distraía pelo caminho: passeávamos, comprávamos um lanche. Mamãe sempre ficava preocupada com essas andanças. "Não cheguem perto dos trilhos", ela insistia. "Andem sempre pelas ruas grandes."

"Tudo bem", a gente respondia — mas não obedecíamos. De vez em quando — para falar a verdade, com bastante frequência —, passeávamos sobre o velho trilho da linha Gyung-ui, com ervas daninhas até o tornozelo. E, lógico, nós não nos limitávamos a passear. Inventávamos todo tipo de brincadeira e competição. Brincávamos de Espantalho, por exemplo — um joguinho em que a gente tinha de andar na ponta dos pés pelos trilhos, olhando para o céu de braços abertos e a cabeça inclinada para trás. Ou então competíamos para ver quem conseguia sobrevoar mais dormentes num único salto. O nosso favorito era o jogo da Sobrevivência. Nossos duelos sempre acabavam em empate, porque tínhamos armas iguais: metralhadoras de brinquedo, escolhidas pela mamãe, que faziam ratatatá quando a gente apertava o gatilho.

Três dias antes, no entanto, nossas mochilas estavam carregadas com um equipamento diferente: óculos de proteção e pistolas com munição de bolinhas plásticas, que papai havia comprado para nós numa viagem de trabalho aos Estados Unidos. Mamãe não gostou: disse que aqueles brinquedos eram perigosos. Mas nós adoramos. No fim das contas, mamãe acabou relevando: a munição de plástico nem sequer deixava marcas na pele; e ela era menos nervosa naquele tempo. No colégio, eu e meu irmão estávamos ansiosos para testar os novos brinquedos. Mal prestávamos atenção na aula. Só conseguíamos pensar na estação Sinchon.

Fomos correndo até lá assim que a aula acabou. Colocamos os óculos e enveredamos pelas trilhas que cortavam os terrenos baldios ao redor da estação, atirando sem parar. Nós nos esquecemos completamente de nossa mamãe e da escola de artes. Perdemos a noção do tempo. Quando a munição acabou, estávamos de frente um para o outro, num canto do campo aberto. A batalha, como sempre, acabara empatada, mas nenhum de nós queria aceitar o resultado. Concordamos em fazer um tira-teima em uma corrida até a estação Sinchon.

Contamos um, dois, três e eu disparei a toda velocidade. No início da corrida, eu estava um passo à frente de Yu-min, mas logo encontrávamo-nos lado a lado. Perto do fim, eu tinha ficado para trás. Quando alcancei os trilhos, ele já estava descendo a ladeira, do outro lado. Um trem vinha em nossa direção lá do horizonte. Mesmo sabendo que havia perdido, não desisti. Corri com todas as forças e saltei os trilhos. A mochila bateu com força no meu cotovelo e a pistola escorregou de minha mão suada. Estaquei, quase rolando no chão, e olhei para trás. A pistola jazia sobre o trilho. E o trem se aproximava, com rolos de vapor enroscando-se sobre a locomotiva. Minha pistola viraria pó. Não pensei duas vezes. Saí correndo em direção aos trilhos. A locomotiva estava tão próxima que dava para ver que era um trem de carga. Mas eu não podia desistir da pistola.

"Yu-jin!"

Meu irmão gritou alguma coisa, mas não ouvi direito. Ouvi buzina, mas não olhei para trás. Eu me atirei em direção aos trilhos, olhos na pistola. Rolei pela ladeira, do outro lado, com a arma na mão, sentindo uma ventania súbita e um estrondo enquanto o trem passava.

"Corre!", ouvi Yu-min gritar.

Foi o que fiz — era melhor sair dali bem rápido, pois o maquinista podia parar o trem e vir atrás de nós, ou, pior ainda, algum funcionário da estação podia chamar a polícia. Estava eletrizado, esperando que a qualquer momento alguém me pegasse pela nuca.

Encontrei Yu-min na escola de artes. Eu tinha a calça rasgada, o rosto cheio de terra, o cabelo espetado. O professor remendou minha calça e lavou meu rosto. É claro que não contamos a ninguém o que tinha realmente acontecido: dissemos que havíamos caído no pátio da escola, durante uma corrida.

O problema começou naquela noite. Assim que adormeci, eu me vi transportado ao terreno baldio junto aos trilhos. A cena se repetiu. Estendi a mão para a pistola enquanto o trem se aproximava. Então, senti uma pressão na bexiga. Quando abri os olhos, a cama e o pijama estavam encharcados. Na noite seguinte, a mesma coisa. Na terceira noite, tirei o pijama, que estava pingando de xixi, e joguei na cama. Nu, abraçando o travesseiro, fui ao quarto de Yu-min. Levantei o cobertor, de fininho, e me enfiei na cama. Ao deitar, senti o cheiro de grama no corpo dele. O miasma de urina desapareceu. Logo caí no sono novamente. Tive o mesmo sonho, mas dessa vez Yu-min aparecia e gritava pouco antes de eu saltar para os trilhos: "O trem! O trem está chegando!".

Foi nessa época que comecei a dormir no quarto de meu irmão, e continuei dormindo lá até completar nove anos — quando meu irmão morreu.

Agora, tudo o que eu desejava era rastejar para a cama de Yu--min, como naquela época. Ele me ajudaria a acabar com este pesadelo. Eu só precisava deitar ao seu lado.

Ele morreu há muito tempo, disse uma voz em minha cabeça. *Você tem que resolver isso sozinho.*

O vento uivava lá fora e reverberava em meus ouvidos. O sangue pulsava atrás dos meus olhos. Engoli a saliva acumulada na boca. É isso mesmo. Yu-min estava morto. Apertei os joelhos e endireitei a coluna, para conter a vontade de urinar. Levantei a mão para tocar o rosto de mamãe, mas minha cabeça começou a girar e senti ânsia de vômito. Meus ombros estavam tão rijos que não conseguia mexer os cotovelos. A mão tremia no vazio. Meu corpo estava congelado. A distância entre meus dedos e o rosto dela parecia se estender ao infinito; um milhão de anos passariam antes que eu conseguisse tocá-la.

Não exagere, você não vai comer a carne dela, disse a voz em minha cabeça, irritada. *Só precisa verificar se ela está respirando ou não. Se o coração parou, se o corpo está frio. Estique logo essa mão e toque nela.*

Respirei fundo. Coloquei o dedo sob o nariz de mamãe e aguardei por um momento. Não senti nada que parecesse respiração. As bochechas dela, cobertas de sangue púrpura, estavam geladas. Parecia que estava tocando um punhado de argila meio seca. Pus a mão no meio do peito dela, depois nos lados direito e esquerdo. Ao longo dos doze pares de costelas, não encontrei sinal de pulsação cardíaca. Tampouco havia calor corporal. Parecia que mamãe estava realmente morta.

Curvei o corpo, devastado. O que é que eu esperava? Que ainda estivesse viva? Que tudo isso fosse um sonho? Só havia uma conclusão possível. Eu não estava sonhando. Eu estava no meio de uma cena de assassinato.

"Está tudo bem aí em casa, certo?", ouvia a voz de Hae-jin dentro da memória. Se eu soubesse o que estava acontecendo, não teria saído da cama até Hae-jin voltar. Isso não mudaria o que aconteceu, é claro, mas, pelo menos, eu estaria na cama, e não sentado no piso, atordoado, em frente ao cadáver de minha mãe.

Levantei o rosto. Olhei o apartamento. Tudo parecia estranho. Perguntas ecoavam em minha cabeça. Quem fez isto? Quando? Por quê?

Alguém deve ter entrado em casa, furtivamente. Talvez fosse mesmo verdade que houvera vários casos de furto e assalto na cidade nova Gun-do. Parecia verossímil, sim. O único problema é que eu acabara de inventar esse boato.

Era verdade que as pessoas tinham começado a se mudar para a parte nova da cidade havia pouco tempo — metade das residências ainda estava vazia. Não havia comércio, e a infraestrutura ainda era pequena. Além disso, uma única delegacia de polícia atendia a dois distritos ao mesmo tempo. Faria sentido imaginar que ladrões de todos os tipos estivessem aproveitando a oportunidade. Algum invasor poderia ter entrado pela porta do condomínio, esgueirando-se atrás de um morador. Os apartamentos do último andar seriam, então, alvos fáceis, graças à porta do terraço. Era bem possível que um ladrão, ou um grupo de ladrões, tivesse feito esse caminho para entrar em nossa casa.

Não teria sido muito difícil forçar a trava da porta do terraço. Aliás, eu mesmo saíra por aquela porta algumas horas atrás e tinha deixado o trinco aberto. Uma vez aqui dentro, teriam vasculhado a casa inteira. Mesmo tomando comprimidos, mamãe tem sono leve. Deve ter acordado com o barulho. Logo deve ter percebido que não era eu nem Hae-jin; a intuição dela era infalível. E se tivesse se levantado da cama nesse momento...

Teria aberto a porta, olhado para a sala? Teria ido até lá, perguntando "quem está aí"? Talvez tenha pegado o celular e ligado para mim. Mas não vi o pedido de ajuda, pois saí sem o celular. Em seguida, deve ter ligado para Hae-jin. Isso explicaria a ligação perdida que apareceu no telefone dele. De qualquer maneira, após vasculharem o resto da casa, os ladrões acabariam chegando ao quarto dela. O que ela faria? Teria fingido que estava adormecida? Talvez tenha se escondido num armário ou no banheiro? Ou então abriu a porta de vidro e fugiu para a sacada? Será que gritou por misericórdia? Ou foi correndo para a cozinha para pegar uma faca? Talvez os ladrões a tenham apanhado em frente ao balcão da cozinha; talvez ela tenha lutado contra eles. Seja como for, o certo é que a parte principal da história ocorreu junto à divisória entre a cozinha e a escada. A situação deve ter acabado em alguns minutos. Mamãe era forte, e o ladrão talvez não passasse de um bode velho — mas, mesmo assim, era uma mulher lutando contra um homem.

Nesse momento talvez eu tenha chegado em casa, naquele estado de confusão mental que antecede minhas convulsões. Sim, só pode ser isso: mamãe caiu no chão, gemendo por mim, e depois recordei de sua voz como algo saído de um sonho. Devo ter entrado correndo pela porta da frente. Mamãe já devia estar no chão. Nesse caso o invasor teria me atacado com a faca. Por um momento, me imaginei lutando com ele. Teria sido difícil um homem sozinho me subjugar. Talvez eu o tenha segurado no patamar da escada, quando tentou fugir pelo terraço. O que será que aconteceu depois?

O problema é que eu não me lembrava de coisa alguma. Os fatos que acabava de reconstituir talvez não passassem de imaginação. Em minha cabeça, a noite passada era um campo vazio e escuro. Mas, pensando bem, a história que eu imaginara não era tão absurda assim. Talvez eu tivesse de fato dominado o invasor, para em seguida ter uma convulsão; se eu tivesse alcançado a cama, teria caído num sono profundo. E, ao acordar, teria esquecido o que aconteceu. Então, o que me restava fazer agora? Apenas uma coisa. Eu *tinha* que chamar as autoridades.

Rastejei de joelhos até a mesa da sala. Peguei o telefone. Para onde deveria ligar? Para os bombeiros? Para a polícia? Os dedos escorregavam. Números dançavam avulsos em minha cabeça. Apertei os botões com tanta força que a ligação foi imediatamente transferida para um atendente eletrônico. Quase gritei de desespero. Eu esfreguei as mãos na coxa e comecei de novo. Um botão de cada vez. Passo a passo. 1, 1, 2. Preparei de antemão as palavras em minha cabeça, para não balbuciar coisas sem sentido. Nesse instante, me empertiguei como se tivesse levado um choque. Lá estava ele, na vidraça da sacada: o mesmo homem que eu vira ao sair do quarto. Rosto todo vermelho, o branco dos olhos cintilando. O telefone começou a tocar e levei um susto. Olhei para mamãe. Imaginei a cena que a polícia encontraria ao chegar aqui: uma mulher com a garganta cortada e, ao seu lado, um rapaz todo ensanguentado e atônito.

"Polícia de Incheon. Em que posso ajudá..."

Desliguei. Como eu poderia explicar o que aconteceu? Diria que acordei em meu quarto, coberto de sangue, depois achei minha mãe morta, e pelas circunstâncias alguém havia invadido a casa — mas como explicar o sangue no meu quarto? Será que a polícia vai acreditar em mim? A voz em minha cabeça disse: *Daria na mesma dizer que ela cortou a própria garganta.*

Só havia um jeito de provar minha história: era preciso encontrar o ladrão, vivo ou morto. Se eu o tivesse ferido gravemente durante a luta, então ainda deveria estar aqui em casa. Se acaso escapou e morreu durante a noite, seu corpo teria de estar nas redondezas. Isso explicaria quase tudo: por que acordei banhado em sangue, por que há uma poça na escada e outra na frente da cozinha, por que mamãe ligou para Hae-jin, e por que não lembro do que aconteceu depois da meia-noite.

Devolvi o telefone ao suporte. Meu coração pulava. Meus pensamentos se sucediam num frenesi. Um tremor percorria meu corpo. Meu sistema nervoso parecia prestes a entrar em ignição. Pensei em todos os lugares onde um bandido poderia se esconder aqui em casa. Lugares onde poderia se enfiar sem ser visto, mas enxergando o que acontecia do lado de fora. Pensei em uns dez esconderijos possíveis.

Com esforço, levantei. Respirando baixo e andando em silêncio, me aproximei da porta do quarto principal. Para me prevenir contra um possível ataque, girei a maçaneta, chutei a porta e entrei correndo. Então parei, confuso, ao lado da cama.

A peça estava impecavelmente arrumada. Não vi nada fora do lugar. Tampouco havia marcas de sangue, pegadas, vestígios de luta. A cortina estava fechada. A cama estava perfeitamente arrumada, como se ninguém houvesse deitado ali. Os travesseiros estavam dispostos com asseio contra a cabeceira, e o cobertor de algodão estava bem esticado. O relógio continuava sobre o criado-mudo. Como de hábito, havia uma fila de almofadinhas quadradas sobre o pufe. Tudo parecia em ordem, como se mamãe tivesse acabado de arrumar o quarto.

O único ponto do quarto onde havia um vago sinal de alteração era a escrivaninha. Havia uma caneta esferográfica solta junto à borda do tampo, e a cadeira de couro estava um pouco afastada, como se alguém a tivesse empurrado. No chão, um pequeno cobertor, ainda dobrado. Parecia ter caído do braço da cadeira.

Pulei em cima da cama e abri a cortina da sacada. Não havia ninguém atrás da cortina, nem do lado de fora. Abri os armários embutidos, um por um. No primeiro, havia travesseiros e almofadas. No segundo, lençóis e cobertores em tal quantidade que seriam suficientes para dez grupos de alunos em uma excursão. No terceiro armário, várias caixas empilhadas. Abri o closet e acendi a luz. A cena era idêntica. O piso de mármore brilhava com uma limpeza opressiva, como uma pista de patinação. A mesa de maquiagem opressivamente arrumada, as roupas imaculadas na gaveta, ou penduradas nos cabides numa ordem enlouquecedora, separadas de acordo com a estação e protegidas por invólucros de plástico. Nem sinal do invasor. No banheiro, a mesma coisa. O assoalho estava seco, sem nenhuma mancha, e um cheiro de xampu pairava no ar.

Abri a porta seguinte, que dava para o escritório. Lá estavam os livros de mamãe e antigos pertences de meu pai. Tudo em ordem também. Segui em frente, atravessando a porta que dava para a sala, depois passei pela frente da escada e cheguei à cozinha. Estava quase toda limpa. Só havia sangue lá na ponta, onde jazia minha mãe. Mas se o assassinato acontecera aqui, deveria haver respingos de sangue na pia, no balcão, nas estantes, em outras partes do piso.

Vasculhei o resto do apartamento. A sacada, o lavabo, o quarto de Hae-jin. Tudo limpo. À porta do quarto, dei uma última olhada na cama de Hae-jin, na televisão, no armário, na escrivaninha e na cadeira, onde estavam penduradas uma calça esportiva e uma camiseta.

Exceto por questões de trabalho ou viagem, Hae-jin sempre dormia em casa. Mesmo que tivesse um encontro com o pessoal do estúdio, ou saísse para beber com os veteranos da escola, ou ficasse até tarde editando vídeos, sempre voltava para casa — embora mamãe não o proibisse de passar a noite fora. No entanto, precisamente na noite passada, ele não havia voltado. Além disso, me telefonou exatamente em meu horário de acordar, perguntando se estava tudo bem. Era como se soubesse que algo havia acontecido. Ou como se quisesse me atrair para o andar de baixo.

Em instantes, um roteiro surgiu em minha cabeça. Hae-jin volta para casa algum tempo após eu cair no sono, depois de uma convulsão. Por algum motivo misterioso, ataca mamãe. Ela tenta fugir, mas não consegue e é assassinada. Para jogar a culpa em mim, ele vai ao segundo andar, deixa pegadas de propósito, e joga sangue no meu corpo. Depois vai embora tranquilamente.

Afugentei de imediato esse pensamento, ao mesmo tempo que fechava a porta do quarto. Isso era uma loucura. Eu conhecia Hae-jin. Vivíamos fazia dez anos no mesmo apartamento. Seria mais fácil mamãe matá-lo do que ser morta por ele. O maior ato de rebeldia de Hae-jin fora assistir a um filme com qualificação adulta antes de completar o ensino médio. E mesmo nesse caso, ele pedira permissão a mamãe e me convidara para ir junto.

Eu abri a porta da sala e olhei o vestíbulo. Quatro pares de sapatos estavam enfileirados. Os chinelos de mamãe, os chinelos de Hae-jin, os tênis brancos dela, e meus próprios tênis de corrida, sujos de lama. Isso era estranho. Eu jamais deixava meus tênis no vestíbulo. Costumava guardá-los no banheiro e só os tirava de lá antes de escapulir pelo terraço. Se os tênis estavam aqui, era sinal de que eu *tinha entrado* pela porta da frente.

Outra coisa estranha: os tênis de mamãe também estavam molhados. Completamente molhados, aliás — como se alguém os tivesse enfiado dentro de um tanque. Recordei o momento em que retornara da festa com os professores. Quando encontrei mamãe junto à porta, ela estava usando esses tênis. Será que já estavam molhados? Não conseguia lembrar. Mas minha mãe não é o tipo de pessoa que sai de casa com calçados úmidos. A única explicação é que tivesse saído de casa após minha chegada. Para molhar os tênis daquele jeito, teria de ter saído sem carro, a pé, debaixo de chuva.

Fechei a porta do vestíbulo e dei meia-volta. Avistei minha jaqueta preta impermeável Gore-tex e meu colete dobrados num canto. Eram as roupas que eu tinha usado por cima do suéter ontem à noite. Por que estavam aqui? Isso era tão estranho quanto os tênis encharcados.

Formei um outro roteiro em minha cabeça. Ao chegar em casa, ouço mamãe gritando. Corro pela entrada da frente. Encontro-a perto da cozinha, sangrando. Então, tiro a jaqueta e o colete e os ajeito cuidadosamente ao lado da porta... Não, isso não fazia o menor sentido. Nada do que eu vi desde que abri os olhos fazia sentido, mas essa ideia era a mais absurda de todas.

Estava me abaixando para pegar a jaqueta quando escutei "Hakuna matata", a música do Rei Leão. Mamãe havia recentemente colocado esse toque no celular. O som vinha de algum lugar perto do sofá da sala.

Corri até lá, jaqueta à mão. Logo achei o celular na ponta da mesa. Não o havia notado ali ao ligar para a polícia. Na tela apagada, um nome inesperado: *Hye-won*. Por que titia havia ligado tão cedo? E justo hoje?

O celular tocou mais cinco, seis vezes e parou. Então, foi o telefone sem fio que começou a tocar. Tinha de ser minha tia, de novo. A hora registrada na tela do telefone fixo era 6h54. Hae-jin e a titia fizeram a mesma coisa com intervalo de uma hora e meia. Será que mamãe também havia telefonado para titia ontem à noite?

Em busca de resposta, peguei o celular de mamãe. Desbloquear a tela não foi problema. Eu sabia tanto sobre ela quanto ela sabia sobre mim. Verifiquei que mamãe tentara ligar para Hae-jin à 1h30; mas ele não atendera. Telefonara para titia um minuto depois. A ligação havia durado cerca de três minutos. Isso significava que a minha mãe ainda estava viva à 1h34, pelo menos.

Tentei recapitular os fatos da noite passada. Recuei mentalmente até a última coisa que recordava com clareza: o momento em que andava pela passarela do quebra-mar e avistei uma mulher descendo do último ônibus para An-san. A distância de lá até em casa era um pouco mais que dois quilômetros. Vinte minutos, caminhando. Quinze, se alternasse entre caminhada e corrida. Ou dez, correndo sem parar. Lembro-me de vir correndo, então devo ter passado pela entrada do condomínio à 00h10. Contando o tempo de subir as escadas, teria entrado em casa à 00h15. Mesmo que viesse andando, chegaria no máximo à 00h30.

Então eu havia entrado em casa por volta da 00h30, e minha mãe foi morta depois da 1h34, entre a cozinha e as escadas.

A minha cabeça ficou confusa. Era impossível chegar a qualquer conclusão. Parei de pensar no possível invasor. Talvez faltasse uma peça, algo que me escapara desde o início, e que faria com que tudo ganhasse sentido.

Com a jaqueta e o celular nas mãos, voltei à poça vermelha onde jazia mamãe. Lá estava ela, como se me esperasse, parecendo adormecida... De repente, um detalhe que até então ignorara saltou aos meus olhos. A postura de minha mãe não era natural para alguém que fora assassinado. Uma pessoa que teve a garganta cortada e tombou com sangue jorrando não teria tempo de soltar o cabelo, juntar as duas mãos no peito e morrer deitada, perfeitamente reta.

Notei então outras minúcias que me haviam escapado. Olhando novamente os degraus, vi que algumas marcas de sangue estavam esparramadas, como se alguém tivesse arrastado um objeto pesado pelas escadas. Como o cadáver de mamãe, por exemplo. Junto aos rastros de sangue, havia pegadas apontando em ambas as direções: para cima e para baixo. Nova teoria surgiu em minha cabeça. Mamãe fora morta no patamar da escada, depois alguém a arrastou até o andar de baixo e a deixou naquela estranha posição.

Mas por que o assassino faria isso? E quem a havia matado? Se não foi um invasor, nem Hae-jin, só restava uma pessoa...

A resposta me deixou apavorado. Olhei o cadáver, balancei a cabeça, lembrei o que a vozinha me dissera: *Dá na mesma dizer que ela cortou a própria garganta.*

Pode ter acontecido isso mesmo, eu pensei. Por algum motivo ela corta a própria garganta no patamar da escada. Por algum motivo não consigo detê-la. A convulsão está prestes a estourar, mal consigo me mexer. Mamãe desaba e escorrega pelos degraus. Desço as escadas e coloco seu corpo na posição em que se encontra agora. A última coisa que consigo fazer antes que a convulsão comece. Por que eu a teria colocado naquela postura? Talvez por que já estivesse com a mente confusa. Talvez tenha ajeitado seu corpo com todo cuidado para em seguida lhe dar o costumeiro boa-noite.

Senti um vago brilho de esperança. Se conseguisse determinar por que ela cortara a própria garganta e por que eu não a ajudara, então poderia chamar a polícia, sem medo de levantar suspeitas. Talvez eu conseguisse resolver a coisa toda. Ou poderia deixar minha história mais convincente, com alguns retoques. Eu tinha um talento nato para criar verossimilhança, embora minha mãe costumasse dar um nome diferente àquela perícia: "mentir".

Subi correndo as escadas, tomando o máximo de cuidado para não pisar nas pegadas no assoalho. A poça de sangue do patamar estava quase coagulada. Ao redor da poça, as pegadas eram caóticas, como se alguém tivesse andado ali de um lado para outro, em total confusão.

"Yu-jin."

Ouvi a voz de minha mãe em algum recesso da memória, uma voz baixa, reprimida, tensa, que sempre me obrigava a atender. Parei, olhei a parede manchada de púrpura. Tive uma visão de mim mesmo contra a parede, encurralado. Prendi a respiração.

"Por onde você andou?"

De quando era essa lembrança? Da noite passada? De quando voltei do quebra-mar? Uma fraca luz piscava nas profundezas de minha lodosa memória. Pisquei os olhos, e a luz se dissipou — assim como aquela imagem de mim mesmo encurralado contra a parede. A voz de mamãe também silenciou. Terminei de subir as escadas e fui até o corredor. Segui as pegadas no chão de mármore. Mesmo fincando os calcanhares no chão com toda força, sentia-me prestes a escorregar. Girei a maçaneta cheia de sangue, entrei no quarto e parei junto à cama.

"Parado aí." Era, novamente, a voz de minha mãe.

Fiquei parado junto à pegada final. Notei que era do tamanho do meu pé. Virei a cabeça, olhei o quarto ao meu redor. A porta de vidro entreaberta, a cortina arriada, a iluminação da pérgula nas névoas, a mesa bem-arrumada, minhas roupas penduradas na cadeira, o telefone sem fio no criado-mudo, o travesseiro e o cobertor encharcados de sangue. O celular de mamãe escorregou de minha mão. Só agora percebi que todas as pistas apontavam para uma única pessoa: eu.

Caí sentado na cama. Tentei contrariar de todos os modos aquela conclusão. Por que eu teria feito aquilo? Voltei para casa por volta da 00h30. Caso tivesse topado com mamãe, ela teria me segurado por um longo tempo, exigindo saber tudo o que eu fizera e por onde andara. Também teria notado que eu não tomara o remédio e que estava prestes a ter uma convulsão. Teria me dado uma bronca, com certeza, mas isso não explicava nada. Se todo filho matasse a mãe ao levar uma bronca, quantas mães restariam no mundo?

Meus ombros desabaram. Ninguém iria me ajudar. Eu precisava de alguém que acreditasse em mim, de forma incondicional, mesmo que todas as evidências me condenassem. Olhei para a jaqueta preta, as palavras *Aula de reforço* estampadas em azul. Será que ele acreditaria em mim? Será que me ajudaria?

Era agosto, no dia seguinte à prova para a faculdade de direito. Eu estava no trem com destino a Mok-po. Estava viajando a convite de Hae-jin. Desde maio, Hae-jin estava trabalhando na produção de um filme na ilha Im-ja, na comarca de Sinan. Solitário e entediado, ele ligava todos os dias para perguntar o que eu estava fazendo. Se tomasse alguns drinques, telefonava de hora em hora, perguntando: "E aí, tudo certo?". E a cada ligação, me convidava para visitá-lo após as provas.

"Quero te mostrar uma coisa", ele costumava dizer.

Quando eu perguntava que coisa era aquela, ele respondia: "Vai descobrir quando chegar".

Não levei o convite a sério. Na época, eu sofria com enxaquecas fortes e andava sem paciência. Além disso, tinha que estudar para as provas e não me sobrava tempo para pensar na ilha Im-ja. E também não queria que mamãe pegasse no meu pé.

Embora já tivesse vinte e cinco anos, eu nunca tinha viajado sozinho. Nem sequer fizera um intercâmbio para aprender outras línguas, como todas as pessoas da minha idade. Tentei escapar de casa me alistando no serviço militar obrigatório, mas mamãe me impediu, obrigando-me, em vez disso, a trabalhar em uma repartição no bairro. Tudo pelo mesmo motivo do toque de recolher às nove da noite: evitar que eu tivesse uma convulsão, sozinho, no meio de gente estranha.

À noite, no dia em que as provas acabaram, atendi a ligação do Hae-jin durante o jantar.

"Amanhã é o último dia de filmagem. Você tem que vir. Durma aqui uma noite e voltamos juntos no dia seguinte."

Hesitei, olhando para mamãe.

Hae-jin notou o que estava acontecendo e pediu para falar com ela. "Deixe-me tentar."

Hae-jin era persuasivo. Após ouvi-lo em silêncio por um tempo, mamãe acabou concordando. Mesmo assim, me encheu de recomendações, é claro. *Não se esqueça de tomar a medicação, não beba, não incomode os outros...* Enquanto me levava de carro até a estação Gwang-myung, completou: "Não entre na água funda". Parecia ter esquecido completamente que eu já fora nadador.

Tudo correu bem no caminho até Mok-po e no ônibus para Sinan. Os sintomas apareceram quando peguei a balsa no porto Jeom-am. Durante os vinte minutos de trajeto até a ilha Im-ja, tive várias alucinações sensoriais: um cheiro metálico me estonteava e eu tinha certeza de que o sol estava derretendo meus olhos. Não dava pra saber se eu estava à beira de uma crise; talvez fosse apenas o efeito de uma insolação mesmo.

Se eu estivesse tomando a medicação, não teria que fazer esforço para discernir os sintomas. Mas eu parara de tomar os remédios dois dias antes das provas. Era a primeira vez que tinha parado com a medicação por conta própria desde que tive uma convulsão aos quinze anos. No começo, só pretendia parar até o dia das provas. De acordo com o plano, eu voltaria aos remédios na noite anterior, mas mudei de ideia após a ligação de Hae-jin. Decidi retomar o tratamento depois que chegasse à ilha. Dois dias não vão matar ninguém, pensei. Queria desfrutar minha mente por algum tempo, sem as restrições habituais.

Quando a balsa se aproximou do porto, a alucinação estava tão intensa que eu mal conseguia manter os olhos abertos. Desembarquei e peguei um táxi, o cheiro de metal permeando todas as coisas ao meu redor. Suor escorria em minhas costas, mas eu tremia de frio. Tive certeza de que uma convulsão se aproximava. Mas era tarde demais para voltar para casa. A única alternativa era chegar ao meu destino o mais rápido possível. Pedi ao motorista que disparasse rumo ao porto de Hauri.

"Vamos nessa", ele disse.

O carro voava e a sonolência me envolvia. Apagava de tempos em tempos.

"Com licença." O motorista estava virado para trás e chacoalhava meu joelho. "Chegamos."

Abri os olhos. Estávamos no porto. Com muito esforço, paguei e saí do carro. Não precisei ir longe. A filmagem estava acontecendo ali mesmo. Dois homens corriam sobre um molhe cheio de tetrápodes de concreto, seguidos pela câmera, um caminhão-pipa atirando água sobre os atores. Algumas pessoas estavam ou sentadas ou em pé atrás dc equipamentos e monitores. Moradores locais se aglomeravam atrás das placas que delimitavam o perímetro. Eu me detive a uns dez metros de distância. Precisava encontrar um lugar para me deitar, mas já não conseguia me mexer. Um halo de luz quente e branca me aprisionava. O mundo desapareceu. A última coisa que ouvi foi a voz de Hae-jin, gritando: "Yu-jin!".

Quando abri os olhos, estava deitado. A visão ainda estava turva, mas reconheci os olhos castanhos de Hae-jin, que me encarava.

"Você está bem?"

"Sim", respondi com a garganta ressecada, e a enxaqueca me atacou. Em vez das habituais agulhadas atrás dos olhos, uma dor pesada pressionava a cabeça inteira.

"Consegue me ver?", ele perguntou.

Vi um guarda-sol acima da cabeça dele. E notei uma almofada macia sob minha cabeça. Minhas calças estavam molhadas. Devo ter me mijado durante a convulsão. Alguém cobrira meu corpo com uma jaqueta preta.

"Está sentindo alguma dor?"

Meu corpo inteiro doía. Talvez estivesse até rangendo os dentes. Pelo visto, a convulsão tinha sido das grandes. Escutei o rumor de pessoas do outro lado do guarda-sol. Imaginei a mim mesmo caindo na frente deles: Hae-jin deve ter corrido em minha direção, depois decerto apanhou aquele guarda-sol para me proteger de olhares alheios, buscou uma almofada e foi atrás de roupas secas. Eu queria voltar para casa.

"Consegue se levantar?"

Sentei. Fomos para onde Hae-jin estava alojado, uma hospedaria em frente ao porto. Fui ao banheiro me lavar e trocar de calças; enquanto isso, Hae-jin fez as malas e chamou um táxi. Quando cheguei, ele estava gravando a última cena, e agora só faltava a festa de encerramento. Hae-jin disse que iria para casa comigo e que talvez não fosse à comemoração.

Eu sabia muito bem o que o cinema significava para Hae-jin. Sonhava com aquela carreira desde os treze anos, talvez até antes. O sonho lhe dera forças ao longo de uma infância difícil: fora criado por um avô alcoólatra, que morrera quando ele ainda era criança. Esses três meses na ilha Im-ja eram o primeiro passo para a realização do sonho. Eu sabia que ele desejava ficar na ilha para a festa final.

Mesmo assim, deixei que voltasse comigo. Não queria ir para casa sozinho. Eu me sentia tão mal que a simples ideia de sair do quarto já me deixava horrorizado. Uma estranha frieza se espalhava sob minhas costelas. Sentia calafrios, como se estivesse gripado. Fiquei encolhido num canto até o táxi chegar. A jaqueta tinha um cheiro familiar, que eu não sentia havia muitos anos: cheirava a grama do terreno baldio perto da estação Sinchon, dos tempos em que eu fazia xixi na cama.

Uma hora depois, estávamos sentados no convés da balsa que ia para Jeom-am. Conversávamos pouco. De tempos em tempos Hae-jin perguntava se eu tinha fome, e eu fazia que não com a cabeça. Às vezes perguntava se eu estava me sentindo melhor; e eu fazia com a cabeça que sim. O sol da tarde mergulhava entre as ilhas pedregosas que flanqueavam nosso trajeto. O entardecer cobriu o céu de um tom alaranjado, e as ondas vermelhas oscilavam como chama. Vermelhos, também, o vento marinho e a espuma das ondas. A velha balsa rasgava um mar de fogo.

"Que beleza esse pôr do sol, hein?", Hae-jin comentou.

Fiquei de pé e olhei para o mar. Abri o zíper da jaqueta e enchi os pulmões com o ar quente do crepúsculo. O frio em meu peito se dissipou.

Hae-jin caminhou até o meu lado. "Lembra que eu disse que queria te mostrar uma coisa? Era isto."

Tirei o capuz e olhei para Hae-jin. Seus olhos sorriam suavemente. Aquele sorriso foi um presente para mim. Se mamãe era a pessoa que despejava o medo e a frieza em meu sangue, Hae-jin me aquecia como o sol, sempre ao meu lado.

Queria acreditar que Hae-jin também ficaria ao meu lado hoje. E de fato acreditei.

Levantei, peguei o telefone e disquei o número dele. O sinal começou a tocar. Notei que havia algo caído entre minha cama e o criado-mudo. Abaixei-me, ainda com o fone junto do ouvido. Era uma navalha de barbear aberta. Havia sangue seco na lâmina e no cabo de madeira.

"Alô? Mãe?"

Ouvi a voz de Hae-jin do outro lado da linha. Mas as palavras soavam cada vez mais distantes. Eu tinha os olhos fixos na navalha. Tinha vontade de gritar, mas ao mesmo tempo mal conseguia emitir uma palavra.

"Yu-jin?"

Com a ponta do dedo, raspei o sangue no cabo da navalha. Três letras surgiram.

M.S.H.

Min-seok Han. As iniciais de meu pai. Essa era a navalha dele. Eu a havia apanhado numa caixa no escritório, anos atrás, e a trouxera para meu quarto. Quase não me lembrava de meu pai. Nada me fazia recordar de seus gestos, seu jeito de falar ou mesmo suas feições. Uma das poucas coisas de que me lembrava era a sombra de barba azulada em suas bochechas, que ele barbeava todas as manhãs com essa mesma navalha. Na época eu sofria de prisão de ventre, e passava boa parte da manhã sentado no vaso, com o queixo apoiado nas mãos, fazendo força. Enquanto isso, em frente ao espelho, a navalha de papai deslizava na espuma de barbear. Eu adorava o barulho da lâmina contra a pele. Um dia perguntei qual era a sensação de se barbear. Acho que a resposta foi mais ou menos assim: *É refrescante, parece que a gente está arrancando raízes da pele.* Também me disse que era preciso aprender a técnica — até a gente pegar o jeito, era normal o queixo sangrar; além disso, era difícil manter a navalha afiada; mesmo assim, a sensação de frescor na pele era muito superior à proporcionada por outros barbeadores.

Recordo o que eu disse em seguida. Perguntei se podia ficar com a navalha depois que ele morresse. Também me lembro da reação dele: uma bolha de sabão inflou em sua narina, os olhos cresceram até parecerem duas luas cheias. Estava rindo. Aproveitando o embalo, pedi que ele prometesse. Papai assentiu. Disse: *Eu não sei quando vou morrer, mas, no dia em que isso acontecer, é claro que deixo para você.* Juntamos os dedos para selar a promessa. Mamãe não tinha como saber o que acontecera naquele dia, e após a morte do papai, não tive paciência para explicar. Peguei a navalha sem contar nada a ninguém.

"Alô? Alô?" A voz de Hae-jin erguia-se do outro lado da linha. Foi com extremo esforço que consegui responder:

"Sou eu."

"Mas...", Hae-jin abaixou a voz, então pareceu contrariado. "Por que não me disse de uma vez? Está querendo me assustar?"

"Estou ouvindo. Fala."

Ele bufou. "Falar o quê, ô? Foi você que ligou."

Claro, era verdade. Eu tinha ligado. Queria pedir ajuda, queria lhe dizer que me meti em apuros. Ergui a lâmina na vertical, sob meu queixo. Nunca havia usado a navalha para me barbear. Minha barba só começou a crescer aos vinte e dois anos. E jamais tivera barba cerrada como a de meu pai. Um barbeador elétrico era mais que suficiente para mim. A função daquela lâmina era trazer recordações. Eu sempre a deixava escondida num compartimento do banheiro, onde mamãe jamais a acharia. Jamais a tirara de casa até ontem à noite, quando saíra pelo terraço com a navalha no bolso da calça.

"Yu-jin?", Hae-jin insistiu.

De repente, eu não sabia o que falar. Até me deparar com a navalha, havia muitas explicações possíveis. Mas agora...

"Onde você está?", perguntei, com esforço.

"Acabei de entrar na estação de metrô. Bebi um pouco demais e tive de fazer um lámen antes de sair."

Devem ter sido dois, não um. Hae-jin tinha costume de comer dois pratos de lámen quando estava de ressaca. Um hábito herdado do avô, que se embriagava sete dias por semana. Então, Hae-jin ainda estava em Sangam-dong.

"Por que pergunta? Algum problema?"

"Não", eu respondi, então mudei de ideia: "Sim". Estava tentando ganhar tempo. "Queria te pedir um favor."

Hae-jin ficou em silêncio, esperando.

"Você lembra aquele restaurante de *hoe* na ilha Yeong-jong? Fomos lá no aniversário da mamãe?

"Ah, sim... Um lugar chamado Leon ou algo assim?"

"Não, Leon era onde tomamos café, depois. O restaurante se chama Koshil. Fica uns cinquenta metros adiante. No fim da praia."

"Ah, sim..."

"Pois é. Ontem, depois da festa com os professores, a gente foi até lá comer alguma coisa."

Dizem que um ser humano normal mente cerca de dezoito vezes por hora. Minha média, contudo, deve ser mais alta. Tenho certo talento para a desonestidade. Sou capaz de inventar histórias automaticamente quando necessário.

"Esqueci o celular lá. Mas não posso sair daqui agora. Preciso mandar uns documentos ao coordenador do curso, além disso, vai sair hoje a lista dos aprovados em direito. Preciso estar em casa para conferir pela internet."

"Hoje já é o dia do anúncio?"

"Sim."

Hae-jin me deu a resposta que eu esperava:

"Não se preocupe. Busco o celular e levo para casa."

"O restaurante só abre depois das dez, eu acho."

"Tudo bem. Fico esperando no Leon e já aproveito pra tomar um café."

"Se quiser pegar um táxi, eu pago", disse, esperando descobrir como Hae-jin voltaria.

"Está louco? Sabe quanto sai um táxi de Yeong-jong até nossa casa?"

Ótimo. Isso queria dizer que ele viria de ônibus, fazendo todas as baldeações necessárias. Quando eu estava quase desligando, ele perguntou: "Aliás, a mamãe acordou?".

Desliguei, fingindo não ouvir. Pensei em mamãe, deitada na frente da cozinha. As marcas de sangue podiam ser explicadas de diversas maneiras, mas só havia um significado possível para aquela navalha. Ontem à noite, estava no bolso de minha calça; hoje, apareceu embaixo de minha cama. Como Hae-jin reagiria quando soubesse disso? Como reagiria à morte de mamãe? Ficaria furioso, incrédulo ou apenas triste? Iria acreditar em mim? Ficaria do meu lado?

De repente, me lembrei do último dia do ano, onze anos atrás, no inverno. Eu tinha quinze; Hae-jin, dezesseis. Estávamos quase nos formando no ensino médio. Conforme a recomendação da mamãe, eu tinha escolhido um curso de humanidades para poder estudar e praticar esporte ao mesmo tempo. As notas de Hae-jin eram boas o bastante para entrar no curso preparatório da faculdade, e ele escolheu cursar uma especialização em arte e cultura. Escolheu esse caminho apesar das contestações de seu professor, que o aconselhou a seguir uma carreira mais lucrativa. Ganhou uma bolsa de três anos, além de ajuda com as despesas diárias; além disso, a natureza do curso acendeu sua esperança de realizar o sonho de trabalhar com cinema. Na verdade, ele não teve muita escolha: na época, tinha que se virar sozinho. Seus pais morreram num acidente de carro quando ele tinha quatro anos; o avô, que o acolheu e criou, estava internado fazia meses. Sofria de cirrose e insuficiência renal; sem previsão de alta. Hae-jin era o estudante mais ocupado do mundo. Ia para a escola todos os dias, depois fazia bico num posto de gasolina da vizinhança, ganhando dois mil e novecentos won por hora, e ia dormir no hospital ao lado do avô.

Mesmo antes da doença, o avô e Hae-jin viviam apertados. Pagavam a maioria das contas com a pensão do avô, que juntava mais algum dinheiro recolhendo papéis para reciclagem. Até a internação do avô, Hae-jin nunca havia precisado trabalhar. Embora fosse um bêbado infame, seu avô não era um mau-caráter: jamais colocou o sustento da casa nas costas do neto. Costumava, mesmo, dizer: "Concentre-se nos estudos. Eu dou um jeito nas contas". Mas quando o avô foi internado, Hae-jin não teve escolha a não ser arranjar um trabalho.

À minha maneira, eu também estava ocupado. Treinava intensamente para um campeonato de natação na Nova Zelândia. Por causa disso, quase nunca nos encontrávamos. Era mamãe quem me trazia notícias, ao me visitar durante os treinos. Acho que ela visitava o hospital todos os dias, levando comida.

No último dia de 2005, o treinador encerrou nosso treino mais cedo e nos deu folga pelo resto do dia. Mandou que voltássemos para casa, descansássemos com os cuidados de nossas mães e voltássemos renovados às nove da manhã no primeiro dia do ano novo. Não sei como ela soube, mas mamãe já estava me esperando no lado de fora. O humor dela parecia melhor do que de costume. Tinha o cabelo liso e solto, usava um casaco branco que eu nunca tinha visto antes e estava com o rosto maquiado. Enquanto fechava o cinto de segurança, perguntei se íamos para algum lugar.

"Dong-sung-dong", disse ela, e deu a partida no carro. Não explicou mais nada.

Chegamos ao hospital onde o avô de Hae-jin estava internado. Achei estranho. Ele veio correndo de dentro do prédio. Soltei o cinto de segurança para sair. Imaginei que mamãe tivesse negócios a tratar em Dong-sung-dong e, nesse meio-tempo, eu deveria ficar brincando com Hae-jin.

"Não, não saia", ela disse, me segurando no banco.

Hae-jin sorriu ao me ver, entrou no carro e sentou no banco de trás.

"Feliz Ano-Novo", disse mamãe, um dia antes da data.

"Para a senhora também, mamãe", disse Hae-jin, mostrando algo que trouxera escondido às costas: um pirulito em forma de coração, grande como o rosto de mamãe, com uma mensagem estampada em letras brancas: *A menina dos meus olhos*.

Mamãe sorriu e enrubesceu ao receber o presente. Suas bochechas ficaram vermelhas e seu olhar acanhado. Pelo que eu sei, essa foi a primeira vez que Hae-jin a chamou de "mamãe". Aquilo a deixou emocionada — ou talvez tenha sido a mensagem no pirulito. Seja como for, eu jamais vira aquela expressão em seu rosto.

"Seu avô lhe deu permissão para vir?", ela perguntou, guardando o pirulito no painel, com cuidado.

"Ele acha que saí para trabalhar." Hae-jin sorriu.

A mamãe olhou nos olhos dele pelo retrovisor e sorriu também. E continuaram sorrindo um para o outro, ao longo do trajeto, como se fossem membros de um pequeno complô. Mamãe ainda não explicara aonde estávamos indo. Eu não perguntei; sabia que estávamos indo para Dong-sung-dong. Hae-jin me fez várias perguntas sobre o acampamento e meu treino, mas só lhe respondi com monossílabos: bom, não, sim, não sei... Mamãe interferiu na conversa. Falaram sobre a saúde do avô dele, sobre livros e filmes que só eles conheciam. Enquanto isso, o carro passou pelo trânsito infernal e chegou a Daehangno. Mamãe rodou um pouco pelo estacionamento até achar uma vaga, então estacionou o carro e disse:

"Vamos lá."

Saímos andando pelas ruas, adornadas com luzes feéricas. Havia muita gente no bairro e era difícil se mover. Após alguns passos, mamãe esbarrou num transeunte e quase caiu. Estiquei a mão para ajudá-la, mas Hae-jin foi mais rápido e já a estava amparando. Alguns passos adiante, houve outro esbarrão, e Hae-jin envolveu os ombros dela com os braços, protegendo-a, abrindo caminho. Minha única opção foi seguir atrás deles em meio à multidão.

Chegamos a um restaurante italiano, tão silencioso que parecia outro mundo. Eu ainda não sabia por que tínhamos vindo a Dong-sung-dong. Pra falar a verdade, não estava tão interessado em saber. Mamãe fez um brinde com um copo de suco e disse que estava feliz e triste ao mesmo tempo: ela envelhecera mais um ano; Hae-jin e eu estávamos crescendo. Concluí que tínhamos ido ali para comemorar o fim do ano. Não recordo o gosto da comida. Talvez não estivesse lá essas coisas. Ou quem sabe meu humor é que não estava lá essas coisas.

Era muito estranho. Quando estávamos sozinhos, Hae-jin parecia o meu melhor amigo. Quando estávamos apenas eu e mamãe, ela parecia ter olhos somente para mim. Mas, quando estávamos os três juntos, sentia que me deixavam de lado. Isso estragava meu humor. Eu me sentia mesquinho por ser tão ciumento, mas isso só deixava meu humor ainda pior.

Saímos do restaurante cerca de uma hora depois. A multidão havia duplicado. Seguimos andando, eu ainda não sabia para onde. Numa loja ambulante, mamãe comprou dois cachecóis:

colocou um deles em meu pescoço, e o outro em Hae-jin. O meu era verde, o dele era amarelo. Presente de Ano-Novo, ela disse. Também disse que ficamos bem com eles, mas, ao dizer isso, seu olhar estava em Hae-jin o tempo todo.

Paramos em frente a uma sala de cinema chamada Hypertech Nada. Na entrada, um pôster: "A última proposta de Nada". Mamãe foi comprar ingressos e eu perguntei a Hae-jin:

"Por que nós viemos aqui?"

"O quê?", ele riu. "Você veio até aqui sem saber?"

Senti calor, e de repente o cachecol se tornou desconfortável. Tirei-o e sentei num banco. Estava ainda mais irritado. Como eu ia saber o que estávamos fazendo, se ninguém me dizia nada? Eu era vidente, por acaso?

"A última proposta de Nada" era um festival de cinema que exibia filmes que, embora ótimos, não fizeram sucesso nas bilheterias ao longo do ano. Hoje estavam passando um filme brasileiro chamado *Cidade de Deus*. Foi ideia de Hae-jin vir assistir. Explicou que tentara ver o filme quando estreou, mas era proibido para menores de idade, e ele foi barrado na entrada. Mais tarde, ficou sabendo que o filme passaria no Nada e convidou a mamãe. Sua esperança era que o deixassem entrar se um adulto o acompanhasse como responsável.

O plano funcionou. Entramos na sala, sem problemas. O filme era épico e hilariante; me fez esquecer o mau humor. Era uma história sobre gangues mirins nas favelas do Rio, um cenário de pobreza, drogas e crimes violentos. Ao mesmo tempo, também era uma história sobre o amadurecimento de dois meninos, cada um seguindo rumos diferentes. Um deles vira fotógrafo, o outro vira um senhor do crime.

Comecei a rir na primeira cena, quando aparece o galo. Ri durante o filme inteiro. Na cena em que Zé Pequeno mata todo mundo dentro do hotel, soltei até mesmo uma gargalhada. De repente, me dei conta de que era a única pessoa rindo. Percebi também que mamãe estava com o rosto virado para mim, me encarando. Seus dois olhos brilhavam como duas gotas negras de água e pareciam me perguntar: *Qual é a graça?*

Após o filme, ela ficou em silêncio. Não disse nada no caminho para o estacionamento. Hae-jin também estava quieto. Limitei-me a segui-los. Não entendi por que estavam tão acabrunhados, e isso me dava dor de cabeça.

"Estou me sentindo mal", mamãe disse finalmente, girando a ignição do carro. "Não acredito que esse filme é baseado numa história real. A vida pode ser muito triste."

Só então compreendi. O filme era empolgante e eletrizante para mim, mas, para os outros, a história deve ter sido terrível e deprimente. Mas eu não conseguia decidir quais partes, exatamente, eram terríveis e deprimentes...

"As histórias felizes geralmente não são verdadeiras", Hae-jin respondeu depois de um tempo. Virei-me para olhá-lo.

"Ter esperança não faz as coisas serem menos horríveis", ele continuou. "O mundo não é preto no branco. E as pessoas são complicadas."

Hae-jin me olhou, como esperando que eu concordasse. Mas eu não sabia do que ele estava falando. Tínhamos apenas um ano de diferença de idade, mas ele falava como um adulto — além de ser bem mais alto que eu. Mamãe e ele conversavam como dois iguais.

"Você acha que o mundo é injusto?", perguntou mamãe.

"Preciso acreditar que vai se tornar um pouco mais justo em algum momento", ele disse, após um tempo. "Mas precisamos nos esforçar para que isso aconteça." Ele olhava pela janela.

Mamãe olhou-o pelo retrovisor. Eu voltei minha cabeça para a frente. Quando paramos no farol, perto do portão de Gwang-hwa-mun, ela lhe perguntou:

"O que achou do filme?"

"Eu tinha lido uma crítica dizendo que, se o Tarantino filmasse *O poderoso chefão*, sairia um filme assim. Estava curioso para saber se era verdade... Agora que vi, acho que sei o porquê."

Isso queria dizer que tinha gostado ou que tinha detestado?

"Então, você gostou?", perguntou mamãe.

"Sim", ele respondeu. E não disse mais nada. Talvez ainda estivesse pensando no filme.

Quando o sinal abriu e os carros começaram a se mover, ouvi um badalar de sinos. O relógio do painel marcava meia-noite. Estávamos em silêncio dentro do carro. E continuamos assim até chegarmos ao hospital.

"Obrigado por hoje", disse Hae-jin, abrindo a porta traseira. Mamãe também desceu.

Eu permaneci no assento da frente, em silêncio, enquanto se despediam. Hae-jin abaixou a cabeça num cumprimento, mas mamãe estendeu a mão, como se fossem dois iguais. Hae-jin hesitou por um momento antes de apertar a mão que ela oferecia. Tudo aconteceu em menos de cinco segundos, mas essa breve interação teve um significado profundo e inexprimível que eu não conseguiria expressar em palavras.

Mamãe voltou para o carro. Hae-jin ficou um tempo parado no mesmo lugar, o cachecol balançando ao vento no escuro. Só então percebi que o meu cachecol tinha sumido. Depois de tirá-lo do pescoço, eu o carregara na mão por um tempo, mas devo tê-lo deixado cair durante a sessão. Talvez naquele momento em que os meus olhos encontraram os da mamãe, no meio de minha gargalhada, enquanto Zé Pequeno puxava o gatilho ao ritmo do samba. Uma frase do filme voltou à minha cabeça: "A exceção vira regra".

Eu era o único filho de minha mãe. Essa era a regra. A exceção viria logo depois. Em março do ano seguinte, Hae-jin foi adotado e passou a ocupar o lugar de meu irmão mais velho, Yu-min. A exceção virou a regra.

Voltei a olhar a navalha em minha mão. Por todos os lados havia pistas indicando o assassino — incluindo a arma do crime. Tudo apontava em minha direção. Caso fosse interrogado, eu só poderia dar uma resposta: Não me lembro de nada. A mais clássica de todas as respostas dadas por criminosos ao longo da história.

"Eu devia ter me livrado de você anos atrás." Era a voz de mamãe. Dessa vez, não estava apenas em minha cabeça. Vinha de trás de mim. Virei-me para olhar a vidraça do pátio. Lá estava ela, no lado de fora. Pés descalços, cabelos amarrados num rabinho. Não tinha marcas de sangue. Não havia corte no pescoço. Era assim que ela estava antes de morrer. Agora eu lembrava.

"Você...", ela murmurou, olhos em chamas, rajados de veias escarlates. "Você, Yu-jin..."

Senti medo, dei um passo para trás, navalha na mão.

"Você não merece viver."

Minhas têmporas latejavam. Apertei a navalha. "Por quê? O que é que eu fiz?"

Ela não respondeu. Uma avalanche de neblina a engoliu. À minha frente, havia apenas a porta de vidro embaçada. Olhei ao meu redor. Marcas de sangue, pegadas, cobertores manchados de vermelho. Todos esses vestígios foram deixados quando ela já estava morta. Mas as palavras terríveis que eu acabava de escutar — ela as pronunciara quando estava viva. Por quê, por que ela dissera aquilo? Só porque eu escapulira durante a noite? Isso era o bastante para que eu não merecesse mais viver?

O latejar na têmpora virou enxaqueca. Uma onda de calor tomou minha cabeça. Um ponto preto aparecia e sumia diante dos meus olhos. Estava tonto. Fui ao banheiro, joguei a navalha na pia, abri a torneira. Enfiei a cabeça debaixo d'água para tentar organizar meu pensamento e me livrar de qualquer frustração ou raiva.

"Amanhã, mamãe. Eu te conto tudo amanhã de manhã."

Dessa vez era minha própria voz que eu escutava. Ergui a cabeça em frente ao espelho e me deparei com os olhos de um homem que podia ser um assassino. O que eu iria lhe contar amanhã de manhã?

Olhei meu cabelo pintado de vermelho, as gotas de sangue misturadas com água escorrendo por meu rosto, enquanto a água na pia ficava escarlate e a navalha boiava lá no fundo. De repente um pensamento se acendeu em minha cabeça. Talvez... Olhei a navalha, horrorizado. Não poderia ser... Pestanejei, desfazendo as gotas que nublavam minha visão. Talvez... Pus a mão dentro da água geladíssima e fisguei a navalha. Talvez.

Saí correndo do banheiro. Antes que pudesse mudar de ideia, abri a porta do quarto e saí para o corredor. Desci a escada, contando mentalmente. Um, dois, três. Fixei o olhar na ponta dos pés. Quatro, cinco, seis. Contar mentalmente era um método que me ajudava a manter o foco. Dessa vez não funcionou. Meus pensamentos voavam para todos os lados, como se uma colmeia tivesse batido em meu rosto. Um milhão de ruídos convergiam em meus ouvidos — as águas do rio fluindo e girando num redemoinho, o vento balançando a porta do terraço, a voz de mamãe falando cada vez mais baixo: "Yu-jin".

Havia milhares de razões para jogar a navalha fora e voltar ao quarto. Estava cansado, com dor nos olhos, com enxaqueca, com medo de enlouquecer de vez... Desci correndo os degraus restantes sem respirar e cheguei à sala. Lá estava mamãe, na mesma postura. Olhos arregalados, lábios abertos em círculo, o rosto e o queixo cobertos de vermelho, o pescoço empapado de sangue.

A navalha começou a escorregar de minha mão; apertei-a. Ajoelhei-me ao lado do cadáver. Antes, aquela navalha era uma lembrança de meu pai; agora, tornara-se algo muito diferente. Era a chave de uma porta que eu não queria atravessar. Engoli em seco. A garganta ardia. Uma voz em minha cabeça zombou: *Vai começar a tremer agora?*

Sim, eu estava tremendo. Um frio azul envolvia minha nuca. Era o medo. Eu mal conseguia respirar. Queria engolir um punhado de calmantes e ficar deitado de barriga para cima. Merda. O que eu ia fazer agora?

Fuja, aconselhou minha mente. *Ninguém sabe ainda que ela está morta. Você sabe onde está o cartão da mamãe. Sabe a senha dela — por anos e anos, ela o mandou ao banco fazer pequenas tarefas. Pode sacar uma grande quantidade de dinheiro. Seu passaporte ainda tem dois ou três anos de validade. Pode escapar agora para o fim do mundo. Ninguém vai impedi-lo. Fuja. Não importa o que vai acontecer depois.*

Não. Eu precisava descobrir o que havia acontecido. Não me contentava com uma dedução baseada em provas. Precisava descobrir se havia outra pessoa dentro de mim, uma pessoa totalmente diferente do que eu acreditava ser. Sem saber o que essa outra pessoa havia feito, eu não tinha como continuar a viver neste mundo. Eu precisava descobrir o que havia acontecido, mesmo que isso abrisse as portas do inferno.

Examinei o ferimento no pescoço de mamãe, tentando não cruzar seu olhar fixo. Uma camada vermelho-escura se estendia de orelha a orelha. Limpei a gosma com a ponta do dedo e vi o corte imenso e profundo como um desfiladeiro.

Fechei os olhos com força, tentando controlar a respiração. Invoquei o menino que fui um dia: Yu-jin Han, campeão de natação, com o corpo curvo à beira da piscina, esperando a largada. O menino completamente livre de minha mãe e de minha tia, concentrado apenas naquele momento, prestes a me lançar na água. A cadência de meu coração arrefeceu. Os calafrios sumiram. A respiração, antes entalada na garganta, regulou-se, o ar escorregando suavemente para dentro de minhas narinas, e então para fora.

Minha hesitação desapareceu. Abri os olhos. Estendi a mão esquerda e segurei o queixo da mamãe. Encaixei a lâmina sob sua orelha esquerda, onde o ferimento começava. A incisão sugou a navalha, sem resistência. Era como se o ferimento se mexesse por conta própria, agarrando-se à lâmina. O estrondo em minha cabeça desapareceu. O silêncio desceu sobre mim.

A mão se mexeu automaticamente. Deslocou-se pelo ferimento aberto como se cortasse papel com régua. Num único movimento, a lâmina deslizou por baixo do queixo, fazendo uma curva até a orelha direita.

Minha visão escureceu, como se cortinas descessem pelas têmporas. Fragmentos de imagens, rostos, expressões surgiram em minha mente. Cabelos compridos que balançavam, uma face que se contorcia, pupilas se retraindo e se dilatando, os lábios que se moviam tentando dizer algo. A realidade se fixou. A escuridão me envolveu e me pressionou como as paredes de um abismo. E abaixo dos meus pés, a porta da memória, fechada com tanta firmeza, começou a se abrir.

Detrás daquela porta, veio a voz de mamãe:

"Yu-jin."

"Yu-jin." A voz dela vinha da porta de casa, baixa e sussurrada. Fui até a porta do terraço. Fiquei ali parado, sem responder. Minhas energias haviam se exaurido. Não tinha força nem sequer para falar. Minha consciência falhava, como se estivesse dormindo em pé.

"Yu-jin!", a voz chamou agora mais alto, como se ela soubesse que eu estava ali junto à porta.

No sétimo andar, Hello, aquele cachorro idiota, estava latindo — como sempre fazia quando eu passava pela escada de emergência.

"Sim", eu respondi. Coloquei a chave do terraço no bolso da jaqueta e desci a escada.

Minha mãe estava de pé nos degraus, apoiada no corrimão, de braços cruzados, me observando enquanto eu descia. A porta de casa estava entreaberta. A fresta deixava passar uma luz amarelada, que iluminava mamãe pelo lado. Hello, no sétimo andar, latia cada vez mais alto.

"Por onde andou?" Seus lábios finos estavam azulados e pareciam frios. Usava camisola e chinelos. As pernas estavam nuas.

Detive-me a quatro degraus de distância. "Saí para correr." Minha língua estava espessa, como quem acorda após uma anestesia.

"Desça aqui. Tire a máscara e me responda direito."

Tirei a máscara de corrida, sem falar nada, e a enfiei no bolso da jaqueta. Meti as mãos nos bolsos. Dei passos com os pés sem força e desci os degraus restantes. Mamãe me olhou de cima a baixo. Era um olhar que parecia me esfolar vivo.

"Disse que saí para correr."

Mamãe apertou os lábios. Seu olhar parecia nervoso, bravo ou apenas triste; era difícil dizer. Uma coisa, no entanto, era evidente: havia naquele olhar algo oculto e prestes a explodir. "Por que entrou pelo telhado?"

"Não queria te acordar." Foi a melhor resposta que me ocorreu. Mas não estava esperando que ela aceitasse a explicação.

"Vamos entrar."

Meus dedos molhados se retraíram dentro dos tênis. Algo pesava em minha barriga. O grito de mamãe, que havia sacudido as ruas escuras, ainda ressoava em meus ouvidos como alucinação. Tive um impulso de fugir. Se não estivesse tão esgotado, se não estivesse com tanto frio, se não temesse uma convulsão iminente, talvez tivesse mesmo fugido.

"Por que não entra?" A voz de mamãe estava mais suave e seus olhos se tornaram gentis, como se lesse meus pensamentos.

"Hello parece maluco."

Estava mesmo. E o único jeito de calarmos a boca daquele cachorro era entrando em casa. Foi o que fizemos. Passei por mamãe, que veio atrás e fechou a porta. O som da fechadura ecoou em minha cabeça. Parei no vestíbulo. Para descalçar os tênis encharcados, era preciso antes tirar as mãos do bolso. Ao fazer isso, ouvi o som de algo que rolava no chão. Não tive tempo de ver o que era. Mamãe estava tão perto de mim que sua respiração quente roçava minha nuca. Caminhei para dentro do apartamento como se alguém me empurrasse.

"Parado aí." Seu tom de voz mudara. Era uma voz fria, e tão baixa que me dava calafrios.

Parei em frente ao quarto de Hae-jin e olhei para trás. Mamãe me fitava. A expressão complicada desaparecera. Nos seus olhos restava uma única emoção. Raiva. Ela estava furiosa.

"Tire isso." Ela apontava para minha jaqueta.

Obedeci. Também tirei o colete. Entreguei-lhe ambas as peças. Sem perder um segundo, ela enfiou as mãos nos bolsos. Arrancou lá de dentro meu MP3, o fone de ouvido, a máscara de corrida, a chave do terraço — depois voltou a enfiar tudo. Largou a jaqueta junto à porta e avançou até quase grudar em meu queixo. Era um movimento agressivo e brutal, como um bode que avança com os chifres abaixados. Recuei ante essa ação inesperada e inclinei a cabeça para trás sem querer. Nesse intervalo, as mãos de mamãe invadiram os bolsos da minha calça e logo saíram. Fez isso tão rápido que nem pude pensar em reagir. Quando dei por mim, ela já estava recuando, com a navalha na mão.

"Me devolve." Estiquei a mão, tentando pegar a lâmina.

Ela foi mais rápida. Bloqueou meu braço, depois se precipitou em minha direção. Eu não esperava aquele ataque. Ela estava tão furiosa que parecia estar lutando contra um estuprador. Esgotado e vulnerável, não consegui controlar o corpo. Perdi equilíbrio, dei vários passos para trás e, no fim, acabei caindo na escada. Minha cabeça bateu na extremidade do degrau. A visão ficou turva e trêmula. Um suor gelado escorria por meu corpo, e eu não conseguia respirar direito. O corpo não me obedecia. Depois de várias tentativas, consegui me apoiar no degrau, levantei o corpo, erguia a cabeça. Mamãe e eu nos encaramos.

Abri a boca, mas nenhum som veio. As pupilas escuras de minha mãe estavam totalmente dilatadas. Na parte branca dos olhos, ramificavam-se veias vermelhas. Minha mãe parecia uma árvore em chamas. O ar crepitava.

"Mãe, eu..."

A voz saiu com muito esforço, mas ela me interrompeu. "Você..." Apontava a lâmina em minha direção.

Senti meu ventre se revirar.

"Yu-jin, você..." Sua voz estremeceu. A mão que segurava a lâmina também tremia. Sua respiração estava curta e acelerada. "Você não merece viver."

Era como se alguém houvesse disparado uma lança contra mim. Recuei como um animal selvagem, perfurado por um projétil. Com a visão desfocada, enxerguei mamãe avançando em minha direção. Não conseguia sentir nada. Não havia o que dizer. Minha cabeça estava totalmente escura, como se alguém tivesse derrubado a chave de luz.

"Eu devia ter me livrado de você." Mamãe estava junto ao meu peito. Seus olhos eram como lâminas. Continuei recuando, buscando os degraus com os pés. Comecei a subir as escadas de costas.

"A gente deveria ter morrido naquela época. Nós dois." Empurrou-me com força, com o mesmo punho que segurava a navalha.

Pego de surpresa, não pude me defender. Tombei de costas na escada. Uma dor brutal me apunhalou as costas e a cintura. Não conseguia respirar. Tinha de me livrar daquela harpia que se aproximava com o rosto da morte, empunhando a navalha. Tateei a escada, rastejando de costas pelos degraus. "Amanhã, mãe. Amanhã eu conto."

"Conta o quê?", ela gritou, avançando.

Subi mais dois degraus.

"O que você tem pra contar?"

"Tudo. O que você quiser." Desesperado, subi mais dois degraus. Faltavam outros dois até o patamar. "Vou contar tudo desde o começo. Por favor..." Chegando ao patamar, tentei me erguer, mas a mão com a lâmina empurrou meu peito de novo.

Embora já esperasse o ataque, não pude me esquivar. Minha cabeça bateu na parede, mas recuperei o equilíbrio e continuei recuando.

"Faça o que tem que fazer." Mamãe parou na minha frente, barrando meu caminho. Pegou o meu pulso e o puxou para o seu peito. "Faça na minha frente, agora. Eu quero que você faça na minha frente." Tentou enfiar o cabo da navalha em minha mão.

Afastei o braço, num repelão.

"O que foi, está com medo?" Ela segurou minha mão. Estava grudada em mim, junto ao meu queixo. "Ou você acha injusto ter que morrer sozinho?"

Balancei a cabeça, com as costas grudadas na parede. Tentei me desvencilhar, mas não tinha espaço. A menos que empurrasse mamãe com toda força, não poderia escapar.

"Não se preocupe. Depois que você se matar, eu me mato também."

Meus pulmões pareciam cheios de água. Estava me afogando em terra firme. Precisava fazer alguma coisa. Agarrei a mão dela, puxei-a com força, libertei meu pulso. Depois agarrei a mão direita, que empunhava a navalha, e a torci para o lado. Minha mãe gritou.

"Me solta!" Com as duas mãos imobilizadas, começou a se debater. Deu um encontrão em meu corpo e uma cabeçada em meu queixo. "Me solta, seu merda!" A cabeça dela balançava logo abaixo do meu queixo. Ela berrou na minha cara: "Como se atreve... Como se atreve a pegar as coisas do seu pai...".

Tive de erguer a cabeça para escapar aos seus golpes, mas isso significava que já não podia enxergar o que ela estava fazendo. Ainda aferrado às mãos dela, eu era lançado para a frente e para trás. Mamãe, que antes tentava enfiar a navalha em minha mão, agora procurava evitar que eu a arrancasse dela.

Começou a mover o punho em direção à minha garganta, tentado me cortar com a navalha. Empurrei a mão dela contra a parede, esperando que soltasse a lâmina.

Antes que sua mão encostasse na parede, ela enfiou o rosto sob meu braço. Soltei um grito. Ela estava mordendo minha axila com toda força. "Mãe!", eu berrei. A dor rasgou minha carne, penetrou os músculos, atingiu o cérebro. Algo se rompeu: aquilo que me fizera voltar para casa, aquilo que me impedia de revidar aos ataques de mamãe. Perdi o controle. Perdi a consciência. "Para... para, por favor!" Minha voz se desmanchava. Todos os sons ficaram abafados. Não conseguia ouvir coisa alguma. Uma escuridão densa chegou por trás de mim e tapou minha visão periférica. Soltei sua mão esquerda. Agarrei os cabelos dela e os puxei. Mas mamãe continuava me mordendo, com um rosnado escapando entre os dentes. Rugia como um animal selvagem. Cravou os dentes ainda mais fundo em minha carne. Só abriu a boca quando puxei os cabelos para baixo, fazendo sua cabeça se inclinar totalmente para trás. Tudo o que eu via agora era o pescoço dela. Os ossinhos projetavam-se sob a pele branca. Veias azuis pulsavam como serpentes. Puxei sua mão direita, a mesma que segurava a navalha.

Agora tudo parecia acontecer muito devagar. O frio congelando minha cabeça, o fogo se alastrando por minhas entranhas, a pulsação em cada veia, o coração retumbando, a lâmina que deslizava da orelha esquerda até a direita. Sangue quente jorrou na parede e nos degraus. Fechei os olhos e a empurrei para longe de mim. Ela desmoronou, com um baque surdo. O corpo dela rolou pelas escadas. Depois tudo ficou em silêncio.

Esfreguei o sangue que me cobria o rosto. Tudo estava difuso, mas eu via com clareza o corpo de mamãe estirado como saco vazio. Os olhos dela brilhavam. Usando aqueles olhos como coordenadas, fui descendo os degraus. Parei ao lado do corpo. Escutei a batida do carrilhão. Uma, duas, três vezes.

Você vai ter uma convulsão; está se aproximando, ouvi uma voz sussurrar. Arrastei mamãe pelas axilas até a entrada da cozinha. Para que não me visse subindo as escadas, cobri seu rosto com o cabelo. Dobrei suas mãos sobre o peito e, ao me levantar, a costumeira despedida me escapou dos lábios automaticamente:

"Boa noite, mamãe."

A luz da manhã entrava pela janela da sacada. A névoa estava tão densa que parecia um mar branco, mas o clarão do sol cintilava através da nebulosidade. A chuva, que batera a noite toda nas venezianas, havia parado. Em vez dos pingos tamborilando, eu escutava agora o rumor dos automóveis na avenida. Se eu não tivesse saído ontem à noite, estaria correndo por aquela rua agora mesmo. Passaria por outras pessoas também correndo, ou andando de bicicleta, ou caminhando para o trabalho; e eu olharia as moças bonitas e me perguntaria aonde estavam indo, quem iriam encontrar, o que iriam fazer.

Neste mundo, há pessoas de todos os tipos. Cada um vive como tem de viver. E algumas pessoas acabam se tornando assassinos, seja por acidente, por raiva, ou simplesmente porque gostam. Assim era a vida, assim era o ser humano. Contudo, jamais passara por minha cabeça que eu poderia me tornar o assassino, e minha mãe, a vítima. Tudo o que eu imaginava era meu futuro: como seria minha vida quando minha mãe morresse e eu pudesse enfim tomar minhas próprias decisões. Mas jamais desejei que ela morresse daquele jeito — embora, a bem da verdade, já fantasiara algumas vezes a sua morte.

Olhei a mão que segurava a navalha, e meus dedos se contraíram. Uma voz perfurava minha cabeça, como um prego sendo martelado. *É você. Você é o assassino. Você.*

Meu pulso se acelerou. O desespero fervia em meu peito, subindo pelo esôfago. Grunhidos escapavam de minha boca. Logo aquele rosnado virou riso e se espalhou pela casa que fedia a sangue. Algo escorria pelo meu rosto até o queixo: suor, sangue, lágrimas? Não sabia dizer. Eu era um assassino. Eu matara minha própria mamãe. Depois de tanta ansiedade e tanto esforço, essa era a maldita verdade que eu havia descoberto.

Espere, espere. Olhe para baixo, disse minha mente. Enxerguei a mim mesmo sentado junto ao cadáver de mamãe, como um louco, chacoalhando o corpo para a frente e para trás, dando gargalhadas, com os dentes à mostra, como um leão. Virei o rosto e me deparei com os olhos de mamãe. Seu olhar me perguntava *Qual é a graça?*, como fizera naquela sessão de cinema, dez anos atrás.

O riso parou na hora. Um silêncio repentino encheu o lugar. A voz raivosa despertou minha consciência.

"Como se atreve... Como se atreve a pegar as coisas de seu pai..."

Olhei as iniciais na navalha. Lembrei-me dos olhos de minha mãe, injetados de sangue. Tudo aquilo porque pegara a navalha de meu pai? Como era possível? Isso não fazia sentido.

"Você... Você, Yu-jin... Você não merece viver."

Pegar a navalha era motivo para que minha vida fosse cancelada? Por causa disso eu devia ser sentenciado ao suicídio? Foi por isso que ela encostou a lâmina no meu pescoço? No fim das contas, a sentença de morte se voltara contra ela mesma. E tudo isso por causa da lâmina de um morto? Não, não fazia sentido. Era como lançar um míssil de oitocentos quilômetros de alcance para matar um rato. E se eu tivesse escondido a lâmina de barbear antes que mamãe a tirasse do bolso da minha calça? Se a tivesse escondido na mão, na manga, em qualquer lugar? Teria conseguido evitar essa loucura?

Balancei a cabeça. Já não importava. Era tarde demais. Não tinha como voltar no tempo e mudar o curso do que aconteceu. Não adiantava brincar de Deus e querer alterar o passado. Tudo o que eu faria era enlouquecer junto ao cadáver de minha mãe. A sensação de irrealidade me estonteava. O punho se contraía na navalha. Olhei minha mãe, com raiva. Queria pegá-la pelos ombros, sacudi-la. Obrigá-la a me explicar o que havia acontecido. *Como se sente? Fale, em vez de ficar aí deitada! Atormentou a vida do filho por vinte e cinco anos, e agora a destruiu completamente. Está feliz?*

O carrilhão bateu oito vezes. Como um automóvel que muda de marcha, minha mente retornou à realidade. Meu olhar girou pela casa, como um elétron num campo magnético. A cozinha, a escada, o quarto de Hae-jin, o relógio...

O relógio também batera na noite passada. Uma, duas, três vezes.

Prendi a respiração. Eu tinha partido rumo ao quebra-mar à meia-noite, mas subira de volta ao meu quarto às três da madrugada.

Desde que encontrei mamãe na escada de emergência até chegar ao meu quarto, devem ter se passado uns trinta minutos. Ou seja: cheguei em casa às 2h30. Então eu levara duas horas e meia para chegar em casa? Os pelos em meu braço se arrepiaram. Algo, ao menos, eu havia entendido. Por isso mamãe havia telefonado a Hae-jin e à titia. Mas o que eu fizera entre a meia-noite e as 2h30? Por onde andara?

"Amanhã, mamãe. Amanhã eu conto tudo." Minha voz ressoou na memória.

"Conta o quê?" A voz de mamãe veio em seguida.

"O que você tem para contar?"

Boa pergunta. O que é que eu ia contar "amanhã"? Agora que amanhã havia chegado, eu não recordava coisa alguma para contar. Mas o que havia acontecido? Até a meia-noite, eu me sentia bem. Será que tive uma convulsão na rua ou num canteiro de obras? Isso explicaria a lama nos meus tênis. Mas por que mamãe estaria acordada até essa hora? E por que será que vasculhou meus bolsos assim que entrei em casa? Por que não contestei as palavras absurdas de minha mãe? Uma dúvida fazia surgir outra, até que cheguei ao mistério fundamental. Por que motivo minha mãe enlouqueceu? Não pode ter sido apenas pela navalha de papai.

Eu descobrira o que havia acontecido, mas não descobrira por que acontecera. A maldita verdade que eu acabava de desenterrar continuava pela metade.

Meus olhos latejavam. Tinha vontade de ficar deitado no chão. Talvez fosse melhor desistir de tudo e ir para a cadeia. Parecia mais fácil do que arrumar toda aquela confusão. Então lembrei que o trem de Hae-jin deveria chegar às onze horas.

Faltavam três horas. Será que eu conseguiria decifrar o enigma antes que ele chegasse? Decidi fazer o que podia ser feito, em vez de perder tempo com dúvidas. A voz em minha mente dizia: *Quando Hae-jin chegar, ele tem que encontrar sua própria casa e não a cena de um crime.* Só assim eu poderia continuar procurando por uma resposta. E agora eu era assolado pela pergunta que persegue todos os assassinos do mundo: deveria me entregar à polícia ou tentar fugir? Deixei a lâmina de barbear em cima da mesa e fui ao quarto de mamãe.

Algumas coisas nunca mudam. O quarto de mamãe era uma dessas coisas. Continuava sempre igual — fosse na casa em Bang-bae-dong, onde moramos com papai e Yu-min, fosse no prédio comercial onde vivemos por quinze anos; fosse aqui, no apartamento em Gun-do. Os móveis continuavam sempre os mesmos, assim como sua disposição. O objeto mais antigo da mobília era a escrivaninha que mamãe tinha desde os tempos de solteira.

Foi junto à escrivaninha que me detive. Olhei a estátua da Virgem Maria, pisando no pescoço da serpente com o pé descalço. Era uma imagem bélica, que pouco tinha a ver com sua fama de misericordiosa. Junto à estatueta, havia um pequeno relógio de mesa com um compartimento para canetas; também um estojo com utensílios de escritório e um par de livros, em pé, que ela deve ter trazido do escritório.

Mesmo após deixar o trabalho, mamãe passava longo tempo em sua velha escrivaninha. Lendo, escrevendo, pensando, rezando, bebendo. Era algo tão comum quanto fazer refeições. Ontem à noite, ela deve ter feito a mesma coisa. A julgar pela caneta, na borda do tampo, ela estivera escrevendo. Além disso, a cadeira estava fora do lugar e o cobertor jazia no chão. Tudo indicava que saíra do quarto às pressas.

Saiu ao me ouvir chegar? Quando isso havia acontecido? O certo é que, depois, não havia retornado. Pois, se tivesse voltado, teria com certeza arrumado a cadeira e o cobertor — mamãe era o tipo de pessoa que não podia ver uma almofada torta no sofá.

O cobertor de joelhos era pequeno demais, por isso abri o armário e peguei o cobertor de cama, azul, espesso como uma toalha de banho.

Voltei à cozinha e abri o cobertor sobre a mesa. Os olhos de mamãe continuavam cravados em mim.

O que vai fazer comigo?, perguntaram os olhos dela, úmidos e negros como pedras no fundo de um rio. Tive um impulso de fugir outra vez. Queria apenas me livrar do olhar de mamãe, mas meu corpo não obedecia. Enquanto isso, ela continuava a me atormentar. *Você não pensa em mais nada além de me enterrar? Eu estou morta e você não sente nada? Não está vendo que isto é um pouco mais grave do que derramar café sobre a mesa?*

É claro que sei!, pensei. *Por favor, pare de me atormentar. Ou então fale alguma coisa útil. Me conte por que tentou me matar, ou me dê alguma pista que eu possa seguir.* Balancei a cabeça para clarear os pensamentos. Tentei me concentrar nas coisas a fazer e na ordem em que devia executá-las. Para isso, precisava evitar o olhar de mamãe.

Baixei o rosto com dificuldade e cravei os olhos no peito dela. Enxuguei a poça de sangue coagulado, para não escorregar. Depois me ajoelhei ao lado de mamãe. Exceto pelos olhos esbugalhados, ela parecia prestes a adormecer. Será por isso que lhe dei boa-noite?

Lembrei de um dia em Bang-bae-dong, pouco após a morte de papai e Yu-min. Acho que era num sábado. Eu não tinha ido à escola, e a mamãe não tinha ido à igreja. Passou a tarde limpando a casa e, ao anoitecer, apanhou uma garrafa de bebida e se enfiou no antigo quarto de Yu-min. Ficou lá por horas. De vez em quando, eu ouvia soluços e resmungos indecifráveis do outro lado da porta.

Eu estava de bruços na cama, disputando um campeonato de natação numa piscina imaginária. No meu devaneio, eu acabava de ultrapassar o mais famoso dos jovens nadadores coreanos, um virtuose que treinava desde os três anos. Eu tinha começado havia apenas dois anos, mas nessa época ainda acreditava que o sonho viraria realidade em questão de meses. Mas no instante em que toquei a borda da piscina, ao fim da disputa, ouvi algo se quebrando no quarto de Yu-min. Fiquei quieto e prestei atenção, mas agora tudo estava em silêncio. Mesmo assim, me levantei, pois achava que sabia o que tinha feito aquele barulho.

Eu estava certo. Ao entrar no quarto, vi a garrafa espatifada num canto. O que não esperava era ver a mamãe esticada na cama, segurando o pulso ensanguentado. O álbum de família, os chinelos, vários grampos de cabelo estavam espalhados pelo chão. Havia marcas de sangue no cobertor e na escrivaninha.

"Mãe!", gritei sem querer.

Mamãe abriu os olhos uma vez, mas logo voltou a fechá-los. Corri até o andar de baixo e telefonei para a emergência. "Minha mãe se machucou!"

Sentei na borda do sofá, esperando pelos médicos, pronto a atender à porta assim que ouvisse a campainha. Estava usando uma jaqueta — hesitara por um momento antes de enfiar no bolso meu cubo mágico, recém-comprado — e me lembrei de tirar a carteira da mamãe de dentro da bolsa.

No hospital, o enfermeiro de plantão me encheu de perguntas. "Quando encontrou a sua mãe caída?" "Onde está seu pai?" "Não tem outro adulto em casa?"

Fiz que não, embora, obviamente, pudesse mencionar minha tia. Já naquela época, eu não gostava dela.

"Minha mãe e eu vivemos sozinhos."

Mamãe só acordou de madrugada. Devo ter montado e desmontado o cubo umas trinta vezes. Assim que acordou, ela pediu para ter alta. O enfermeiro recusou-se a liberá-la, mas mamãe levantou mesmo assim, descalça e desgrenhada. Saiu cambaleando do pronto-socorro e pegou um táxi. Eu a segui, mas ela mal olhou para mim. Quando chegamos em casa, o dia já estava claro. Mamãe caiu na cama sem tomar banho. Fiz menção de sair do quarto, mas voltei ao pé da cama. Lembrei-me da recomendação do enfermeiro:

"Deixe as mãos da sua mamãe sobre o peito."

Assim que toquei em suas mãos, ela abriu os olhos. Eu a cobri com o cobertor. O nariz dela estava vermelho. Seus olhos, fixos no teto, estavam cheios de lágrimas. Fiquei decepcionado. Achei que ela fosse me agradecer. Achei que fosse dizer: "Graças a você estou viva". Em vez disso, estava chorando. Eu não merecia sequer um elogio? Achei melhor lembrá-la do que

64

havia acontecido. "Eu levei um baita susto, mamãe. Achei que você fosse morrer. Não faça mais isso."

A boca dela se mexeu, como se fosse falar algo. Esperei em pé. Ela apertou os dentes com tanta força que o queixo se projetou para a frente. Veias azuis saltaram em seu pescoço. Parecia estar se controlando para não bater em mim. O que eu fizera de errado? Achei melhor sair dali o quanto antes. Fui até a porta e me detive por um instante. "Boa noite", eu disse.

Essa foi a primeira vez que usei o "boa-noite" estrategicamente. A partir de então, recorri a essas palavras sempre que precisava dissipar a fúria de mamãe, ou quando queria encerrar uma conversa, ou quando precisava esconder algo que havia feito. Eu lhe dava boa-noite quando queria dizer para parar de me encher o saco, para me deixar em paz. Talvez eu tenha feito isso ontem à noite também: *Espera aqui; depois eu cuido disso.*

Deslizei as mãos sob o corpo dela e tentei erguê-la. Ela estava muito pesada. Como podia pesar tanto se tinha o tamanho de uma colegial? Sua cabeça caía para trás, os cotovelos dobrados me apertavam a barriga, coágulos de sangue tombavam em minha roupa feito titica de passarinho. Dei um passo em direção à mesa, escorreguei numa poça de sangue, caí para a frente e tive de atirar mamãe em cima do cobertor.

Agachei-me e tentei controlar a respiração. Minhas pernas estavam tremendo. Era difícil ficar em pé. Tudo isso porque havia carregado um corpo com metade do meu tamanho, por não mais que um metro de distância. Na semana passada, mamãe me dissera que uma formiga é capaz de erguer um objeto que pesa cinquenta vezes mais que ela mesma e uma abelha, trezentas vezes. Disse-me isso durante a faxina, apontando para a geladeira. Se Hae-jin estivesse ali, ele teria deslocado a geladeira antes mesmo que ela pedisse. Mas só eu estava em casa — eu, o inútil. Comecei a me afastar, fingindo não a ouvir.

Ela complementou: "Então, um homem de um metro e oitenta e quatro e setenta e oito quilos devia ser capaz de puxar um trailer de nove toneladas".

Esse cálculo assombroso não me deixou escolha, exceto mover a geladeira. Agora, no entanto, suas perícias mentais em nada poderiam ajudá-la. Tudo o que podia fazer era ficar deitada num cobertor velho. Parece que é o que acontece com gente morta.

Fechei seus olhos. Desdobrei seu braço, endireitei seu pescoço, ouvindo os ossos estalarem. Empurrei seu queixo para lhe fechar a boca, quase lhe quebrando os dentes. Baixei a barra da camisola, que tinha subido até o meio das coxas.

Eu mesmo tinha lhe dado aquela camisola de presente, em seu aniversário de cinquenta e dois anos. Em vez de agradecer, ela ficou brava, reclamando que eu lhe dera um "pijama de velha". Ela nunca a havia usado antes. Achei que a tivesse jogado fora. Na verdade, eu tinha até esquecido que lhe dera esse presente. Por que diabos resolvera usá-la logo nessa noite?

Notei que havia algo no bolso da frente da camisola. Algo pequeno e comprido, do tamanho de um isqueiro. A chave do carro. Era estranho. Mamãe não costumava deixar coisas nos bolsos. A chave deveria estar na gaveta da escrivaninha. Por que a guardara logo na camisola? Era inimaginável que pretendesse sair de carro usando apenas camisola, ainda que fosse no meio da noite. Além disso, ela quase nunca saía de casa depois das nove.

Coloquei a chave do carro em cima da mesa. Enrolei mamãe no cobertor. Seria bom amarrá-la com uma corda, mas eu não tinha disposição de sair procurando uma; além do mais, deixaria ainda mais marcas de sangue pela casa.

Deslizei os dois braços por baixo do seu corpo e respirei fundo. Cravando os calcanhares no chão, levantei-a de uma vez. As veias incharam em minha testa. O corpo de mamãe estava ainda mais pesado. Era como se eu estivesse carregando um caixão de madeira. Fui até a escada, me desviando das poças vermelhas. Parecia estar atravessando uma lagoa congelada. Pisei num degrau, e tudo ficou silencioso. Pisei no segundo degrau, e o silêncio retumbou nos ouvidos. A partir do terceiro, comecei a suar frio. Estava tonto. Ouvi um gorgolejo sob os pés. Era a massa de sangue pegajosa escorregando por entre os dedos. E a voz de mamãe ressoava sem parar em minha cabeça. "Yu-jin." Era uma voz trêmula e baixa. Pisei no quarto degrau. "Yu-jin!" Era um grito afiado que espetava os ouvidos. Subi mais um degrau, o quinto. "Yu-jin..." O chamado de mamãe puxava meu corpo para baixo. Meus pés pareciam afundar. Quando erguia uma perna, o degrau parecia vir junto.

Chegando ao patamar, parei por um momento. Tentei apoiar minhas costas na parede, mas os ombros deslizaram numa mancha de sangue e perdi o equilíbrio. Soltei um grito, e a voz de mamãe desapareceu. Seu peso também.

Quando voltei a mim, estava sentado numa poça de sangue. Mamãe estava deitada entre minhas coxas e o cobertor amarrotado. Minha cabeça girava. O trabalho de enrolar minha mãe morta num cobertor e carregá-la escada acima fora devastador. Pela quarta vez, tive vontade de me atirar no chão e ficar ali para sempre. Mas um alerta ressoou em minha memória, arrancando-me do torpor. O trem. O trem de Hae-jin estava chegando.

Levantei-me. Voltei a enrolar mamãe do jeito que pude e a ergui do chão. Subi os degraus que faltavam, pensando sempre no trem que se aproximava. Alcancei a porta do terraço. Apertei a tranca com a ponta do dedo, abri a porta com um chute e saí. O gélido vento de dezembro me bateu na cara. Atrás da névoa fosca, cantavam gaivotas-pardas. Na pérgula, o balanço gemia, impelido pelo vento. Trouxéramos o velho balanço de nossa antiga casa em Bang-bae-dong. Nas tardes em que cuidava do jardim, mamãe gostava de descansar de tempos em tempos sentada naquele balanço. Era dali também que espionava meu quarto, fingindo tomar chá.

Pisei no lajedo da pérgula. Depus o corpo de minha mãe, retilíneo, no assento do balanço. O peso fez com que as correntes parassem de se mover. O rangido cessou. Junto ao balanço, havia dois bancos, uma mesa de metal e uma grelha de churrasco com pernas compridas. Parei em frente à mesa. Era feita de madeira, em formato de caixa; mamãe a projetara pessoalmente. Empurrando-se o tampo, surgia um compartimento largo e fundo, onde ela costumava guardar as ferramentas que usava no terraço. Um tapete impermeável, uma lona transparente, um saco de adubo, um ancinho, uma tesoura elétrica, uma pequena pá, um serrote, vasos vazios, uma mangueira de borracha toda enrodilhada, diversos recipientes pequenos...

Tirei as ferramentas e larguei-as no chão, uma por uma. Depois, forrei o compartimento com a lona. Levantei mamãe e a coloquei lá dentro. Agora que a depositara no túmulo improvisado, fiquei sem saber o que fazer. Quando pequeno, eu passara pelo enterro de meu pai e meu irmão, mas não me lembrava de nada. Pelo que mamãe contou, fiquei mergulhado num sono profundo até o dia do funeral. E mesmo que me lembrasse, o que poderia fazer? Mamãe provavelmente não gostaria de me ver fazendo uma cerimônia junto a seu corpo morto. Decerto ficaria brava, como se eu estivesse fazendo algum tipo de zombaria póstuma.

Cobri mamãe com o tapete impermeável. Depois, comecei a depositar em cima dela as ferramentas. Pus louças e vasos no lado dos pés, e ajeitei a lona, o saco de areia e a mangueira junto à cabeça, fixando, com seu peso, o tapete impermeável. Por último, peguei o serrote. Então, a voz fantasmagórica renasceu em meus ouvidos.

"Eu devia ter me livrado de você naquela época."

Meu rosto ardeu, como uma chapa quente. Meu queixo pinicou, e a saliva azedou em minha boca.

"A gente deveria ter morrido naquela época. Você e eu."

De que época ela estava falando? E o que eu havia feito para merecer a morte? Não sabia que ela me odiava tanto assim, a ponto de desejar me ver morto. Será que sempre me odiara, mesmo quando parecia me amar? Minha pressão sanguínea disparou. A raiva me preenchia até a raiz dos cabelos. Joguei o serrote com força em cima dela e fechei o tampo da mesa de supetão. Saí da pérgula sem olhar para trás. Se continuasse ali, acabaria estraçalhando o cadáver de minha mãe. E o trem de Hae-jin estava chegando.

Bati a porta do terraço. O silêncio preenchia a casa feito um nevoeiro. A voz de mamãe cessara de vez. Desci as escadas e minha cabeça gradualmente esfriou. Tentei me concentrar no que faria a partir de agora. Se abrisse as janelas, as rajadas invernais invadiriam o apartamento com força de tempestade. O vento limparia o cheiro de sangue, mas deixaria a casa num estado caótico: derrubaria objetos dos balcões e prateleiras, aumentando ainda mais a confusão no piso ensanguentado. No fim das contas, a ventania poderia ajudar a espalhar ainda mais as manchas de sangue.

Decidi que minha prioridade, agora, era limpar o sangue. Primeiro, tirei o suéter e a calça. Entrei na cozinha pelado e calcei as luvas vermelhas de borracha. Na gaveta da cozinha, peguei panos secos e sacos de lixo, uma garrafa de cloro e dois baldes, um grande e outro pequeno. Na despensa, apanhei a vassoura de plástico, a pá de lixo, o esfregão e o vaporizador. Juntei todo o equipamento em frente à mesa da cozinha. Então, comecei a limpar tudo, com precisão militar.

Passei o rodo sobre a poça de sangue onde mamãe estivera deitada; despejei o sangue coagulado no balde e joguei tudo no vaso sanitário do quarto principal. Depois passei à poça no patamar da escada; despejei o sangue no vaso de meu próprio banheiro. Em seguida, comecei a esfregar o chão. No corredor do segundo andar e no piso de mármore da sala, o trabalho foi rápido. O problema era a escada. Os degraus eram feitos de madeira castanha. O sangue se infiltrara ali, e era impossível removê-lo completamente. Talvez conseguisse desentranhar o sangue com um jato de água bem forte, mas para isso teria de conectar a mangueira na torneira do terraço; isso levaria muito tempo. Desisti de limpar os degraus. Restava esperar que os olhos agudos de Hae-jin não notassem as nódoas na madeira.

Terminando de limpar o chão, calcei os chinelos — para que meus pés ensanguentados não deixassem novas marcas de sangue. Depois, comecei a limpar as paredes e o corrimão. Misturei água e cloro num balde, molhei um pano e parti para o segundo andar. Comecei pela porta do meu quarto, esfregando minuciosamente a maçaneta. Rematei o trabalho com o vaporizador.

Eram 10h30. Apoiei o vaporizador contra a parede e comecei a arrumar as coisas. Enfiei os panos, os chinelos e as luvas no balde e deixei tudo em meu quarto. Apanhei a chave do carro, que deixara na mesa da cozinha, e a guardei em minha escrivaninha, junto com a navalha. Os tênis molhados, guardei-os na sapateira. Por fim, abri todas as vidraças das sacadas, para que o ar circulasse por todas as peças. O vento frio entrou vorazmente, como se estivesse esperando, e sua lâmina gelada varreu a sala de ponta a ponta. Lá de fora, veio a voz de uma mulher sem alma:

"A porta vai se abrir."

Era o elevador que se aproximava. Não havia dúvidas sobre seu ocupante. A única pessoa que poderia estar vindo ao décimo andar era Hae-jin. O apartamento adjacente ainda não tinha moradores, e não residentes precisavam chamar pelo interfone para conseguir entrar no condomínio. Olhei o carrilhão. 10h55.

Ouvi o bipe da tranca elétrica. Hae-jin levaria menos de cinco segundos para cruzar o vestíbulo. Olhei rapidamente o interior da casa. Todas as portas estavam abertas. Eu ainda não limpara meu quarto, nem o de mamãe. Além disso, decerto eu deixara sinais de sangue ao carregar mamãe pelo terraço. Para piorar as coisas, eu estava pelado e coberto de sangue. Não tinha como resolver tudo isso em cinco segundos.

Apanhei o vaporizador e corri até o quarto de mamãe. Fechei a porta sem fazer barulho. Ao mesmo tempo, ouvi a porta do vestíbulo se abrindo. Em seguida, sons de passos pela sala. Depois, silêncio. Imaginei que Hae-jin estivesse parado junto à mesa da cozinha, com um ar confuso. Fora até a ilha de Yeong-jong para buscar um celular que não estava lá; a pessoa que lhe encarregara daquela missão absurda parecia não estar em casa; todas as janelas estavam abertas, como se alguém tivesse invadido o apartamento, e a casa inteira cheirava a cloro. Talvez houvesse ainda algum cheiro de sangue. Senti um arrependimento tardio. Deveria ter ventilado o apartamento antes de qualquer outra coisa.

Então, ouvi a voz de Hae-jin.

"Yu-jin?"

II
Quem sou eu?

Era uma madrugada de fevereiro, dez anos atrás. Mamãe e eu atendemos o telefone. Era Hae-jin quem chamava. Estávamos no carro, indo para meu treino.

Mamãe apertou o botão de viva-voz, para que eu também ouvisse.

"Sou eu. Hae-jin." Sua voz estava trêmula e chorosa. Algo havia acontecido.

"Onde está você?", mamãe perguntou. Parece que ela tinha percebido exatamente o que estava acontecendo, porque não perguntou o que havia de errado.

"Estou no pronto-socorro", Hae-jin respondeu. "Meu avô... ele acaba de falecer." O médico lhe perguntara se havia algum adulto responsável, e Hae-jin não conseguira pensar em outra pessoa além de mamãe.

Por um instante, minha mãe pareceu prestes a dizer alguma coisa. Mas se deteve, olhando o celular. Seus lábios se mexeram umas duas vezes. Aquilo era estranho: mamãe não era o tipo de pessoa que ficava escolhendo palavras. Falava como se já tivesse escolhido as palavras antes de abrir a boca. Comecei a ficar nervoso com aquela reticência. Por que não respondia de uma vez? Era só dizer que estávamos a caminho.

"Vamos logo, mamãe", murmurei.

Mamãe me olhou de relance, como a perguntar se eu podia faltar ao treino. Fiz que sim. Ela ligou o pisca-alerta, atravessou duas faixas, deu meia-volta rapidamente e respondeu a Hae-jin: "A gente chega em cinco minutos".

O avô de Hae-jin estava na maca, coberto com um lençol branco. Hae-jin, sentado ao seu lado, olhava para a ponta dos pés. Estava perplexo, estonteado, com o corpo mole. Não percebeu nossa chegada. Mamãe repetiu seu nome algumas vezes; só então ele empertigou os ombros e ergueu os olhos. Parecia perdido. Fiquei preocupado. Será que conseguia nos enxergar? Imaginei que fosse dizer "Vocês chegaram". Em vez disso, balbuciou: "Sinto muito".

Sem nada para dizer, mamãe abraçou-o, acariciando suas costas. Fiquei olhando, sem reação, um passo atrás. Rugas vincavam a fronte de mamãe, seu rosto estava vermelho, ela engolia com dificuldade. A expressão em sua face era enigmática. Eu não conseguia decifrá-la. Será que estava triste? Estava partilhando a dor de Hae-jin? Estava tentando lhe dizer que não se preocupasse, que ela tomaria conta de tudo? Ou seria uma combinação de todas essas coisas? Ou algo totalmente distinto?

Mesmo sem ver a expressão no rosto dela, Hae-jin parecia compreender o sentido de sua carícia. Um gemido escapou por sua boca contraída. Ergueu os braços hesitantes, retribuiu o abraço, e o gemido transformou-se em soluços. Apoiou o rosto no ombro de mamãe, que era dois palmos mais baixa que ele, e entregou-se a um choro convulsivo e violento.

Embora percebesse o sofrimento de Hae-jin — seus soluços enchiam meus ouvidos —, eu não conseguia sentir coisa alguma. Era estranho. Agora mamãe também chorava, até o enfermeiro tinha os olhos marejados, mas eu estava ali, impassível, sem reação. Não consegui dizer uma única palavra de consolo ao meu amigo.

Três dias após o funeral, mamãe me falou sobre sua intenção de adotá-lo.

"O que acha?"

Explicou que Hae-jin era agora um órfão, sem ninguém no mundo. Seria terrível se tivesse de ir para um orfanato. Hae-jin era meu melhor amigo e, por coincidência, tínhamos um quarto vago. A pergunta de mamãe — "O que acha?" — na verdade significava: "Você não tem problemas com isso, certo?". Mesmo que eu tivesse problemas, isso não mudaria nada. Mas, dessa vez, eu realmente não tinha nenhuma objeção. Mamãe estava certa: Hae-jin era meu melhor amigo, na verdade, meu único amigo. Era a pessoa que eu mais estimava no mundo. Mamãe tinha condições financeiras para cuidar de dois meninos.

Dois dias depois, de manhã, quando eu estava saindo para o treino, mamãe me comunicou:

"Hae-jin vai se mudar para cá hoje."

Na época, morávamos num prédio de cinco andares em Incheon, divisão administrativa Yong-hyun-dong. Mamãe era proprietária do imóvel. Nosso apartamento ocupava todo o quinto andar. O quarto do corredor estava arrumado como que à espera de meu irmão mais velho. Lá, mamãe colocara os livros dele, os antigos móveis, até a cortina que um dia adornara o quarto de Yu-min em Bang-bae-dong. Sempre que eu passava em frente àquele quarto, tinha a sensação de que pertencia a Yu-min. Talvez por isso eu tenha ficado tão chocado. De tarde, voltando do treinamento, espiei o quarto e vi que todos os vestígios de Yu-min tinham sumido. No seu lugar, havia objetos desconhecidos — os pertences de Hae-jin, eu supus. Agora, a janela era coberta por uma nova cortina, dupla; havia uma escrivaninha comprida num canto, uma estante de livros, lençóis recém-comprados na cama, uma telona de TV. Na parede, estava pendurado um pôster de *Cidade de Deus*.

Olhei o quarto por um longo tempo, perplexo. Era evidente que a arrumação não fora feita às pressas. A disposição dos objetos e móveis parecia obedecer a um plano elaborado havia tempos. Tudo estava diferente, dos móveis à cor das paredes, mas ao mesmo tempo tudo era familiar: via-se ali o gosto de mamãe, inconfundível. Se Yu-min estivesse vivo, era assim que ela decoraria o quarto.

Fiquei intrigado. Quando mamãe começou a planejar aquelas mudanças? Desde que conhecera Hae-jin? Ou depois que fomos juntos ao cinema? Ou teria sido uma semana atrás, quando estávamos no hospital? Jamais descobri o que se passara na cabeça de mamãe. E jamais fiquei tão confuso quanto naquele dia. Não imaginava que ela pudesse trocar Yu-min por Hae-jin tão rapidamente. Não esperava que o quarto estivesse totalmente transformado dois dias após o anúncio da adoção. E não era só o quarto: Hae-jin agora ocupava o lugar de Yu-min no coração de mamãe também. Nem seria preciso trocar seu sobrenome: ele também era descendente do clã Kim, de Kim-hae. Assim, tornou-se o filho primogênito de minha mãe. Só mais tarde percebi que, de nós três, eu era o único que carregava um sobrenome diferente: o de meu pai.

"Yu-jin." Ouvi a voz de mamãe vindo lá da entrada do apartamento. Só então emergi do estado de confusão.

"Yu-jin!" Dessa vez, era Hae-jin quem me chamava. Pela direção do som, estavam na porta do vestíbulo. Imaginei-os ali, parados — como se Hae-jin só pudesse entrar depois que eu respondesse. Saí do quarto. Lá estava ele, como eu supunha. Ainda não tirara os sapatos; ao seu lado, no chão, havia uma mochila e uma mala.

"Cheguei", ele disse, desajeitado. Parecia ter acabado de fazer uma confissão embaraçosa. Atrás dele, mamãe me observava. Havia certa tensão em seus olhos. Parecia contrariada por me ver saindo do quarto. Mesmo assim, eu precisava deixar uma coisa clara. Parei em frente a Hae-jin.

"Seja como for, não posso te chamar de irmão mais velho."

Naquele momento, não me interessava a opinião de mamãe. A única pessoa que eu podia chamar de irmão mais velho era Yu-min. Hae-jin aceitou isso de bom grado. Ainda com a expressão embaraçada, colocou os pés na sala. E, assim, nós nos tornamos uma família.

O retrato pendurado na parede da sala foi tirado naquele mesmo dia, no estúdio do bairro, para comemorar o nascimento da nova família.

"Por um acaso seus filhos não são gêmeos? A altura, estatura e o rosto deles são praticamente iguais", comentou o fotógrafo. E, por dez anos, nós realmente vivemos como gêmeos, em harmonia, apesar de pequenos conflitos. Em geral, havia paz e amizade entre nós. Pelo menos, foi assim até ontem.

Será que as coisas continuariam como eram antes? O cadáver de mamãe jazia na mesa da pérgula; seu ensanguentado assassino — eu mesmo — estava escondido no quarto principal; naquele momento, Hae-jin entrava no apartamento e talvez sentisse no ar o cheiro de sangue.

Lembrei-me da expressão enigmática de mamãe ao abraçar Hae-jin no hospital, dez anos atrás. Talvez agora eu conseguisse identificar essa sensação gélida entre o peito e o pescoço. Talvez fosse solidão.

"Hae-jin", eu o chamei. Ele acabava de atravessar a sala e estava subindo para o segundo andar. Ouvi o som de seus passos na escada.

"Eu estou aqui, no quarto da mamãe."

Será que falei baixo demais? Os passos do Hae-jin continuavam na escada.

"Hae-jin!" Dessa vez, eu estava gritando. Sentia uma onda de pânico. "Estou no quarto da mamãe!" Meu grito era alto o bastante para que toda a vizinhança escutasse.

Os passos do Hae-jin se detiveram.

"Hein? O quê?"

Parecia distraído. Tive de falar ainda mais alto:

"Já disse que estou no quarto da mamãe!"

"E a mamãe? Está aí?"

Merda. Eu não tinha pensado em como explicar a ausência de mamãe.

"Não, eu estou sozinho." Nenhuma resposta. Nenhum movimento. Meus pés começaram a coçar. Senti vontade de sair correndo porta afora, agarrá-lo pela gola e arrastá-lo para o andar de baixo. "Venha logo!"

Não me preocupava que ele entrasse em meu quarto ou fosse ao terraço. Ele jamais faria isso. Hae-jin não entra em território alheio sem permissão. Sempre seguia as regras. Se visse uma mulher se afogando, pediria licença antes de agarrar a mão dela — se bem que essa hipótese era totalmente improvável, pois Hae-jin não sabia nadar e morria de medo de água.

O que me preocupava, agora, era o local onde Hae-jin se encontrava. Não havia janela, nem saída de ar. A porta do terraço estava fechada. Naquele ambiente selado, o cheiro de cloro se misturava aos vestígios de sangue. Eu tinha de afastá-lo das escadas o quanto antes.

"Eu estou fazendo faxina. Vem logo!", eu o chamei, fingindo ofegar, como se estivesse exausto e precisando de ajuda.

Finalmente, começou a se mexer. Primeiro avançou devagar, aí depois passou a pular os degraus. Percebi que ele estava quase no quarto, e só então lembrei que a porta estava destrancada. Merda. Estiquei o corpo e apertei a tranca no momento mesmo em que Hae-jin girava a maçaneta. Devo ter sido um milésimo de segundo mais rápido. A porta se trancou com um clique.

"Ei, como assim? Por que trancou a porta?" Hae-jin ergueu a voz.

"Eu já vou sair. Vá fazer suas coisas aí", eu disse.

"Mas que droga, como assim?" Só de ouvir sua voz, eu imaginava sua expressão. Seus olhos mansos decerto estavam pestanejando, como os de um touro atiçado, ante aquela situação absurda. "Você me chama aos gritos, e agora quer que fique esperando aqui fora?"

"Acabei de tirar a roupa para entrar no banho."

"E daí?"

Para isso, não havia resposta. Já nos víramos pelados uma centena de vezes. Fiquei quieto por um tempo. Era melhor do que responder qualquer coisa.

"E por que vai tomar banho aí?", ele insistiu.

"O chuveiro do meu quarto quebrou."

"Ah, tá. E onde está a mamãe?"

"Foi para o retiro espiritual com o pessoal da igreja." Que ótimo se aquilo fosse verdade. Se mamãe tivesse ido para o retiro, eu não estaria agora aqui, tentando enganar Hae-jin.

"Retiro, assim de repente? Quando eu liguei, você não falou nada disso", ele resmungou.

Eu estava de saco cheio. Não aguentava mais escolher as palavras a dedo.

"Eu só fiquei sabendo quando desci. Tinha um bilhete na geladeira," acrescentei, apressado.

"Ah, tá…", ele disse. O que estaria pensando? Eu não tinha como saber.

"E por que as janelas estão abertas?"

"Eu fiz uma baita faxina. No bilhete, mamãe me mandou deixar a casa brilhando."

"Tá, agora chega", disse Hae-jin, abrupto, e começou a bater na porta. "Abre de uma vez. Isso é ridículo. Que porcaria é essa? Abre logo."

De repente, me lembrei de que todas as chaves da casa ficavam numa gaveta, num armário do vestíbulo. Hae-jin poderia abrir a porta se quisesse, e eu não poderia fazer nada a respeito, exceto rezar.

"Vamos conversar depois de eu tomar banho. Espere um pouco." Deixei a irritação transparecer na voz. Para dissipar essa impressão, acrescentei rapidamente:

"Não feche as janelas. Deixa o cheiro de cloro sair."

"Mas por que tinha que limpar tudo com cloro? Tem todo tipo de produto de limpeza na lavanderia. Bom, você não tinha como saber mesmo, nunca faz faxina."

Eu fiquei mastigando a membrana interna do lábio. Por favor, vá embora logo.

"Aliás, você perdeu mesmo o seu celular no Koshil? Será que não deixou no Yong, na volta para casa?"

"Hmm, olha, pra falar a verdade...", respondi a contragosto. "Eu achei o celular no meu quarto."

O silêncio prolongou-se. Senti que um sermão estava a caminho.

"Tinha caído no vão da cama, e eu só vi agora há pouco."

Finalmente, Hae-jin estourou:

"Tá de sacanagem? Por que não me ligou avisando?"

É melhor não responder nada. Não adiantava pedir desculpas enquanto ele estivesse de cabeça quente. Hae-jin não é do tipo que bate boca. Quando bravo, fica emburrado e quieto até passar. Neste exato momento eu queria evitar um confronto. Se possível, terminar essa conversa de uma vez.

Eu fiquei em pé, com a orelha colada na porta, e esperei Hae-jin se mexer. Não foi preciso esperar muito. Logo ouvi seus passos se afastando. Em seguida, ouvi as vidraças e janelas sendo fechadas uma atrás da outra. Tinha esquecido meu pedido para deixar os vidros abertos? Ou estava fazendo aquilo de propósito, para me afrontar?

Depois de algum tempo, ouvi uma porta batendo. Parece que finalmente entrou em seu quarto. Em geral, após deixar a mochila em cima da escrivaninha e trocar as roupas surradas, ele costumava voltar à sala. Isso levaria um minuto, no máximo, mas era tempo suficiente para eu sair do quarto e subir as escadas. Um segundo para ir do quarto até a escada, dez segundos para subir os degraus, cinco segundos para chegar ao meu quarto.

Uma vez lá dentro, só precisaria de meia hora para me lavar. O quarto da mamãe, eu podia limpar depois. Mas havia uma falha no meu plano. Eu não previra que Hae-jin podia simplesmente sair do quarto sem trocar de roupa. Nem bem saí ao corredor, ouvi a porta se abrindo. Não tive outra escolha a não ser bater em retirada para o quarto principal.

Logo, ouvi passos na cozinha. Depois, ruídos de pratos ou copos se chocando. Imaginei que estivesse fazendo café. Ou então preparando um lámen. Seja como for, Hae-jin não ia voltar mais para seu quarto. Então, eu precisava mudar os planos.

Tranquei a porta sem fazer barulho e tirei o pano do vaporizador. Apaguei todas as marcas de minhas mãos e pés, metodicamente, indo da porta ao banheiro. Lá fora, silêncio total. Fiquei preocupado. Mas não tinha o que fazer. Abri o chuveiro e entrei. Gastei metade do xampu lavando o cabelo. Ensaboei o corpo quatro ou cinco vezes. Tive de usar uma escova para tirar o sangue de debaixo das unhas. De tempos em tempos, desligava o chuveiro e aguçava os ouvidos. O que Hae-jin estaria fazendo? Tudo continuava em silêncio. Estava tão ansioso que tinha vontade de arrancar as orelhas e colar na porta do quarto.

Só após o banho encontrei o presentinho que mamãe me deixara. Ergui o braço na frente do espelho, e lá estava a mordida. O hematoma começava no braço, descia pela axila e chegava até o mamilo. No meio do inchaço roxo, marcas de dente formavam uma meia-lua. Só então notei como aquilo estava doendo. Por um instante, revivi o pesadelo da noite passada. Estremeci e abaixei o braço.

Joguei a toalha molhada no ombro e fui até a escrivaninha. O relógio marcava 11h40. Quarenta e cinco minutos haviam se passado desde que Hae-jin voltara. Nesse intervalo, ele já poderia ter comido uma tigela de lámen, uma tigela de arroz, tomado uma xícara de café — dava tempo até para lavar toda a louça. Mas tudo continuava em silêncio. Encostei a orelha na porta e só então consegui escutar alguma coisa. Fragmentos de frases em staccato. Hae-jin devia estar na frente da televisão, mudando de canal a cada segundo com o controle remoto. Deve ter esperado por mim todo esse tempo, deitado no sofá.

Será que ainda tinha algo para me dizer? Ou será que havia percebido algo de errado? Viu alguma marca que eu me esqueci de apagar? De repente, ouvi uma gargalhada de auditório. Decerto ele havia se fixado num canal. Depois de um tempo, ouvi uma risada de Hae-jin.

No fim das contas, talvez não esteja me esperando.

Voltei para a frente da mesa, peguei o pano do vaporizador. Mas larguei de volta. Era evidente que aquele pano fora usado para enxugar sangue. Precisava esconder aquilo em algum recipiente. Uma sacola de papel bem grande, por exemplo. Ou uma embalagem de plástico escuro. Abri a primeira gaveta e vasculhei. Estava cheia de itens de papelaria, nada mais. A primeira coisa que achei na segunda gaveta foi a carteira vermelha de mamãe. Ao lado, havia um caderno grosso. Parecia uma agenda de escritório. Tinha capa dura e aro redondo. Nunca o tinha visto antes. Voltei a olhar a caneta no canto da mesa. Quando combinei o caderno com a caneta, uma cena se formou. Mamãe estava anotando algo em cima da mesa, depois enfiou o caderno na gaveta às pressas. Só por curiosidade, abri-o. Queria saber se minha suposição estava correta.

Na primeira página, lia-se "Dezembro". Em seguida, havia três registros.

6 de dezembro, terça-feira
O quarto dele está vazio. Ele começou a sair pelo terraço de novo. Depois de um mês.

7 de dezembro, quarta-feira
Segundo dia consecutivo. Eu estava vigiando, mesmo assim ele escapou.

9 de dezembro, sexta-feira

Aonde será que ele foi? Vasculhei o bairro inteiro até as duas da madrugada. Não achei nada. Mas tenho certeza de que o vi. Está frio. Estou com medo. Estou horrorizada. Agora...

O registro se interrompia. E numa linha abaixo havia uma anotação totalmente distinta: *Hello está latindo. Ele voltou.*

Eu não tinha dúvidas sobre quem era "ele": a mesma pessoa que ela flagrara na porta da frente ontem à noite. Se ela ficou vasculhando o bairro até as duas da madrugada, quer dizer que telefonou para titia ou Hae-jin na rua. Deve ter ficado encharcada de chuva. Isso explicava os tênis molhados. Mas faltava responder a uma pergunta fundamental. Mamãe era o tipo de pessoa que andaria na rua numa noite chuvosa?

Claro que não. Ao menos, não sairia a pé. A maior parte de Gun-do era um enorme canteiro de obras. Mais da metade dos apartamentos estava vazia. A avenida que separava os distritos Um e Dois, ao longo do rio Dongjin, estava sempre deserta e tétrica, como um cemitério. As pessoas evitavam andar por ali sozinhas. A maioria dos moradores não saía de casa após o anoitecer.

Ou seja: era altamente improvável que mamãe tivesse saído a pé às duas da madrugada. Podia ter saído de carro, mas isso não explicava os tênis molhados. Também não estava claro o motivo de haver saído em meu encalço. Por que não esperar que eu voltasse?

De repente, ouvi um assobio desafinado. Hae-jin se aproximava. Vinha da cozinha. O som da TV sumira.

O som do assobio saiu da cozinha e se distanciou, em direção ao quarto da frente. Não demorei para ouvir a porta se abrindo e fechando. Agora, sim, era a minha chance de sair do quarto. Pus o caderno embaixo do braço. Embrulhei o pano com a toalha molhada que tinha pendurado no ombro. Antes de abrir a porta, verifiquei novamente se havia movimento do lado de fora. Tudo silencioso. Abri uma fresta e botei a cara para fora. Não tinha ninguém.

Saí. Tranquei a porta. Em seguida, corri para a escada. Subi saltando dois, três degraus de uma vez. Enquanto isso, recapitulava tudo o que fizera no banheiro e no quarto da mamãe. Sim, eu estava certo de que limpara todos os vestígios. Saí com a certeza de que não deixara nada para trás e tranquei a porta.

Peguei o celular da mamãe debaixo da minha cama. Devo tê-lo deixado cair ali, não lembro quando. A tela estava apagada. Talvez estivesse sem bateria. Apertei o botão com força, mas não ligou. Aquilo ia contra meus planos. Eu precisava verificar a caixa de mensagens, caso houvesse alguma conversa com Hae-jin ou com titia que eu ainda não vira. Não achei uma boa ideia recarregar agora. Teoricamente, mamãe estava no "retiro espiritual". Não era seguro deixar o celular dela na tomada. Melhor era deixá-lo desligado — assim, ele não apitaria se alguém resolvesse rastrear sua localização.

O carrilhão badalou no andar de baixo. O relógio não se importava com o que acontecia em casa. Aconteça o que acontecer, sempre continua a fazer seu trabalho. Agora, avisava que era meio-dia. Coloquei o celular de mamãe em cima da escrivaninha, junto à minha jaqueta, o colete, o MP3, o fone de ouvido, a chave do terraço, o cartão de passe do condomínio, a máscara de corrida, a navalha, a chave do carro e o caderno de mamãe.

Eu era um detetive fazendo um interrogatório. Mas o investigador e o suspeito eram a mesma pessoa — uma pessoa com pouco apreço pela honestidade e cuja memória era deficitária. A menos que fizesse novas descobertas, chegaria a uma conclusão óbvia. Mamãe tentou me matar por alguma razão desconhecida. Matei-a em legítima defesa — posso ter exagerado, mas, sim, estava me defendendo.

Revirei as roupas no armário. Vesti uma calça e tirei uma camiseta. Foi neste exato momento que ouvi passos. Tive a impressão de que Hae-jin estava pulando dois ou mais degraus de uma vez. Virei-me para a porta, pronto para repetir a discussão de uma hora atrás. Os itens do assassino e sua vítima estavam espalhados em cima da escrivaninha; em frente à porta, havia ferramentas e um saco de lixo; ainda restavam marcas de sangue no piso, e o colchão estava todo ensanguentado. E, claro, a porta não estava trancada.

Voei para a porta do quarto, esticando os braços. Saí, fechei a porta atrás de mim e, neste momento, Hae-jin apareceu. Estávamos frente a frente, um palmo de distância nos separava. Eu estava segurando a camiseta. Ele tinha algo azul e redondo na mão.

"Por que não avisou que tinha subido?", ele perguntou. "Fiquei um tempão batendo na porta lá embaixo..." Ele arregalou os olhos. "O que diabos aconteceu com você?"

Pegou meu braço esquerdo e o levantou. Pego de surpresa, não consegui resistir.

"Ah, bati no cabo do vaporizador enquanto fazia faxina."

Sacudi o braço e me desvencilhei. Ele continuou olhando a contusão, que chegava ao meu peito.

"Isso não parece marca de uma batida."

Hae-jin esticou a mão e pegou o meu braço novamente.

"Me deixa ver de novo."

"Me deixa em paz, que saco!"

Eu me afastei abruptamente, com um repelão. Hae-jin ficou boquiaberto. Enrubesci.

"Eu já disse, bati no cabo." Endureci a expressão, para encerrar o assunto, e vesti a camiseta.

"Cara, não precisa ficar tão bravo."

"O que você quer?", eu perguntei.

"Você viu?"

Do que ele estava falando? Será que deixei algum vestígio na sala? Na cozinha, ou no vestíbulo?

"O quê?"

Encarei Hae-jin. Parecia estar escondendo alguma coisa, mas era evidente que algo o divertia. Estava tentando abafar um sorriso. Disso, eu tinha certeza. Sou especialista nas expressões de Hae-jin.

"Você já viu, não viu? Por isso saiu correndo, né?", ele retrucou.

Tentei desesperadamente adivinhar o que ele queria dizer. Os objetos em cima da escrivaninha passaram pela minha visão. Mas nada disso explicava o esboço de sorriso.

"Você já sabe, não sabe?" Hae-jin inclinou a cabeça para o lado.

Cruzei os braços, irritado. *Fala de uma vez. Para de encher.*

"Fala a verdade", ele insistiu. "Por que saiu do quarto com tanta pressa?"

Meus reflexos estavam realmente lentos. Demorava mais de dois segundos para inventar uma desculpa.

"É porque estou com fome. Pensei em comer alguma coisa."

"Você não comeu nada até agora?"

Agora Hae-jin parecia prestes a cair na gargalhada. Isso não me agradava nem um pouco. Ele estava me enrolando.

"E por que você subiu?"

"Bem...", ele disse, depois se calou. Meus dedos comichavam. Queria agarrar aquele desgraçado, enfiar-lhe os dedos pela goela e arrancar o que estava escondendo.

"Eu estava fazendo contagem regressiva", ele finalmente disse. "Tinham dito que ia sair ao meio-dia em ponto. Parabéns, cara!"

Fiquei piscando como um bobo. Parabéns pelo quê?

"Vai ficar aí me olhando como um idiota? Estou te dando parabéns, seu bobalhão. Você foi aprovado!"

Descruzei os braços e minhas mãos tombaram molemente. Só agora entendia o que estava acontecendo. A lista dos aprovados na pós-graduação!

"Yu-jin Han!" Hae-jin me chamou, como quem tenta acordar uma pessoa estupefata. Decerto achava que eu estivesse bobo de alegria. E eu bem poderia estar mesmo — não fosse pelo que acontecera ontem à noite. Se minha vida tivesse seguido o curso natural, eu estaria de fato exultante. Toda minha vida universitária se concentrara na escola de direito. Com muito esforço, consegui perguntar:

"Como é que você descobriu?"

"Como você acha? Com o número de identidade, é claro."

Continuei a fitá-lo, perdido. *Como é que você sabe o número da minha identidade?*

"Você não lembra? Tirei uma foto sua quando se inscreveu."

Era verdade. Ele tinha mania de tirar foto de tudo. No dia em que fiz a inscrição, ele me encostou na parede da sala, colocou a ficha embaixo do meu queixo e tirou uma foto. Tipo aquelas fotos de delegacia: uma de frente, duas de perfil.

"Parabéns, cara! Estou orgulhoso de você."

Hae-jin pegou as minhas mãos e as sacudiu. Cada vez que balançava, imagens da mamãe surgiam e sumiam diante de meus olhos. Mamãe me atacando, mamãe brandindo a navalha, mamãe com a garganta cortada, na poça de sangue, mamãe embrulhada num cobertor velho, mamãe deitada no balanço da pérgula, mamãe trancafiada na mesa lá fora, sob o vento frio.

"Bom trabalho, cara!"

Meu corpo estava cada vez mais rígido. Não conseguia reagir. Mal podia abrir a boca. Tinha medo de falar um monte de coisas sem sentido. Ou pior: podia cair em prantos. Minha vida estava acabada, e esse fato se confirmava agora de forma dramática. Senti um cubo de gelo escorregando goela abaixo.

"Vai chorar, é?"

Hae-jin deu um passo para trás e inclinou a cabeça para um lado, estudando meu rosto. "Está tão emocionado assim?"

Abri os olhos. *Sim, estou feliz. Estou tão feliz que quero chorar. Quero chorar até morrer.*

"Quando vi que tinha sido aprovado, fiquei imaginando como você estava se sentindo. Aí, entendi tudo. Por isso resolveu fazer a faxina, do nada. Fiquei com remorso. Tratei você mal antes. Que coisa, hein! Você, o cara mais durão do mundo, comovido! Você não ficava desse jeito nem na época em que nadava. Ficava sempre calmo, mesmo quando tinha uma grande competição, contra um grande adversário. Só imagino como deve estar nervoso, para sair limpando a casa de manhã cedo!"

Era verdade. Eu costumava ser um sujeito imperturbável. Nunca ficava nervoso. Nunca hesitava, nunca tremia. Dentro d'água, eu me sentia forte. Fora da água, virei um aluno exemplar. Era um bom filho; qualquer outra mulher teria orgulho de ser minha mãe. Aliás, tudo o que eu fizera fora seguir os conselhos dela. *Neste mundo, ande em linha reta. Não empurre ninguém, nem deixe que te empurrem. Esse é o jeito certo.* Fiz tudo conforme esse princípio. Não empurrei, não deixei que me empurrassem. Fui um bom filho. Não merecia as palavras que ela me disse ontem à noite. Ela é que me empurrou; me empurrou como um rato. E eu não fizera nada que pudesse explicar essa atitude.

"Por que não liga para a mamãe?", Hae-jin falou.

Assenti com a cabeça, mas não disse nada.

"O que está esperando? Liga logo. Ela deve estar rezando por você agora mesmo."

Hae-jin parecia acreditar que minha faxina e o retiro de mamãe tinham o mesmo motivo. Agora ele parecia calmo, com as mãos nos bolsos da calça. Provavelmente, queria me ver telefonando para mamãe; queria partilhar aquele momento de felicidade. Eu também queria isso. Afinal de contas, éramos uma família. Mas esse era um desejo que eu não podia realizar. Acabei lhe dando uma resposta brusca:

"Eu vou ligar quando você descer."

"Então, tá", Hae-jin respondeu, mas não se mexeu. Agora parecia me analisar detidamente. "Está se sentindo bem? Não me diga que... Você não tomou o remédio?" Fez esta última pergunta com cautela, como se não quisesse me irritar. Eu tinha esquecido por um tempo o risco das convulsões, mas agora o medo ressurgiu.

Fazia quatro dias que eu não tomava os comprimidos. Uma semana atrás, tinha sofrido a pior enxaqueca da minha vida. Durou dias: pulso acelerado, zumbido nos tímpanos, agulhadas que transpassavam a minha cabeça como espetos quentes. Eram os efeitos colaterais. Nada ajudava a diminuir a dor: tentei deitar de barriga para cima, com as mãos na cabeça; tentei me ajoelhar apertando a nuca. Era difícil respirar. Tinha a impressão de que minha língua estava agigantada, bloqueando a garganta. O topo de meu crânio parecia prestes a arrebentar. Após três dias sofrendo desse jeito, decidi que já não me importava mais com as convulsões. Pararia de tomar as pílulas. Amaldiçoei titia por ter me receitado aquela porcaria de remédio, e amaldiçoei minha mãe por me obrigar a tomá-lo.

"Yu-jin." A voz de Hae-jin me arrancou do devaneio.

"Sim?", perguntei, levantando os olhos, e ele apontou algo atrás do meu ombro.

"Parece que tem uma ligação."

Assenti. Meu celular estava tocando, na gaveta da escrivaninha. Quem estaria me ligando?

"Não vai atender?" Hae-jin perguntou. O celular continuava apitando. Olhei para meus pés.

"Deve ser engano."

"Como vai saber sem atender?"

"Deve ser telemarketing."

"Pode ser a mamãe."

Como seria bom se fosse verdade. Desejei que fosse mesmo a mamãe, lá do retiro espiritual, avisando que teve um pesadelo horrível por causa do estresse. O toque parou por um momento, mas continuou em seguida. Hae-jin olhou para o quarto de relance e me olhou de volta.

"A mamãe também devia saber que a lista sairia ao meio-dia." Sua lógica passara de *Pode ser a mamãe* para *Com certeza é a mamãe*. "Deve estar nervosa. Vai logo e atende."

Parece que estava se segurando para ele mesmo não ir atender. Fiquei encarando Hae-jin em silêncio. Se há uma qualidade na qual ele me supera com folga é a paciência.

"Já vou. Calma."

Por dez segundos, ficamos ali parados, olhando um para o outro. Eu lia as perguntas nos olhos dele. *Por que não entra no quarto? Por que me deixou em pé na frente da porta? Tem alguma coisa que eu não posso ver? Ficou me evitando hoje de manhã. O que está acontecendo?* Fechei os olhos. Esvaziei a cabeça. Não queria deixar que nenhuma pista escapasse. Nesse intervalo, o toque do celular cessou.

"Tudo bem, então", disse Hae-jin, sorrindo. "Desça quando quiser. Eu vou deixar o almoço pronto."

Assenti, e ele desceu as escadas. Só depois de ouvir os passos entrarem na cozinha é que também voltei para o quarto. Tirei o celular da gaveta. Havia um nome na tela preta: *Titia Bruxa*. Estava ligando desde as sete da manhã, tão ansiosa quanto aquela porra de cachorro no sétimo andar. "Hello."

Nem sequer cogitei em ligar de volta. Até porque não tive tempo. O celular voltou a tocar. Dessa vez, só me restava atender. Do contrário, ela acabaria ligando para Hae-jin. Se titia perguntasse por mim, em breve ele estaria batendo na minha porta.

"Alô", eu disse.

"Está ocupado?", titia perguntou do outro lado. Era outra forma de dizer: *Por que diabos demorou tanto para atender?*

"A senhora já almoçou?" Era outra forma de dizer "Se não tem mais o que fazer, vá encher o bucho em vez de ficar incomodando."

"E a sua mãe?" Já esperava essa pergunta, por isso não entrei em pânico. Repeti a resposta que dera a Hae-jin, mostrando indiferença. "Ela foi para um retiro espiritual."

"Retiro espiritual? Assim, de repente?"

Como não respondi, ela passou à próxima pergunta.

"Para qual retiro espiritual ela foi?"

"Eu não perguntei."

"Você não perguntou?", ela repetiu.

Eu me lembrei da frase escrita no diário: *Vasculhei o bairro inteiro até as duas da madrugada. Não achei nada.* Se minha mãe tivesse ligado para titia enquanto rodava pelo bairro, então titia deve ter perguntado onde ela estava. Pelos sons, teria notado que ela não estava em casa. Ainda por cima, ontem estava chovendo. Será que mamãe respondeu a verdade? Que eu saí no meio da noite pelo terraço, que ela foi atrás de mim, mas não me encontrou, apesar de ter vasculhado cada canto do bairro? O que será que titia respondeu? Terá dito para mamãe buscar o carro e me procurar mais longe? Havia outras dúvidas pendentes. Por que mamãe ligou para Hae-jin antes de ligar para titia?

"Ela disse quando vai voltar?", perguntou titia.

Posterguei a resposta, olhando para o celular da mamãe, na escrivaninha. Na lista de contatos, Hae-jin vinha logo antes Hye-won — o nome de minha tia. Será que mamãe apertou o nome errado sem querer? Era possível. Mamãe estava com problema de visão fazia tempo, causado pela idade. Se estivesse andando numa rua escura, era mais provável que apertasse o nome errado que o certo. Agora as peças começavam a se encaixar. Digamos que mamãe tenha saído a pé; depois, falou com titia, que lhe aconselhou a voltar e pegar o carro; mamãe veio até em casa, trocou as roupas e saiu novamente, dessa vez ao volante. Nesse caso, um pedaço da noite passada se explicava. Os tênis molhados da mamãe, a chave do carro no bolso da camisola.

"Yu-jin Han, o que está fazendo?" Era uma crítica, não uma pergunta. Decerto titia estava ligando fazia horas para saber se mamãe havia me encontrado. Provavelmente já sabia de meu hábito de escapulir pelo terraço quando paro de tomar os remédios. Mamãe e titia trocavam todo tipo de informação a meu respeito; com certeza falavam até da quantidade de papel higiênico que uso quando vou ao banheiro.

"Eu não sei quando ela vai voltar. Não perguntei."

"Vocês estão sem se falar?" Provavelmente estava tentando descobrir se mamãe e eu brigamos ontem à noite.

Fiz um cálculo mental. Sem notícias de mamãe, era questão de tempo até a bruxa vir bisbilhotar a nossa casa. Talvez levasse um dia. Dois, se eu tivesse sorte.

"Quando acordei, já não estava mais aqui."

"Então, como é que sabe que foi para um retiro espiritual?"

"Ela deixou um bilhete na geladeira."

"Sua mãe?" Ela soava incrédula.

"Sim", eu afirmei com ênfase.

"Quer dizer que ela saiu de madrugada, sem avisar ninguém, é isso?"

"Eu acordei tarde, por isso não sei se foi de madrugada ou de manhã."

"Você acordou tarde? Você foi dormir tarde ontem?"

O que ela queria saber? O horário em que a mamãe saiu? O horário em que fui dormir? *Tome cuidado*, disse a voz em minha cabeça. Quando essa raposa velha insiste em alguma coisa, é porque tem lá seus motivos. Resolvi me esquivar com um ataque sutil. "Afinal, por que ligou para mim? Podia ligar direto para o celular da minha mãe", eu disse.

"Vai ver liguei pra você porque sua mãe não atende." Agora ela não tentava disfarçar a irritação. Era também um alerta:

não me responda com outra pergunta. Tentei me esquivar fazendo uma sugestão.

"Então, o que acha de ligar mais tarde? Pode ser que ela não tenha ouvido."

"Telefonei agora há pouco também, mas estava desligado. Aliás, a que horas você *foi* dormir?"

Eu não precisava responder a todas as perguntas. Além do mais, titia ainda não dissera por que havia ligado. Lembrei-a disso.

"Tem algum assunto urgente com ela?"

"Urgente, não. Mas achei meio estranho..." Deixou as reticências pairarem no ar.

Esperei, em silêncio.

"Acho meio estranho ela ter marcado consulta às nove da manhã de hoje e, de repente, ir para um retiro", completou.

Será que estava falando a verdade? Se havia uma consulta para as nove da manhã, por que começou a ligar às sete — não só para o celular, mas também para o telefone fixo? Titia estava mentindo. Dei uma resposta banal, mas segura.

"Então ela deve te ligar em breve. Por que não espera um pouco?"

"É, talvez", titia disse, mas não fez menção de desligar. Hesitou, como se pensasse em algo para dizer. Estava me enrolando.

Fiquei furioso; queria arrebentar o telefone.

Nisso, alguém a chamou lá atrás: "Doutora...". Só então, a contragosto, ela resolveu encerrar a conversa. "Se conseguir falar com ela, pode dizer para me ligar?"

"Claro".

"Aliás, você tem tomado os remédios direito?", perguntou em tom casual.

Respondi que sim, ao mesmo tempo que pegava o pacote de comprimidos na gaveta. Ainda havia pílulas para dez dias.

"Já não está na hora de pegar outra receita?"

"Não, ainda tem para mais uma semana."

"Está tomando direito? Pelo que lembro, deve ter comprimidos para três dias, não mais."

"Dê uma olhada na planilha."

"Tudo bem", ela disse, e desligou.

Arremessei o celular contra a escrivaninha. Joguei os remédios no chão. Mamãe e titia haviam envenenado minha existência com aquelas drogas: o remédio era uma serpente que me mordia o calcanhar em todos os momentos importantes da vida. Começara a tomar a medicação na mesma época em que iniciei as competições de natação, quando venci o grande Prêmio Mirim de Seul, aos nove anos.

A partir de então, passei a sofrer com os efeitos colaterais. Minha fala ficou lenta, o corpo às vezes ficava coberto de erupções, às vezes ia parar no hospital com febre alta. Troquei de medicamento várias vezes; acabei chegando ao Remotrol, que continuava tomando até agora. A escolha de titia não estava errada. Não fui mais parar no pronto-socorro. O problema é que o Remotrol pôs algemas em minhas mãos e um grilhão em minha cabeça. Tinha enxaquecas tão fortes que às vezes rolava no chão de tanta dor; e o zumbido nos ouvidos me incomodava constantemente. Às vezes a memória falhava. O movimento do corpo ficou comprometido e a resistência caiu drasticamente. Depois do treinamento, chegava em casa quase morto. Mesmo assim, mamãe e titia não desistiram do medicamento, alegando que os efeitos colaterais não eram fatais. Assim como eu não desisti de nadar.

Comecei a nadar na segunda série, durante a primavera. Eram aulas extracurriculares, que eu resolvera fazer apenas para ficar grudado em Yu-min. Meu irmão esbanjava talento em várias áreas: nos estudos, no piano, na redação. Mas era um péssimo nadador. O desgosto foi tanto que desistiu em um semestre. Nesse mesmo período, aprendi todos os estilos. Na primavera do ano seguinte, venci o campeonato escolar, e no ano seguinte ganhei a medalha de ouro como representante da escola. Era uma das poucas coisas que eu fazia melhor que meu irmão.

O treinador sugeriu que eu começasse a competir. Mamãe não gostava da ideia. Queria que eu praticasse natação como hobby, não como um atleta profissional. Contudo, não se opôs. Mais tarde, me disse a verdade: achou que eu fosse desistir bem rápido. Talvez enjoasse, talvez cansasse do treinamento, talvez descobrisse que meu talento não era assim tão grande.

Nisso, mamãe se enganou. Não enjoei, não cansei. Pelo contrário: em pouco tempo, comecei a me destacar nas competições mirins em nível nacional. Pensando em retrospecto, percebo que, naqueles dois anos, fui meu verdadeiro eu, vivi de acordo com minha essência, do jeito que a natureza me criou. Não passava horas nas filas de hospital, não me entupia de remédios. Essas coisas começaram em maio de 2000, um mês após a morte de meu pai e de meu irmão.

Em outubro daquele ano, mamãe e eu nos mudamos de Bang-bae-dong para Incheon. Na nova escola, não havia aulas de natação. A mamãe recomendou que eu desistisse. Mas eu não podia fazer isso. Amava a água, mais do que qualquer coisa. Amava esticar os braços, tocar a superfície da água, acariciá-la, puxá-la. Amava o momento em que meu corpo rasgava a água como um tubarão. Amava competir contra os outros ou comigo mesmo. Todas as noites, antes de dormir, eu me imaginava subindo ao lugar mais alto do pódio olímpico. Eu me sentia mais livre na água do que na terra, e a piscina era mais confortável que a escola ou a minha casa. Dentro da água, mamãe não podia me perseguir. Lá, eu pertencia somente a mim mesmo. Podia fazer o que quisesse. Era livre.

Insisti. Mamãe aceitou. Mas impôs uma condição: se não conseguisse suportar os efeitos colaterais da medicação, teria de desistir da natação. Ela me matriculou como atleta credenciado num clube particular chamado Kim. E passou a me acompanhar o tempo todo, cuidando do meu condicionamento. Aos olhos do treinador, decerto parecia apenas uma mãe dedicada, esforçando-se para ajudar o filho na carreira de atletismo. Meus colegas de clube achavam que eu era um garoto mimado, ou sortudo demais. Minha família tinha dinheiro, minha mãe estava sempre por perto, e ainda por cima eu tinha talento. Tudo parecia perfeito. Ninguém imaginava que minha vida era uma aflição constante.

Como eu não estava no programa de atletas profissionais, tinha de combinar o treino e os estudos. Ao mesmo tempo, tinha de usar todas as forças para suportar os efeitos do medicamento — que, aliás, ficavam cada vez piores. Quase esqueci os tempos em que começara a nadar, quando meu corpo transbordava de energia. Foi assim até me inscrever no campeonato nacional, na ilha Jae-ju, na época em que estava na décima série.

No primeiro dia, perdi minha mochila. Deixei-a numa cadeira antes de entrar no banho; sumiu sem deixar vestígios. Lá dentro estavam meu equipamento de MP3, os fones de ouvido, o video game, a carteira — e os remédios. O certo seria telefonar para mamãe e pedir que trouxesse um novo lote. Ela estava hospedada num hotel próximo; não seria impossível, mas ela teria de ir a Incheon de navio ou avião.

Mas o fato é que a gente nem sempre escolhe o caminho certo. Descobri uma solução fácil para meus problemas: era só não tomar o medicamento. Achei que nada de terrível aconteceria se eu pulasse um dia ou dois. Além disso, escaparia de mais um sermão de mamãe — ela certamente me recriminaria por haver perdido a mochila, embora eu não tivesse culpa. Nada falei ao treinador sobre a mochila desaparecida. Jamais lhe dissera que tomava aqueles comprimidos. O Remotrol não era proibido para atletas, portanto não havia motivo para revelar. Eu tampouco lhe dissera que fazia terapia psiquiátrica. Na opinião de mamãe, o técnico não precisava saber sobre isso. Ele achava que eu frequentava a clínica da titia apenas para fazer sessões de psicologia esportiva.

Na noite desse dia, dormi profundamente — como não dormia fazia tempo. Pela manhã, nem sinal de enxaqueca. Meu corpo estava leve e bem-disposto. Pela primeira vez em meses tive um dia de paz e alegria. No preliminar de mil e quinhentos metros, bati meu recorde em sete segundos e registrei o novo recorde no campeonato. Meu desempenho beirava a insanidade. Não havia como saber se isso acontecera porque eu largara os remédios ou se era simples coincidência. Até o fim do campeonato, desfrutei aquela onda perigosa, ignorando o risco de convulsões. Até o técnico ficou incrédulo com meu desempenho. Ganhei a medalha de ouro em oitocentos metros, depois em mil e quinhentos metros em nado livre. Fui descrito como a grande promessa da natação, um meteoro no céu do atletismo.

Quando recomecei a tomar os remédios, meu corpo voltou ao estado anterior. Fiz novo teste: dois dias sem remédio, e eu estava novamente cheio de uma energia maníaca. Então, me lembrei. Eu era exatamente assim na época da natação mirim, quando não tomava remédios. Também descobri que dois ou três dias sem pílulas não causariam uma convulsão.

Um mês depois, mamãe e eu fomos a Ul-san para participar do campeonato Dong-A. O torneio serviria para selecionar atletas para os jogos asiáticos em Doha. Todos estavam interessados em Yu-jin Han, o garoto que causara sensação no campeonato anterior. Será que conseguiria repetir a façanha? Conseguiria ir para Doha, com apenas quinze anos?

Eu estava preparado. Tinha treinado bem mais do que das outras vezes. Parara de tomar a medicação dias antes, e meu condicionamento estava melhor do que nunca. Sim, eu conseguiria ir para Doha. Com efeito, na preliminar de oitocentos metros cheguei em primeiro lugar. Um murmúrio se espalhou pelo estádio: meu nome não apareceu no placar. Em vez disso, o painel eletrônico mostrou as letras DSQ — desqualificado. Os juízes alegaram que mexi os pés antes do sinal. Só notei que fora desqualificado quando a competição já acabara. Tampouco notara que minha perna se mexeu antes do tempo.

No dia seguinte, esperando as preliminares dos mil e quinhentos metros, fiquei paralisado, sofrendo náuseas. Suava frio, uma coisa dura pulsava no estômago, a saliva engrossava na boca. Não tinha comido nada, logo não podia estar com dor de barriga. Imaginei que fosse o choque pela desqualificação. Tentei esquecer aquele pesadelo e me concentrar na competição seguinte. Contei mentalmente, ouvi música. Imaginei que aquele fedor insuportável, que enchia minhas narinas, fosse o suor do público nas arquibancadas.

Soou um apito curto. Tirei a roupa, respirando fundo. Quando soou o apito longo, subi no bloco de partida. Vi o sinal de "Preparar", dobrei joelhos e costas. Coloquei as mãos na ponta do bloco e olhei para o lugar por onde entraria na água. Tinha um buraco ali. No começo, parecia o ralo de uma pia. Depois, transformou-se num redemoinho negro. Girava cada vez mais rápido, era grande como um bueiro, depois se transformou num precipício capaz de engolir um carro. Um cheiro de sangue ou peixe podre subia da piscina.

Nada disso é real, disse a voz em minha cabeça. *Você está vendo coisas. Não tenha medo.* Sem querer, olhei para trás. O estádio inteiro tinha virado um redemoinho. As pessoas desapareceram da plateia, e formas negras giravam na periferia. Senti algo subindo pela barriga até a garganta. Não, não, não, minha mente gritava, e então soou o sinal de partida.

Bang.

Arremessei meu corpo no meio do redemoinho negro. Mergulhei, voltei à tona, segui nadando. Mas meu corpo não obedecia; eu estava preso aos rodopios da água. Comecei a ofegar, meu corpo se lançava para um lado e outro. Minha visão mergulhou no fundo do turbilhão. Lá havia um vazio escuro, gigante, impenetrável. Bati as mãos, procurando algo para me segurar. Então perdi o fôlego. Estava sufocando.

Só então compreendi o que estava acontecendo. Eu mesmo havia causado aquela desgraça. Era o prenúncio da convulsão. O destino não perdoa. Pode fechar os olhos de vez em quando, mas não tarda a abri-los. O que estava escrito não podia ser alterado. Era como se minha execução estivesse marcada. O destino enviara um algoz, da forma mais cruel possível, no momento mais importante da minha vida.

Eu tive que fazer uma escolha. Ou eu caio em queda livre naquele vazio gigante, aguentando até onde der, ou endireito o corpo agora mesmo e saio da piscina.

Eu optei pela segunda alternativa. Agarrei as bordas da piscina, tentando sair da água com todas as forças. Arranquei a touca e os óculos de natação, e saí andando. O técnico gritou alguma coisa, mas não olhei para trás. Não tinha forças, nem tempo. Minha visão quase se apagava. Em breve cairia no chão com os olhos revirados, borbulhando pela boca, me contorcendo. Não podia deixar que isso acontecesse na frente da plateia. Mas não sabia para onde ir. Corri sem rumo. Finalmente, o momento chegou. Senti um choque, como se fosse um tiro de canhão. Tudo ficou branco. Minha consciência se apagou.

Mamãe depois me disse que me encontrou num canto do estacionamento, coberto de suor, roncando. Colocou-me no carro e deixou o estádio sem dizer nada a ninguém. Cinco horas depois, chegávamos à clínica da titia. Naquele momento, eu deveria estar explicando ao meu treinador o que acontecera. Em vez disso, estava sendo interrogado por minha tia. Ela queria saber por que eu parara de tomar as pílulas.

Ninguém descobriu que eu sofria de epilepsia e que tivera uma crise durante o torneio. Fui simplesmente desclassificado da competição. Como penalidade, fui impedido de competir no próximo campeonato. Logicamente, não pude ir para

Doha. O técnico e o diretor da escola ficaram furiosos. E meu nome ficou famoso pelos motivos errados. As câmeras do estádio transmitiram minha fuga desvairada em nível nacional. A notícia correu: a grande promessa da natação revelou-se um maluco completo.

Mesmo assim, minha carreira ainda não estava condenada. Bastava contar a verdade para o técnico e o diretor. Eu queria fazer isso. Não tinha medo de revelar minha deficiência. A vergonha só duraria um instante, mas eu poderia continuar nadando pelo resto da vida. Eu precisava voltar para a água. Para isso, estava disposto a ser honesto. Não voltaria a reclamar, mesmo que tivesse de tomar Remotrol pelo resto da vida.

Tinha certeza de que mamãe concordaria. Ela iria me perdoar, é claro; era meu primeiro erro, e ela sabia quantas dificuldades eu havia superado até então. Mas eu estava me iludindo. Mamãe me fez recordar a promessa que lhe fizera, sobre abandonar a natação caso não conseguisse lidar com os efeitos do remédio. Disse que tudo se decidira no momento em que me tirou do estádio. Tive a impressão de que fazia muito tempo que ela esperava algo assim acontecer.

Nenhum apelo moveu seu coração. Implorei de joelhos, ameacei largar os estudos, fiz greve de fome até desmaiar. O técnico veio me visitar, mas mamãe não deixou que entrasse: disse-lhe que eu havia largado a natação e o mandou embora. Até Hae-jin, que ela tanto amava, tentou convencê-la, mas foi inútil. Era uma mulher de aço e nada podia demovê-la.

Fui até titia por conta própria. Era a primeira vez que fazia isso desde o início do tratamento. Perguntei se eu tinha alguma doença além da epilepsia, algo que poderia me matar se continuasse nadando. Do contrário, argumentei, era injusto me obrigar a desistir. A titia sorriu durante toda a conversa. Mas não era um sorriso acolhedor: era frio como uma parede de gelo. *Você não devia ter parado o medicamento.*

Há pessoas que não podem ser amadas. Mesmo quando esboçam um sorriso, sentimos vontade de arrancar o sorriso de seu rosto. Cocei o joelho e dei a última cartada. Pedindo que não contasse nada a mamãe, confessei a razão pela qual cortara o remédio. Pela primeira vez, falei com franqueza sobre mim mesmo. Falei sobre meu sonho, sobre minha determinação em derrotar a doença. Tentei convencer minha tia a interceder junto a mamãe.

Na manhã seguinte, mamãe me convocou para uma conversa na sala. Jamais fiquei tão tenso em minha vida. Até minhas pálpebras tremiam. As mãos estavam encharcadas de suor. Mamãe ficou me olhando em silêncio por um tempo antes de falar.

"Se continuar nadando, vai acabar tendo uma convulsão dentro da piscina." Sua voz era suave mas firme.

Senti náuseas. Não, não vou desistir, jamais, eu queria dizer; mas minha boca continuou fechada.

"Alguém que ultrapassa a fronteira vai fazer isso de novo. Porque sabe o que existe do outro lado. Sei que você vai parar de tomar o medicamento outra vez. Porque, sem o remédio, seu corpo voa e bate recordes."

Eu ergui a cabeça e olhei nos olhos da mamãe. Neles, li duas coisas. Primeiro, mamãe jamais mudaria de ideia. Segundo, titia havia quebrado sua promessa.

"Tenho medo. Tenho medo e não sei o que fazer", mamãe disse com voz trêmula. "Seu irmão e seu pai morreram afogados no mar. Diante dos meus olhos. Eu achei que fosse perder você do mesmo jeito. O único filho que me restou…" Seus olhos tatearam meu rosto e se encheram de lágrimas.

Cerrei os dentes. Muito bem, então ela estava com medo. Mas por que eu tinha de ser sacrificado? Se continuo a tomar o medicamento, controlando os efeitos colaterais, também não poderia ela controlar o medo? Assim ficaríamos quites.

"Então, vamos parar", ela disse. "Vamos parar com isso agora mesmo."

Mamãe cancelou meu registro de atleta. Minha última esperança se acabou. Enfiei todos os pertences relativos à natação numa caixa grande. As medalhas, os recortes de jornal, o álbum de fotografias, o traje de treinamento, até mesmo toalhas. Levei a caixa ao terraço com a minha mãe olhando e ateei fogo. Tinha vontade de perguntar: *Está contente?*

Voltar a ser um estudante comum não foi tão difícil assim. Bastava pegar a mochila e ir para a escola. Eu jamais deixara de estudar, mesmo quando nadava. A minha ambição agora era virar um vagabundo, sugar a mamãe até as últimas forças, por mil anos se necessário. Essa seria a minha vingança.

Na primavera do ano seguinte, mudei de ideia. Estava folheando um livro no quarto de Hae-jin. Tinha sido escrito por um advogado de defesa. Um de seus clientes fora um médico famoso que, após quarenta anos de casamento, matou a esposa com uma machadada. Também havia um ladrão sortudo que ganhou indulgência da lei mesmo depois de roubar banco duas vezes; e uma bela violoncelista que matou o irmão mais novo na banheira, degolado. O que mais me interessava não eram os crimes, mas os procedimentos no tribunal. Quando não se podia provar a inocência do cliente, escrevia o advogado, era preciso falar sobre sua vida pregressa, sobre os problemas que enfrentou. Lendo isso, me convenci de que a culpa é uma questão de verossimilhança, e a moralidade tratava-se apenas de pintar um quadro que se apresente de forma convincente aos olhos dos outros. A partir de então passei a ler vários livros desse tipo. Estava interessado na ideia de forjar histórias. Talvez fosse a frustração por não ter me defendido como deveria quando minha mãe deu o veredito. De toda forma, encontrei algo para substituir a natação. Quando me dei conta, toda vez que acontecia algum incidente pelo qual o povo demonstrava indignação, fingia que eu era o advogado de defesa.

Passei a ponderar: se tivesse de defender esse réu, usaria essa ou aquela tinta para pintar o quadro de modo convincente. A honestidade não convence ninguém.

É claro, não era qualquer um que podia pintar esse tipo de quadro. Só poderia usar aquelas tintas e pincéis se virasse advogado. Para isso, precisava fazer um curso de pós-graduação. Antes, tinha de ir à faculdade de direito. Ou seja, era preciso estudar muito. Se não fosse por Hae-jin, provavelmente teria desistido. Ele me apoiou em todas as etapas do caminho: mesmo quando tive de repetir o ano e quando, mais tarde, me dei mal no vestibular.

Dali em diante, concentrei todas as minhas forças naquele objetivo. Esforcei-me até mais do que nos tempos da natação. E quando minha luta finalmente dava frutos, o destino enviava o algoz para me executar. Tinha cometido o mesmo erro que abalou a minha vida aos quinze anos e, portanto, a culpa era minha. Mesmo assim, tentei agir como meu próprio advogado de defesa. Qualquer pessoa desejaria umas férias após anos e anos de enxaqueca, zumbido nos ouvidos e fraqueza corporal.

Peguei o pacote de medicamento que tinha jogado na escrivaninha e enfiei no lixo. Precisava descobrir a verdadeira razão pela qual minha vida fora incinerada. Precisava pintar o meu próprio quadro, e rápido, já que Hae-jin estava esperando no andar de baixo, e minha tia podia chegar a qualquer momento. Eu precisava manter o foco. Não dava para fazer isso com a cabeça explodindo de dor. Meu corpo e minha mente precisavam ficar livres, ainda que fosse uma liberdade perigosa.

Comecei organizando o quarto. Enfiei todos os objetos que estavam em cima da escrivaninha na gaveta. Pendurei a jaqueta e colete no armário. Parei de lamentar a minha vida também, por ora. Peguei as roupas e meias que usei na noite anterior, os itens de cama sangrentos e os joguei na banheira do meu quarto. Deixei o colchão ensanguentado virado para esconder a mancha. Iria lidar com isso mais tarde. Se possível, jogar fora, queimar ou enterrar esses objetos. Ou ao menos lavá-los.

Apaguei as marcas de sangue no quarto, na porta e na maçaneta. Levei a vassoura e o balde ao banheiro, lavei-os, depois carreguei tudo para o terraço junto com a sacola de lixo. Na pia do lado de cima do terraço havia uma caixa com tampa em forma cilíndrica que mamãe usava para fazer *kimchi* ou para guardar água. Joguei-a na cesta ao lado da pia; mamãe a usava quando fazia comida no terraço. Abri a torneira e apaguei as marcas de sangue no piso, na pérgula, no balanço e na mesa de madeira.

Quando o trabalho estava quase terminado, um sol pálido de inverno surgiu no céu nublado. O ar continuava gelado. Um vento cortante soprava. Massageando as mãos endurecidas, voltei-me para a porta. Antes de dar quatro passos, um grito lancinante de mamãe espetou a minha nuca: "Yu-jin!".

Fiquei rijo. Ouvi a água do rio batendo na memória. De olhos fechados, recordei a luz amarela de um poste e enxerguei a mim mesmo correndo na chuva. O grito de mamãe ecoou na névoa até se perder na escuridão.

Quando abri os olhos, as imagens se dissiparam. A caminho do quarto, deixei a vidraça aberta. Levaria bastante tempo até que o cheiro de sangue saísse completamente. O celular apitou em cima da escrivaninha. Era um aviso de mensagem. Hae-jin.

Desça para almoçar.

Um calor se espalhou de repente na parte de baixo do pescoço, mas logo se acalmou. Era um tipo de irritação momentânea que ocorria a cada vez que sofria interferência no raciocínio. Verifiquei o horário. 13h01. Respondi na hora; se não respondesse, ele iria subir de novo.

Vou descer agora.

Dei uma olhada no quarto. Era o meu quarto de sempre, exceto pelo cheiro de sangue e pelo colchão sem lençol. Entrei no banheiro, limpei os pés e fiquei na frente do espelho. Estudei minha fisionomia. O cabelo abundante e a testa redonda, que herdei do meu pai, as pupilas pretas que parecem cavernas, as orelhas de abano que herdei da mamãe... Sim, eu reconhecia minhas próprias feições, mas ao mesmo tempo parecia uma criatura estranha, selvagem e atemorizada.

Deixei a torneira aberta e comecei a lavar o rosto. Esfreguei a pele minuciosamente, como se quisesse arrancar aquela máscara de estranheza. Tudo o que eu tocava doía. De repente, caiu a ficha: minha vida tinha virado cinza. Tirei a toalha da gaveta, sequei o rosto e a joguei na frente da porta do banheiro. Sequei a sola dos pés. A sensação da toalha macia me trouxe de volta à realidade. Hae-jin estava me esperando lá embaixo.

"Por que demorou tanto? Não estava com fome?", Hae-jin perguntou, sem virar para trás. Estava segurando uma concha e experimentando a sopa na frente do fogão. Na mesa havia temperos, acompanhamentos, ovos cozidos, um jogo de colheres. Ocupei meu lugar e ele serviu sopa de alga marinha e arroz.

"E você?", perguntei.

"Acabei de comer lámen. Estou de barriga cheia."

Eu olhei para a tigela de sopa, com pouco caldo, quase só alga e carne de boi. Era assim que mamãe preparava meu lámen. Por recomendações da titia, eu fazia uma dieta com pouco sódio.

"Veja como sou legal. Fiz toda essa comida sozinho. A carne e a alga já estavam prontas, claro."

Hae-jin sentou na minha frente segurando uma xícara de café. Usava camiseta branca, calça jeans e o suéter marrom de casimira que a mamãe lhe deu. Estava vestido para sair.

Peguei um pedaço de alga e enfiei na boca. Não conseguia sentir nenhum gosto, apenas um calor escorregadio. Ele podia ter temperado melhor. O que ele fez todo esse tempo na cozinha?

"Falou com a mamãe?", Hae-jin perguntou.

Eu balancei a cabeça. "O celular está desligado. Deve estar rezando."

"É mesmo?" Hae-jin inclinou a cabeça para o lado. "Então ela não notou que a bateria está descarregada."

Concordei com a cabeça.

"Então, como vamos entrar em contato com ela? Será que teremos que ir até o retiro espiritual? Por um acaso ela disse para onde ia?"

"Cuido disso depois de comer."

Hae-jin ia dizer alguma coisa, mas se calou. Mastiguei mais um pedaço de alga.

"Coma o arroz também. Não coma só a alga."

"Vai sair de novo?"

"Sim, vou encontrar um antigo colega de escola", ele respondeu, olhando para o próprio suéter.

"Onde?"

"Em Gimpo. Ele vai para Tóquio no voo da tarde. Preciso levar uma coisa para ele."

"É melhor ir de uma vez então." Falei com cuidado, para não deixar aparecer muito o meu contentamento.

"Ainda tenho tempo."

Ah. Eu enfiei o terceiro pedaço de alga na boca.

"Aliás, você ficou sabendo?"

"Sabendo o quê?"

"Alguém foi assassinado neste bairro hoje."

Ergui a cabeça de supetão. Engoli a alga sem mastigar; desceu pela garganta como uma serpente que se contorce. Quando me engasguei, os olhos lacrimejaram. Um assassinato? "Onde?"

"Nas docas."

"No ponto de descanso do quebra-mar?"

Ele assentiu com a cabeça.

"Eu vi quando estava voltando. Tinha um monte de gente no quebra-mar, olhando para a água. As ruas estavam cheias de viaturas. Fui espiar. Você sabe como sou curioso."

Enfiei uma colherada de arroz na boca, suprimindo o impulso de fazer mais perguntas.

"A balsa estava interditada. Dizem que o funcionário da bilheteria estava indo trabalhar e encontrou um cadáver amarrado no cabo da balsa." Hae-jin fez uma pausa e complementou: "Parece que é uma jovem".

Estranhamente, ao ouvir esse detalhe, senti um frio nas costelas. Como se uma garra gélida se fechasse em meu peito. Continuei mastigando e fingindo desinteresse.

"Só porque acharam uma mulher morta não quer dizer que seja um assassinato", eu disse. "Pode ter sido um suicídio ou um acidente..."

"Pois é, mas nesse caso por que haveria aquele monte de viaturas?" Hae-jin se interrompeu. O celular estava tocando dentro do quarto novamente. Largou a xícara, quase virando o café, e foi correndo atender.

Fisguei outro pedaço de alga e fiquei escutando a conversa. "Sim, titia", veio a voz de Hae-jin, pelo vão da porta. "Sim, sim. Um momento."

A porta se fechou completamente. Agora não dava para ouvir mais nada. Meu ínfimo apetite sumiu de vez. Então agora Hae-jin conversava com a titia a portas fechadas? Será que isso já acontecera antes? Não consegui lembrar. Provavelmente não. Ele não era do tipo que atende a telefonemas em segredo. Falava sempre na frente de todo mundo, de forma aberta e barulhenta. Achava desrespeitoso ter conversas secretas. O normal, portanto, é que voltasse à cozinha com o celular e falasse na minha frente. Se agora estava cochichando com a porta fechada, era porque a titia exigira isso. Mas o que diabos minha tia queria dizer a Hae-jin?

Larguei os pauzinhos. Recapitulei a conversa que tive com titia, tentando recordar se lhe dissera algo diferente do que contei a Hae-jin.

Hae-jin saiu do quarto cerca de dez minutos depois. Trazia a bolsa com a câmera pendurada no ombro e uma jaqueta na mão. Levantei da cadeira.

"Vai sair agora?"

"Pois é, vou ter que te deixar comendo sozinho", disse em um tom apologético, como se tivesse o hábito de assistir a todas as minhas refeições.

"E o que a titia disse?", perguntei, enfiando as mãos nos bolsos e andando ao seu lado.

"Hã? A titia?" Contraiu a boca. Evitava me encarar.

"Não estava conversando com a titia agora há pouco?"

"Não…" Hae-jin virou o corpo para abrir a porta do vestíbulo. Por cima da gola verde xadrez vi que seu pescoço estava vermelho. As orelhas começavam a ganhar a mesma cor. "Era uma mulher que conheci quando estava filmando *Aula de reforço*. Eu também a chamo de titia, por brincadeira", completou, como se lembrasse com qual *titia* havia conversado. "A gente tinha muito assunto para pôr em dia. Estava com saudade dela. Afinal de contas, a gente morou juntos três meses na mesma ilha."

Por que estava me dando tantos detalhes? Apoiei os ombros no batente da porta. Hae-jin se curvou para amarrar os cadarços. Fez uma pausa, depois esticou a mão para apanhar algo do chão. "O que é isto?" Hae-jin estendeu o braço e me mostrou o que acabara de achar: era um brinco de pérola. Por reflexo, peguei-o.

"De onde veio isso?", ele perguntou. "Não é da mamãe, é?"

Não, não era da mamãe. Ela não tinha as orelhas furadas e raramente usava qualquer tipo de brinco. Não era muito chegada em bijuterias. O único adorno que usava era a tornozeleira. Obviamente, o brinco tampouco era meu. Como estava caído perto do espaço para os sapatos, do lado da porta da casa, não podia ter entrado rolando de fora. Era mais plausível supor que alguém o havia deixado cair.

Seja lá de quem for, o objeto não tinha nada de especial. Mas a sensação da pérola em minha mão me causou um certo incômodo. Mais precisamente, aquilo me fazia sentir um desagradável déjà-vu. Meu pulso acelerou. Sentia já haver tocado um brinco igual a este, mas não sabia quando nem onde. Fiquei esfregando a pérola com a ponta do polegar e olhei para Hae-jin.

"Vou deixar no quarto da mamãe. Ela deve saber o que fazer."

Hae-jin assentiu com a cabeça e virou-se para a porta. Calcei os chinelos e o segui.

"Quando vai voltar?"

"Em breve." Já quase no elevador, completou: "Precisamos comemorar. Nem que seja com um espumante sem álcool. Mesmo que a gente deixe a celebração de verdade para quando a mamãe voltar".

Parei na soleira da porta. O elevador estava descendo e ainda levaria uns minutos para subir de novo. Tempo longo demais para Hae-jin, que era um péssimo mentiroso. Correu para as escadas, erguendo vagamente a mão, despedindo-se. Era um aceno que podia significar qualquer coisa: *Já volto, até mais, não fique aí, entre, estou muito ocupado, preciso correr*. Num instante, tinha sumido.

Hello começou a latir no sétimo andar. Abri a mão e olhei o brinco. Eu o estivera apertando sem saber, e o pino cravou-se na palma da mão. Pincei o brinco com os dedos, ergui-o em frente aos olhos e o examinei como um ourives. Não podia ter caído por acidente: o fixador estava no pino. Era possível que tivesse caído de uma bolsa, por exemplo. Tentei pensar quem poderia ser a dona. Fosse quem fosse, tinha de preencher dois pré-requisitos: usava brincos e estivera dentro do apartamento.

Primeiro, pensei em titia. Eu não sabia se ela tinha orelhas furadas, mas lembro que sempre usava algum tipo de brinco. Lembrava-me de uma gema vermelha que balançava como lágrima, uma pequena coroa presa no lóbulo, uma cintilante estrela azul... No meio de tantas joias, talvez houvesse um brinco como esse.

Hello parou de latir. Entrei e fechei a porta. Quando tirei os chinelos, ouvi um som estranho. Estava só em minha cabeça: era um barulho que eu havia escutado na noite passada, no momento em que tirara as mãos da jaqueta. Era como uma pedrinha rolando pelo chão. Lembrei-me de ter olhado para o piso, buscando a origem do barulho. Mas não tive tempo de procurar, porque mamãe estava bem atrás de mim.

Abri a mão novamente e olhei para o brinco. A nuca formigava. Não pode ser... o brinco havia caído de meu bolso?

O carrilhão bateu duas da tarde. Meti o brinco no bolso da calça. *Estou paranoico. Estou pensando besteira.*

Abri a porta de vidro, saí para a sacada, abri as janelas que Hae-jin tinha fechado. A casa inteira ainda cheirava a cloro. Para quem olhasse com muito cuidado, ainda havia vestígios de pegadas. Na parede do corredor, em vários pontos da escada, na porta do quarto principal, nas pernas do armário, no retrato de família em que eu aparecia ao lado de Hae-jin, até no mostrador do carrilhão. Olhei de perto o vidro do relógio. Sim, lá estavam elas: gotinhas vermelhas do tamanho de grãos de areia. Será que Hae-jin não viu isto? Ele tem visão aguçada. Enxerga até uma mosca voando do outro lado do quarto.

Contudo, se ele tivesse visto alguma coisa, teria me perguntado. Vasculhei a caixa de pronto-socorro e encontrei água oxigenada. Havia cerca de dois terços do conteúdo no recipiente. Tirei todo o perfume de dentro de um borrifador e despejei a água oxigenada lá dentro. Borrifei a porta do quarto principal, como se fosse inseticida. Bolhas brancas brotaram por todos os lados. Apaguei-as com papel higiênico. Joguei o papel usado na privada e puxei a descarga. Fiz a mesma coisa na estante, na mesa da cozinha, nas paredes da escada e no corredor do segundo andar.

Arrastei o colchão do meu quarto até o primeiro andar e troquei-o pelo colchão do quarto principal. É claro que isso não apagava as marcas de sangue da cama. Mas achei que fazia sentido devolver os vestígios da mamãe ao seu próprio quarto. Não sei quanto tempo eu ainda passaria no apartamento, mas não me agradava a ideia de dormir sobre o sangue de minha mãe. Felizmente, o tamanho dos colchões era semelhante. Mas, ao esticar o cobertor, tive um sobressalto.

Não sei aonde ele foi.

A voz de mamãe. Calma e controlada, como se estivesse lendo um livro. Ou melhor, como se estivesse lendo seu próprio diário. Foi lá que li aquela frase. E, pensando bem, essa era a pergunta que eu me fizera o dia inteiro. Aonde eu fui ontem à noite? O que eu fiz durante duas horas e meia?

Tenho certeza de que o vi.

Qual era a frase seguinte? Não conseguia lembrar. *Está frio*, ou *Estou com medo*? Ou talvez *Estou horrorizada*?

Quando saí do quarto principal, meu corpo estremeceu de frio. No meio da sala, um vento afiado estava dando voltas e a casa inteira era um campo gelado. Fechei as portas abertas com pressa. Por último, verifiquei a sala para ver se faltava arrumar algo. Concluí que tudo estava limpo e subi correndo para o segundo andar. Sentei na frente da escrivaninha e abri a primeira página do diário. A minha memória não estava completamente certa, nem completamente errada. Mamãe não havia escrito apenas uma daquelas três frases; escrevera-as todas.

Estou com frio, com medo e horrorizada.

Dava para entender que estivesse com frio. Somente um urso-polar não sentiria frio numa noite chuvosa de inverno. Mas as palavras seguintes não faziam o menor sentido. Por que estaria com medo de mim, seu próprio filho? É bem verdade que reprovava tudo o que eu fazia, mas isso não explicava que sentisse horror. Ou seja, aquelas frases não eram sobre mim. *Ele* era outra pessoa.

"Houve um assassinato."

Dessa vez, era a voz de Hae-jin.

"Dizem que é uma jovem."

Seria essa a explicação? Mamãe havia testemunhado o assassinato daquela moça? Onde será que foi? Perto da balsa, onde dizem que a mulher foi encontrada? Ou então no quebra-mar? Algum lugar na calçada perto do rio? Não era impossível que o cadáver tivesse boiado até o ancoradouro. O rio Dong-jin-gang flui pelos distritos Um e Dois, e a represa fica aberta da meia-noite à uma da madrugada. Talvez a mulher tenha sido assassinada e jogada no rio no momento exato em que a água represada se precipita em direção ao oceano num fluxo caudaloso.

Ouvi um barulho estranho atrás de mim. Parecia o barulho de um bastão riscando o chão, ou um balanço ao vento, ou ambas as coisas. Levantei o corpo, fui até a janela de vidro e abri a cortina. Era incrível, mas a noite já tinha chegado. A iluminação da pérgula ainda estava acesa, e mamãe estava sentada no balanço. Parecia estar descansando um pouco, no intervalo do trabalho, mãos entrelaçadas em cima da barriga, a cabeça apoiada no espaldar, olhando o céu imerso na escuridão. Sempre que o vento empurrava o balanço, a ponta do vestido branco dançava como borboleta. Seus pés descalços raspavam o chão. O ferimento sob o queixo abriu-se feito uma boca vermelha num sorriso de Coringa.

Você não se lembra mesmo?, o Coringa perguntou.

Mesmo sabendo que aquilo era uma ilusão, me senti obrigado a responder.

"Lembrar do quê?"

Você também viu, disse o Coringa.

"Eu vi o quê? Quando? Onde?"

Como sempre acontece quando converso com minhas ilusões, acabei sem resposta. Imagens estranhas pairavam nas profundezas de minha visão, fragmentos da noite passada. Postes com iluminação amarela, águas sombrias rumorejando, um redemoinho sob meus pés, um guarda-chuva vermelho balançando de ponta-cabeça, pendurado numa árvore, uma lona de construção dançando ao vento.

Senti uma pontada na nuca, como uma ferroada de abelha. As imagens ilusórias nada tinham a ver com a balsa ou a faixa de pedestres do quebra-mar. Nos postes do quebra-mar haviam lâmpadas de LED com luz branca. Não havia árvores nem canteiros de obra naquela avenida. De um lado, estava o mar, do outro, os condomínios de apartamentos e os prédios comerciais. O único lugar onde haveria um redemoinho sob meus pés era na calçada perto do rio. Não sabia em que parte da calçada, mas isso não parecia ter muita importância. Devem ser lembranças de coisas que vi logo antes da convulsão. Já tive experiências parecidas antes.

Mas aquela explicação não me deixava muito satisfeito. Era como se eu tivesse um vislumbre da estrada que leva ao inferno. Um mau pressentimento oprimia meu cérebro. Minha mente falava sem parar, como um pica-pau insistente. *Isso não faz sentido. Por que você ficaria lembrando cenas aleatórias? Algo deve ter acontecido.* Algo frio, amedrontador e horrível. De repente, me lembrei da canção que aquele homem cantara ontem à noite, sobre uma mulher inesquecível; uma mulher andando sob a chuva...

As coisas estavam cada vez mais confusas. Não havia respostas, e as perguntas se acumulavam como ferro-velho. Fechei a cortina e me joguei na cadeira. Algo afiado me espetou a virilha. Enfiei a mão no bolso da calça. Era o brinco de pérola. Eu o esquecera lá dentro. Recordei daquele barulhinho, a pedra rolando no piso frio... Coloquei o brinco em cima da escrivaninha e abri meu celular. Acessei a internet e digitei algumas palavras-chave na página de pesquisa. Abri uma matéria da *Gazeta de Yonhap*.

Jovem assassinada em Gun-do

Hoje, por volta das oito da manhã, o cadáver de uma mulher foi encontrado junto à balsa do quebra-mar em Gun-do. De acordo com a polícia, o cadáver foi encontrado pelo funcionário da bilheteria. A vítima estava presa num cabo da balsa, e foi identificada como B. (28 anos), residente do apartamento A do distrito Dois da cidade nova. A polícia diz também que a possibilidade de assassinato é alta; a vítima foi ferida por um objeto afiado. Uma autópsia foi solicitada à academia nacional de medicina. Procuram-se testemunhas que tenham visto a vítima antes do crime.

Havia outras notícias semelhantes. As mesmas informações básicas se repetiam. A identidade da vítima, o endereço, o ferimento descrito de forma vaga e o local do crime. De repente, me lembrei do quiosque do Yong. Talvez ele soubesse de alguma coisa, algo que não havia aparecido nas notícias. O quiosque ficava perto do quebra-mar, a alguns metros da escada em espiral que dava acesso à balsa. Só havia uma loja ali, mas o local costumava ser bastante movimentado durante o dia. Muitas pessoas passavam por ali para embarcar no porto. A balsa a remo que circula entre o quebra-mar e o parque marinho de Gun-do era bastante popular. Nos feriados, havia filas. Ou seja, o quiosque ficava numa ótima localização. Dali, tinha-se uma boa visão da balsa, e também das pessoas que entram no distrito Dois ou saem dele. O sr. Yong conhecia todo mundo, via todos os rostos, era melhor que uma câmera de vigilância. Sua popularidade deve ter duplicado hoje: sem dúvida muitos curiosos foram até o quiosque em busca de informações.

No armário, peguei a calça e a jaqueta azul que uso para exercícios. Pendurei no pescoço uma toalha; isso completava o disfarce. Distribuí nos dois bolsos da jaqueta o celular, o cartão magnético da porta de entrada, uma nota de cinco mil won e o brinco de pérola. O relógio marcava 18h07. Desci correndo. Achava que conseguiria ir e voltar antes do retorno de Hae-jin. Precisava verificar uma coisa antes de deixar o brinco na mesa de mamãe: havia alguma ligação entre aquele brinco e o barulho que eu escutara no vestíbulo, e estariam ambas as coisas ligadas às anotações no diário de mamãe? Nada garantia que o sr. Yong me daria a informação de que precisava, mas era a minha melhor esperança no momento.

Peguei o tênis de corrida e chamei o elevador. Lá fora, andei rápido. Havia três saídas do condomínio. A porta principal, ainda em obras, que dá acesso ao interior do bairro; a porta traseira, mais próxima ao nosso bloco; e o portão lateral, que dava para uma rua próxima à escola de ensino fundamental de Gun-do. Tal como fiz ontem à noite, comecei a andar mais rápido assim que cheguei àquela rua.

Do portão lateral até o cruzamento que encontra a represa do rio Dong-jin-gang, havia cerca de quinhentos metros. Do cruzamento da represa até a faixa de pedestres do quebra-mar, um quilômetro e meio. Dali até o quebra-mar, cinco quilômetros. Mais um quilômetro da entrada do parque até o observatório. Muita gente caminhava ou corria por essas ruas, de manhã ou no começo da tarde.

Eu era uma dessas pessoas, claro. A corrida era um substituto da natação. O trajeto não era cansativo: dava para ficar olhando o rio e o mar. O melhor de tudo era sentir o coração palpitar como um leão bravo. No meu cotidiano, não havia muitas oportunidades de me sentir assim. Na verdade, no meu dia a dia, eu não sentia quase nada.

Mas meus horários de corrida não eram regulares. Podia correr de madrugada, ao fim da manhã, até o pôr do sol. O atrativo de sair à noite é que não havia gente na rua. Podia correr sem interrupções. Mesmo distraído com a paisagem, não esbarraria em ninguém. Mesmo que tropeçasse e caísse, não passaria vergonha. Hoje foi a primeira vez que saí no começo da tarde, logo depois de o sol se pôr.

Talvez por causa do assassinato, havia carros de polícia por todos os lados. Avistei também alguns táxis vindos de fora. As pessoas caminhavam em duplas ou em grupos. Primeiro avistei um casal, depois três mulheres e dois homens. Estavam todos carregando pacotes com panquecas do Yong.

Perto da primeira ponte de Dong-jin, uma luz forte brilhou atrás de mim. Olhei naquela direção. Uma viatura policial estava me acompanhando. Talvez quisessem me perguntar onde eu morava, onde estava indo ou por que saíra para correr àquela hora.

Sentindo o olhar que vinha de trás do painel do carro, enxuguei o rosto com a toalha, mesmo sem nenhuma gota de suor. Queria parecer um atleta profissional em um treino corriqueiro. Quando alcancei a faixa de pedestres, a viatura ligou a sirene, fez uma curva e se afastou. Enquanto esperava o sinal mudar, espiei o quiosque do Yong. Ainda estava aberto, mas não havia clientes.

"Ei, Yu-jin", disse o sr. Yong assim que me viu.

Detive-me, fingindo estar indo para o outro lado.

"Vem aqui, rapaz. Quero te dizer uma coisa."

Fui até lá, com expressão relutante, como se tivesse mais o que fazer.

"Você saiu para fazer exercícios?"

Olhei para a grelha e assenti. Num canto, havia um punhado de panquecas.

"Você tem saído bastante à noite esses dias, não é?" O sr. Yong pegou uma panqueca com a pinça e me entregou.

"Nem tanto", eu disse, pegando a panqueca.

"É mesmo? Mas não tenho te visto durante a tarde."

"Tenho saído mais de madrugada."

"Ah, entendi." Ele assentiu. "Quer dizer que saiu de madrugada ontem também?"

"Não, eu não saí ontem."

"Ah, entendi", ele repetiu. Após um tempo, disse: "Vai até o observatório hoje também?".

Ele esfregou as mãos na calça oleosa e pegou um pacote de papel. Fiquei olhando suas roupas. Lá atrás, pendurados, havia um casaco cinza e um chapéu. Dentro do casaco, decerto tinha uma camisa limpa, gravata e terno. Sob o cabide, havia uma mala de viagem grande. Ao lado dela, uma caixa de sapato.

Várias vezes eu vira o sr. Yong subir no ônibus com destino a An-san, sempre às 23h30, depois do expediente. Estava sempre usando aquele chapéu, o casaco cinza, terno, sapatos engraxados, mala na mão. Parecia uma espécie de executivo voltando do escritório, não um vendedor de panquecas. Também o vira descer do ônibus com os mesmos trajes de manhã. Depois de abrir o quiosque, vestia o uniforme de trabalho, o avental sujo de gordura, tirava os equipamentos da mala e finalmente se transformava no vendedor de panquecas doces e senhor das fofocas na região.

"Não iria hoje se fosse você", ele finalmente disse, sem conseguir esperar por minha resposta. "Não sei se você viu as notícias, mas encontraram um cadáver na balsa hoje de madrugada."

"E o que isso tem a ver com o observatório?"

"Ora, o bairro inteiro está cheio de viaturas. Tem duas aqui perto. As rondas passam a cada dez minutos. E parece que esses idiotas ainda não encontraram nenhuma evidência. Por causa disso, ficam incomodando os cidadãos de bem. Não consegui trabalhar direito hoje. Policiais de uniforme ou à paisana pra lá e pra cá. Todos perguntando a mesma coisa. A que horas fechei o quiosque ontem. Se eu não vi alguém suspeito perambulando por aqui. Se conheço alguém que costuma andar aqui à noite."

Olhei para baixo. Queria perguntar o que ele dissera à polícia, mas me controlei. Para disfarçar, dei uma mordida na panqueca.

"Então eu respondo que não vi ninguém diferente, só as mesmas pessoas de sempre, aí os policiais pegam no meu pé e querem saber quem são essas pessoas de sempre."

Engoli o xarope açucarado. Estava quente demais. Meus olhos lacrimejaram. Achei que o esôfago fosse derreter, me contorci.

O sr. Yong pegou rapidamente um copo de água gelada e me ofereceu.

"Cuidado, cuidado. Não coma tão rápido. Vai machucar a garganta assim. Dizem que dá câncer comer coisas quentes demais."

Só consegui abrir os olhos depois de engolir um longo gole de água.

"Só precisa me pagar três mil won." Ele enfiou nove panquecas num pacote. "Hoje vou lhe fazer um belo de um desconto. É para celebrar nosso encontro. Faz tempo que você não aparece."

Se quisesse extrair mais informações, era preciso aceitar a barganha. Peguei o pacote e lhe dei uma nota de cinco mil.

"Moço, eu sei que você sai para correr à noite de vez em quando", continuou o sr. Yong, enfiando a nota na carteira. "Se os policiais souberem disso, vão te incomodar muito. É claro que não falei. Como é que eu ia saber a identidade de cada um dos clientes que passam por aqui? Tudo o que sei é que você mora em Moon Torch."

Este homem enxergava a quilômetros de distância ou o quê? Moon Torch ficava longe do quebra-mar. Não era possível que me avistasse entrando no condomínio. E eu nunca lhe falei onde morava. Enfiei uma panqueca inteira na boca e mastiguei.

"Lembra da moça que te apresentei no verão passado? A mulher que estava usando óculos de sol numa noite chuvosa, de cabelo comprido solto. Ela sentou ali." O sr. Yong apontou para o banquinho branco num canto. "Você lembra, não lembra?"

Eu lembrava.

"Ontem ela desceu do ônibus sozinha. Não era muito tarde. Por volta das nove, acho. Sentou ali, como sempre, de pernas cruzadas, e perguntou por você. Quando respondi que não o tinha visto, pareceu bem decepcionada. Percebi que ela gosta de você. Aí ela me disse que você mora no outro lado da rua. Ela mora em Purun, então você deve morar em Moon Torch."

De repente, me lembrei do guarda-chuva vermelho rolando pela estrada. Lembrei também da mulher que havia encontrado na faixa de pedestres lá da frente. Será que ela levava um guarda-chuva vermelho?

Yong continuou: "Ela ficou por aqui um tempão, sentada Não comprou nem sequer uma panqueca. Seria bem-educado comprar ao menos uma, não acha? De toda forma, lá pelas dez, um homem apareceu e os dois saíram juntos".

"Foi ela que morreu, então?", perguntei, após engolir o pedaço que mastigava. Queria que ele dissesse que sim. Se ela fosse a vítima, então a história nada tinha a ver comigo. Afinal de contas, ela saíra dali com outro homem.

O sr. Yong, que segurava o meu troco, bateu com as notas no dorso da mão. "Mas... hein? Moço, você não ouve direito? Quando eu disse isso?"

"Não foi ela?", minha voz se arrastou para fora da garganta.

"Uns policiais à paisana vieram mostrar a foto da vítima. E, pra ser sincero, quase tive um infarto!" Ele parou de falar e pôs o troco de volta na carteira.

Se eu quisesse saber por que ele quase tivera um infarto, então era óbvio que deveria renunciar ao troco e pagar o preço da panqueca que a moça da noite passada não havia comprado. Assenti com a cabeça.

"Lembrei dela. Veio aqui algumas vezes. Andava com um único brinco. Perguntei o motivo daquilo. Sabe, sou muito curioso. Disse que era lembrança de sua mãe, mas havia perdido um dos brincos. Quando contei isso ao policial, ele arregalou os olhos e perguntou como era o brinco."

Sem querer, enfiei a mão no bolso da jaqueta. A extremidade afiada do pino tocou na ponta do meu dedo. Tremi.

"Mas não tinha muito que roubar. Era só um brinco de pérola."

Senti náuseas. A voz do sr. Yong se distanciou por um momento, depois voltou. "Que droga, as moscas estão voltando", o sr. Yong resmungou, olhando de relance por cima do meu ombro. Também olhei para trás. Um carro preto parou na frente do quiosque. A porta se abriu, dois homens desceram e se aproximaram a passos largos. Um deles tinha cerca de trinta anos, cabelo curto e olhos bem separados. O outro era um homem de meia-idade vestindo um casaco preto. Olharam para mim simultaneamente. Supus que fossem detetives. Talvez fossem as tais moscas de que falava o sr. Yong.

"Eu já encerrei por hoje", disse o sr. Yong.

O mais jovem consultou o relógio de pulso. "Não são nem oito horas."

"Os ingredientes acabaram."

O sr. Yong jogou os pegadores no balde de plástico, com força.

"Você sempre vem aqui?", o mais jovem me perguntou. Foi o sr. Yong quem respondeu.

"Ele é estudante e mora no bairro."

Achei que estava na hora de dizer boa-noite e dar no pé. Antes que o inspetor me perguntasse mais alguma coisa, saí do quiosque e me dirigi à faixa de pedestres. Tropecei várias vezes no caminho e quase caí. O relato do sr. Yong me estonteara.

Era só um brinco de pérola.

Depois de chegar à faixa de pedestres, olhei de volta para o quiosque de relance. Os dois homens estavam falando alguma coisa para o sr. Yong. Tirei o brinco do bolso. Era só um brinco de pérola. Fechei a mão, como se tivesse visto algo que não devia. Não, não pode ser… Fiquei balançando a cabeça, olhando para o vazio, como um louco. Não é possível… *Não liga para isso*, minha mente berrava, alucinada. *É só uma coincidência. Uma coincidência. Qualquer mulher poderia ter uma porcaria de um brinco de pérola.*

Uma luz forte veio da plataforma. Um ônibus vermelho estacionou. O para-brisa estava ligado, embora a noite estivesse seca. Duas pessoas desceram. Uma mulher e um homem. A mulher abriu um guarda-chuva vermelho e veio caminhando em direção à faixa de pedestres. O homem veio atrás. Cambaleava, com as mãos no bolso do casaco e os ombros encolhidos. Achei que estava bêbado. Deve ter bebido pelo menos quatro ou cinco garrafas de *soju*.

O ônibus estava parado. Comecei a ouvir uma canção atrás de mim, de tom alto; uma canção sobre uma mulher inesquecível sob a chuva. Era voz de homem que cantava, com língua enrolada. Tive uma sensação estranha. A canção me seguia, mas eu não ouvia passos. Virei para trás, perto da linha central da estrada. Não havia nada. Tudo tinha sumido: o ônibus, a mulher, o homem. No nevoeiro denso, apenas a canção permanecia: *capa de chuva amarela, olhos negros, inesquecível.*

Virei o rosto e olhei para o quiosque. Os dois homens ainda estavam lá, de costas para mim. Não parecia que eles ouviam a canção. Comecei a correr para o outro lado da rua. A minha visão ficou turva. No meio da névoa densa, dezenas de guarda-chuvas vermelhos se abriam e se fechavam como bandos de morcegos. O som da canção me perseguiu até chegar em casa. Eu estava mesmo ficando louco.

Entrando em casa, recebi uma mensagem de Hae-jin.

Estou dentro do KTX *a caminho de Mok-po. Acabam de me pedir ajuda para filmar um casamento. Acho que só consigo voltar amanhã à noite. Aliás, já conseguiu falar com a mamãe? O celular dela continua desligado. Se tiver notícias, me mande mensagem. Coma direito. Desculpa por deixar você sozinho neste dia feliz.*

Respondi: *Sem problema. Volte quando puder.* Eu também tinha muita coisa a fazer.

Subi a escada com passos pesados. Nada fazia sentido. Eu ainda não lembrava muita coisa. Mas agora algumas peças se encaixavam. Situações que antes pareciam isoladas começavam a se combinar. Pistas que antes me escapavam agora apontavam em certa direção. Eu estava diante de uma porta e precisava encontrar a chave. Se destrancasse a porta, descobriria o que havia acontecido naquelas duas horas e meia.

Tirei a jaqueta, pendurei-a na cadeira e sentei à escrivaninha. Coloquei o pacote de panquecas e o brinco de pérola sobre o tampo. A frase do sr. Yong se repetia infinitamente em minha cabeça. *Era só um brinco de pérola.* Pensei também naquele trecho da notícia: *A possibilidade de assassinato é alta, pois a vítima foi ferida com um objeto afiado.*

Abri a gaveta e tirei a navalha. A voz de mamãe ressoou em minha mente. *Você... Você, Yu-jin... Você não merece viver.* O que fazer agora? Por onde começar? A ideia de tomar qualquer atitude me enchia de medo. Fizesse o que fizesse, eu acabaria voltando à estrada do inferno. Talvez o melhor fosse ficar inerte mesmo.

De repente, me sentia exausto. Queria cair de bruços na cama. Queria dormir sem pensar em nada. Um pouco de sono, um pouco de descanso, ao menos, antes que essa confusão chegue a seu fim trágico e inevitável.

Fechei os olhos e apertei a testa. Soltei um suspiro que parecia um gemido de dor. É inútil negar certas coisas. Era impossível escolher como e onde a gente nasce, quem será nosso pai, quem será nossa mãe. Todas as coisas que me aconteceram eram inalteráveis. Mesmo assim, eu não queria ficar apenas na conjectura. Queria recuperar algum controle sobre mim, pelo menos. Não importa como termine esta situação miserável, queria tomar minhas próprias decisões. Para isso, precisava juntar as forças que me sobraram e fazer o que tinha que ser feito. Não importa como, precisava tirar das sombras aquelas duas horas e meia que faltavam.

Pus a navalha junto ao brinco. Tirei todas as coisas da gaveta e coloquei-as em cima da escrivaninha. MP3, o fone de ouvido, a chave do terraço, a chave do carro… Analisei cada objeto separadamente. Abri o diário de mamãe. Este parecia o único ponto de partida possível.

Folheei-o da primeira até a última página. Era mais volumoso do que lembrava. Havia marcadores azuis entre as folhas, separando os anos de 2000 a 2016, mas de trás para a frente. 2016, 2015, 2014… Havia registros mês a mês, também de trás para a frente. Dezembro, novembro, outubro… Só os dias estavam registrados na ordem correta. Mas os registros eram irregulares. Em alguns meses, havia um registro para cada dia; em outros, dia sim, dia não. O tamanho de cada anotação também variava. Algumas tinham poucas linhas, outras, de duas a três folhas. Talvez por isso ela usasse um fichário. Tinha suas vantagens. Dava para consultar facilmente determinado ano ou determinado mês, como quem acessa os dados de uma biblioteca.

Os registros começavam dezesseis anos atrás, no dia 30 de abril. A primeira frase dizia: *Yu-jin está dormindo. Sem preocupações, num sono pacífico.*

Avancei até o registro mais recente, de dezembro de 2016. Dias 6, 7 e 9. As anotações também eram sobre mim. Tudo indicava que o propósito daquele diário era registrar minhas atividades, dia a dia. Por que mamãe fazia aquilo? Será que depois passava os relatórios a titia? Por que ela precisava escrever tudo o que eu fazia?

6 de dezembro, terça-feira
O quarto dele está vazio. Ele começou a sair pelo terraço de novo. Depois de um mês.

7 de dezembro, quarta-feira
Segundo dia consecutivo. Eu estava vigiando, mesmo assim ele escapou.

9 de dezembro, sexta-feira
Aonde será que ele foi? Vasculhei o bairro inteiro até as duas da madrugada. Não achei nada. Mas tenho certeza de que o vi. Está frio. Estou com medo. Estou horrorizada. Agora...

Hello está latindo. Ele voltou.

Podiam-se deduzir três coisas. Mamãe me seguiu. Mamãe e eu nos encontramos em algum lugar. Algo gelado, amedrontador e horrível aconteceu entre a 00h30 e as duas da madrugada. Havia ominosos espaços em branco entre as frases. Não conseguia interpretar essas lacunas, pelo menos não agora.

Pulei para novembro.

14 de novembro, segunda-feira
Ele saiu pelo terraço. Como esteve tranquilo por uns dois meses, não imaginei que isso iria acontecer. Se eu tivesse saído assim que Hello começou a latir, conseguiria detê-lo. Tive um mau pressentimento e peguei a caixa de remédios na escrivaninha dele. Havia comprimidos para onze dias. Isso significa que está tomando as pílulas conforme a prescrição?

Peguei o calendário de mesa e verifiquei a data. Havia pontos pretos marcados de 11 a 15 de novembro. Era o período em que tinha parado de tomar o medicamento. A segunda vez desde agosto, na véspera do exame oral. A cada refeição jogava no vaso o comprimido que deveria tomar. Era o jeito menos confuso e mais seguro para não despertar suspeitas. Mesmo assim, mamãe desconfiou — não apenas que eu estava pulando os remédios, mas que andava saindo pelo terraço. Ou seja, deduziu a ligação entre ambas as coisas. Talvez estivesse se baseando em algum antecedente.

Por mais que pensasse, contudo, não consegui imaginar que antecedente seria esse. Isso era frustrante, mas nada me restava além de seguir lendo.

15 de novembro, terça-feira
Sinto como se estivesse brincando de pega-pega com o vento. Saí correndo assim que Hello começou a latir, mas era tarde demais. O guarda do portão de trás diz que não viu ninguém passar nos últimos trinta minutos. A mesma coisa no portão da frente. Quem eu encontrei no portão lateral não foi Yu-jin, mas Hae-jin, que estava voltando do trabalho.

O diário revelava que, a partir de determinado momento, mamãe desenvolveu o hábito de me seguir à noite. Por que ela faria isso? Parecia um exagero, mesmo para uma controladora obsessiva como ela. Não é tão estranho assim que um jovem saia à noite. Mães normais não saem no encalço dos filhos sempre que eles vão dar uma volta. Parece coisa de uma mulher louca, a menos que haja um motivo não revelado. Talvez o guarda do portão de trás soubesse desse comportamento estranho de mamãe. Talvez os vizinhos estivessem comentando: a viúva do apartamento 2505, do bloco 206, fica vagando à noite pelo bairro, procurando pelo filho. Mas, ao contrário de ontem à noite, no dia 15 de novembro ela não precisou vagar por todos os lados, já que topou com Hae-jin no portão lateral.

Não sei se isso acontecera na mesma data, mas lembrei de ter visto Hae-jin na rua por volta daquele horário. Foi na calçada do lado do rio, perto da ponte Dong-jin. Enquanto eu estava correndo em direção ao quebra-mar, ouvi um toque de celular e uma voz no meio da névoa.

"Sim, já estou indo para casa."

Uma frase era suficiente. Conseguiria reconhecer aquela voz mesmo que houvesse cem pessoas falando ao mesmo tempo. Era Hae-jin. Por um instante, hesitei. Será que falo com ele? Mas, nesse caso, ele vai perguntar "Aonde você vai tão tarde?". Se responder "Estou correndo", mamãe vai receber o relatório e terá mais um motivo para me passar um sermão.

"Não, tudo bem", Hae-jin disse, cerca de dez metros à frente. Tomei minha decisão e me escondi entre o poste e o corrimão — havia ali um espaço onde um adulto podia se esconder. As lâmpadas estavam voltadas para a rua, e aquele refúgio era bem envelopado pela cerração marinha.

"Sim, eu estarei em Sang-am-dong por volta das duas, amanhã."

A voz de Hae-jin passou raspando atrás de mim. Eu sentia uma pressão na bexiga. A visão de um poste talvez desperte nos cachorros a urgência de mijar; em um ser humano, o som de água corrente tem o mesmo efeito. Escutei o fluxo do rio na eclusa e, automaticamente, minha bexiga inchou. Não tive alternativa senão me aliviar ali mesmo. Ao mesmo tempo, senti que ele se detinha. A rua estava escura, eu estava de costas, usando máscara de corrida, cabeça coberta pelo capuz, rosto baixo. Ele não tinha como reconhecer minhas feições. Mas eu estava usando a jaqueta do filme.

A diferença entre um ser humano e um animal é que o primeiro é capaz de enxergar a si mesmo, com seu olho interno. Tentei aguçar os ouvidos para saber o que ocorria atrás de mim e, ao mesmo tempo, minha própria imagem se desenhou diante dos meus olhos. Não gostei do que vi. Um ser patético, encolhido, com medo de ser reconhecido, mijando à sombra do poste. Não sou um fugitivo, não sou um criminoso, não dei calote em ninguém. Mesmo assim estou me escondendo. Patético. Até o jato de xixi travou. Fiquei furioso de repente, queria gritar e mandá-lo embora, gritar que me deixasse em paz.

Hae-jin se afastou. Ao me ver sozinho, também segui o meu caminho. O que teria acontecido se eu tivesse falado com ele naquele dia? Será que mamãe teria desistido de me seguir à toa? A pergunta voltou ao ponto inicial. O que é que preocupava mamãe especificamente? Por que minhas saídas à noite a deixavam tão apavorada?

O registro seguinte não era de outubro — ela havia pulado dois meses.

30 de agosto, terça-feira
Hae-jin e Yu-jin voltaram da ilha Im-ja. Chegaram perto da meia-noite, um dia antes do previsto. O calor persiste após a temporada de chuva, mas Yu-jin continua usando jaqueta. Me sinto sufocada só de ver.

Parece haver um arranhão na mão dele. Também tem um hematoma na testa, entre os fios molhados de suor.

Não, não pode ser... Ele largou o remédio de novo. Não me diga que... Teve uma convulsão.

Não, não pode ser, ela havia escrito. Ou seja, achava que talvez existisse outra explicação para o hematoma e o arranhão. No momento em que entrei em casa, voltando da ilha com Hae--jin, o olhar de mamãe cravou-se em minha testa. Percebi que havia descoberto tudo. "Como machucou a testa?", perguntou. Já deduzira o que tinha acontecido, mas estava me sondando em busca de pistas que confirmassem sua suspeita. Resolvi não lhe dar a pista que buscava.

"Bati no batente da porta quando estava subindo no navio."

Mamãe olhou para mim sem expressão.

"E por que está usando jaqueta num dia quente como este?", perguntou em seguida.

Nem eu sabia a resposta. Minha mente logo buscou uma explicação: *Está vestindo isso para esconder os arranhões e as contusões nos cotovelos, causados pela convulsão.* "Hae-jin me deu de presente. Disse que seria educado da minha parte usá-la no set de filmagem."

Hae-jin estava no sofá, tirando as meias. Parecia não prestar atenção no que dizíamos como se tirar as meias fosse uma tarefa muito importante que ocupasse toda a sua mente. É claro que estava fingindo. Notou minha mentira e ficou constrangido. Sua jaqueta, lembrança do primeiro dia de filmagem, agora tinha virado um presente para mim. Isso decerto lhe desagradou também. Além disso, aquele clima pesado de interrogatório o deixava nervoso.

Mamãe não me fez mais perguntas. Mas deve ter interrogado Hae-jin assim que subi ao quarto. *Yu-jin disse a verdade?*, ela com certeza perguntou. Hae-jin deve ter respondido que sim. E deve ter repetido essa resposta várias vezes. Mas, como eu já disse, Hae-jin é um péssimo mentiroso. Enquanto sua boca *dizia sim, é verdade*, o rosto diria *não, é mentira*. E a suspeita deve ter se espalhado pela mente de mamãe feito uma planta aquática nefasta cobrindo um lago. *Dez anos atrás, ele desgraçou a própria vida ao cortar os remédios. Não é possível que tenha feito isso de novo. Não, não pode ser...*

Talvez essa suspeita tenha levado mamãe a redobrar sua vigilância. Talvez ela tenha decidido que minhas escapadas noturnas tinham de acabar. Ou haveria ainda um terceiro fator envolvido? Sim, tinha de haver uma explicação para o acesso de fúria de ontem à noite. Aliás, por que ela esperou tanto para explodir? O normal era que tentasse me controlar o tempo inteiro. Em vez disso, me deixou à solta por quatro meses, me seguindo e me analisando.

31 de agosto, quarta-feira
Era por volta das dez da noite. Eu ia deitar para dormir, e ouvi um barulho esquisito. Não era esquisito por eu não saber sua origem, mas precisamente porque sabia. Era o som de uma porta pesada de metal batendo por causa do vento. Nesta casa, apenas uma porta faz esse tipo de barulho.

Duas coisas me incomodam. Por que ele saiu pelo terraço? E onde arrumou a chave da porta? Eu nunca lhe dei.

Mamãe deve ter ouvido o barulho quando fechei a porta, não ao abri-la. A tranca era muito pesada, e era difícil fechar sem ruído. Para cerrá-la sem fazer barulho, era preciso empurrar com as duas mãos, muito devagar. Lembro que, naquela noite, não consegui fazer isso. A porta fez barulho duas vezes, ao ser aberta e ao ser fechada. Pus o dedo no espaço em branco entre os dois parágrafos do registro. Era uma lacuna de várias linhas. Peguei emprestada a frase condicional que Hae-jin gostava de usar e apliquei-a àquela anotação. *Se eu fosse mamãe*, teria subido ao terraço assim que ouvi o barulho. Foi o que ela fez; isso explicava a lacuna.

Aquela porta foi uma dor de cabeça desde que nos mudamos. Faltava acabamento, e não encaixava direito no batente. A trava às vezes não funcionava e a porta se abria sozinha com frequência. Mamãe exigiu várias vezes que a construtora a consertasse. Mas a firma tinha decretado falência e o pedido jamais foi atendido a contento. O máximo que fizeram foi mandar um funcionário para instalar uma corrente na porta. Era a mesma coisa que passar mertiolate num paciente com a perna quebrada. Na última tempestade, a porta batia sem parar, com estrondo, até que a corrente arrebentou. No fim das contas, mamãe pagou do próprio bolso por uma porta nova. Mandou instalar fechadura e trinco. O prestador de serviço garantiu que a porta nunca mais iria se abrir sozinha, a menos que o terraço saísse voando.

Ao ouvir o barulho, mamãe decerto subiu ao terraço, para ver se o prestador de serviço não havia mentido. Chegando lá, deve ter percebido, pela vidraça, que a iluminação da pérgula estava acesa. Também deve ter notado que a lingueta se fechara automaticamente, mas que o ferrolho interno estava aberto. Talvez Hello tenha começado a latir nesse momento. Aquele cachorro sempre enche o saco quando desço pela escada de emergência.

Será que mamãe abriu a porta de metal e olhou para fora? Será que ouviu meus passos, correndo na escada? Será o latido do cachorro abafou os outros sons? De toda forma, mamãe pode ter vindo para meu quarto. Viu que eu não estava lá, após reparar que a porta de vidro estava levemente aberta. Será que nessa noite ela também contou os comprimidos na caixa? A quantidade estava certa, eu acho; sempre tinha o cuidado de jogar as pílulas no vaso. Será que saiu à minha procura logo em seguida? Talvez tenha perguntado ao guarda do portão de trás se vira alguém sair agora há pouco. Será que, nessa noite, também encontrou Hae-jin perto do portão lateral? Por que será que mamãe não me perguntou diretamente o que aconteceu? Não eram perguntas tão difíceis assim.

Por que saiu pelo terraço?

Onde arrumou a chave?

Em vez disso, mamãe ficou em silêncio. E era isso que me deixava mais intrigado. Por que não disse nada? Por que fez tanto alvoroço em torno das minhas saídas noturnas? Parecia tempestade em copo d'água.

Tirei cópia da chave do terraço com um propósito em mente. Mas esse propósito não era obrigá-la a perambular pelas ruas frias e escuras. Pelo que me lembro, usei a chave pela primeira vez em 31 de agosto. Também foi a primeira vez que saí pelo terraço. Isso, um dia após voltar de Im-ja com Hae-jin. Continuava sem tomar meus remédios. Era a primeira vez que fazia isso em dez anos, e paguei o preço: uma convulsão em público. Precisava passar uma pomada nessa ferida profunda. Mas eu queria desfrutar mais um dia, só mais um dia, naquele estado de bem-estar mágico.

E o que fiz nesse dia precioso? Fiquei no quarto — para esconder as condecorações que a convulsão me deixara nos cotovelos e joelhos. Vesti camisa de manga comprida e calça, deixei o ar-condicionado ligado na temperatura mínima e passei horas rolando na cama. Hae-jin foi de manhã cedo para Sang-am-dong e eu não tinha com quem conversar. Ou melhor, não tinha ninguém com quem *quisesse* conversar. Mamãe estava em casa e tinha boca para falar. Mas com ela eu não queria papo.

Nesse dia, mamãe subiu ao terraço de manhã. Ficou lá até a tarde. Eu podia vê-la pelos vidros. Não parecia estar fazendo algo específico. Agachada perto do quintal, fingia arrancar ervas daninhas que não existiam. Passou um tempo mexendo nas pimentas da horta. De vez em quando, olhava de relance para o meu quarto. Se eu fechasse a cortina, em cinco minutos ela vinha bater na porta de vidro. Sempre inventava algum motivo para bisbilhotar. *Não está com frio? Vai pegar uma gripe nesse ar condicionado. O sol está bonito. Quer tomar chá comigo?*

Eu não queria tomar chá porcaria nenhuma. Chá é coisa de doente. Também estava sem paciência de perguntar por que me espionava tanto. Assim como a mamãe enxerga claramente o que se passa dentro da minha cabeça, eu também sei o que ela está realmente pensando. "Quer tomar chá?" significava: "Me conte logo o que aconteceu na ilha". "O sol está bonito" era uma senha para discutirmos meus problemas.

O sol estava caindo, eu tinha vontade de subir pelas paredes de tanto tédio, e de repente percebi uma coisa que, embora óbvia, não tinha me ocorrido antes. Sejam crianças, sejam adultos, todos precisam de algum lugar para ir e algo para fazer. Eu não tinha para onde ir, nem o que fazer. Sem treinamento, sem estudos, não sabia o que fazer com meu dia. Não queria encontrar ninguém, não queria ver filmes, não tinha vontade de fazer coisa alguma. Até sair de noite era impossível: eu não podia beber e tinha que voltar para casa até as nove. Às vezes mamãe perguntava: "Você não está namorando ninguém?". Eu tinha vontade de chorar. Você não arranja uma namorada sem sair de casa. Mamãe, que conhecia tão bem o mundo, parecia ignorar essa verdade básica.

Às dez da noite, levantei da cama. A inquietação dominava meus músculos. Vesti a jaqueta do filme, calcei os tênis que tinha escondido no banheiro e saí correndo pela porta de metal. Com esse intuito eu fizera uma cópia da chave do terraço. Mesmo quando tomava o medicamento corretamente, eu já sonhava com uma porta pela qual pudesse sair sem que mamãe soubesse. Fechei a porta atrás de mim, e talvez o tenha feito com muita pressa. Estava ansioso para sair. Se tivesse agido com mais cautela, não teria despertado o cão de caça que existe dentro de mamãe.

Depois de sair pela porta de metal, desci correndo pela escada de emergência sem olhar para trás. Esperava que mamãe me chamasse a qualquer momento. Meus tornozelos tremiam, a nuca coçava. Só sosseguei depois de chegar correndo à faixa de pedestres do quebra-mar. Lá me detive, ofegando. Encostei as coxas na amurada e olhei para o mar sob a noite. As ondas, as gaivotas-pardas, o parque Gun-do, o observatório... Tudo oculto na escuridão e na névoa. O holofote do observatório era a única fonte de luz forte, como a roda-gigante num parque de diversões. Parecia me chamar.

O quiosque estava fechado. Não eram nem onze horas. Por que teria fechado tão cedo? Talvez o sr. Yong estivesse com algum problema. Era a única explicação. Havia uma lista de empecilhos que poderiam impedi-lo de abrir o quiosque: uma complicação de saúde, uma crise de tristeza, problemas com os ingredientes, o pressentimento de um dia ruim. Quando ventava, ele se sentia solitário. Quando chovia, se sentia melancólico. Em noites de lua cheia, sentia ódio da humanidade. Quando o clima estava pesado, se sentia pesado também.

Supus que o clima fosse a explicação. O dia estava quente, a névoa densa pressionava todo o corpo, e o céu escuro coberto de nuvens cinzentas, ameaçando chover a qualquer momento. Eu não era afetado pelo clima; a urgência de correr me tornava imune. Corri até o observatório e voltei voando ao quiosque. Atravessei correndo a faixa de pedestres e ao alcançar a calçada oposta ouvi uma voz no meio da neblina.

"Não, não foi isso que eu disse." Com certeza era voz de mulher. Não escutei resposta, portanto estava falando ao celular.

Hesitei. Não queria assustar uma mulher sozinha no meio da noite. Havia duas opções. Ou eu continuava correndo e passava por ela, ou dava meia-volta e tomava a trilha do parque.

"Está surdo por acaso? Não entende o que estou falando?"

Está surdo por acaso... Lembrei-me de certa mulher. Uma mulher que encontrei na volta de uma corrida matinal, em maio. Não tenho certeza, mas acho que era por volta das oito horas. Enquanto atravessava a faixa junto à escola Gun-do, estaquei. A enxaqueca, que me atormentou a noite inteira, tinha voltado. Minha visão falhou abruptamente. Senti um golpe de martelo na cabeça. Parecia prenúncio de convulsão. Não conseguia mais caminhar. Estava prestes a segurar a cabeça e rolar no chão. Então ouvi uma buzina estridente pelo lado direito. Dei um passo para trás por reflexo. Quase ao mesmo tempo, um carro branco passou raspando. Pelo vidro abaixado, ouvi uma voz de mulher, imprecando:

"Seu idiota, está surdo por acaso?"

Eu estava na faixa de segurança, na frente da escola. E, mesmo que não estivesse, o que você faz ao ver uma pessoa com as mãos na cabeça no meio da rua? Seria mais civilizado desacelerar. Em vez disso, me xingou de idiota e passou correndo. Tentei ver o modelo ou a placa do carro, mas não consegui. A névoa batia na altura da cintura, a minha visão estava ofuscada por causa da enxaqueca, e o carro já tinha virado à esquerda em direção à represa.

Por um momento, esqueci a enxaqueca. Estava furioso. Atravessei correndo o resto da faixa. Depois fiquei olhando em volta. O carro branco tinha sumido. Eu só sabia de onde ele viera. Saíra de um dos quatro grandes condomínios de apartamentos, entre os quais se encontrava o Moon Torch. Eu bem que gostaria de dar uma lição naquela desgraçada, mas seria difícil encontrá-la. Então minha cabeça começou a esfriar. Conheço meus defeitos; sei que perco o juízo quando fico bravo. Mas também conheço minhas qualidades: quando vejo que a fúria não vai resolver nada, me acalmo rapidamente. Foi o que aconteceu.

Pela voz, pelas palavras, eu tive certeza de que a mulher falando ao celular era a mesma que quase me atropelara. Imediatamente me escondi atrás do poste. Ela passou. Comecei a segui-la a passos largos. Logo enxerguei seu cabelo preto balançando ao vento. Desacelerei. Continuei a segui-la, com uma distância segura entre nós. Juro que não tinha segundas intenções. Só queria saber onde ela morava. A conversa no celular já durava cinco minutos.

"Já disse, o carro apagou na frente da livraria Kyobo em Gwang-hwa-mun. Como assim, o que eu fiz? Chamei um guincho, ora. Não, eu peguei ônibus. Sabe quanto custa um táxi de lá até aqui? Medo? Medo de quê? A noite está clara. Enxergo tudo. Ainda não é tão tarde. É só meia-noite."

Dizendo isso, ela se deteve sobre a primeira ponte Dong-jin. Só então parece ter notado que Gun-do, à meia-noite, era um mundo completamente diferente do centro de Seul naquele mesmo horário. A rua estava escura e silenciosa. Não havia carros nem pedestres. Apenas gaivotas insones que cantavam na neblina. A mulher se virou de repente. Olhou na minha direção. Estava assustada.

Escondi-me atrás do poste. Olhei a mulher à luz amarela. O que prendeu minha atenção não foi seu rosto, mas sim os dedos que estavam segurando o celular. Para ser mais preciso, o anel de ouro no dedo mindinho. Eu não sei se a luz da lua confundiu meus olhos, ou talvez a luz do poste ressaltasse o objeto. Brilhava maravilhosamente como uma estrela cruzando o céu. Uma voz em minha cabeça ofereceu um desafio. *Qual é o jeito mais simples de pegar aquele anel?*

Ora, o jeito mais fácil é cortar o dedo dela, claro.

"Não, não é nada. Achei que tinha ouvido alguma coisa atrás de mim", ela disse, e começou a caminhar de novo.

Voltei a segui-la.

Devo ter avançado por mais uns dez metros. Ela se deteve novamente e olhou para trás.

"Escuta, eu ligo de novo quando chegar em casa."

Eu também parei. Sorri. Ela deveria ter feito isso lá no início. A mulher passou o celular para a outra mão, virou-se e começou a andar rápido. Dava para farejar seu medo. Seu sexto sentido, desenvolvido ao longo da história universal das mulheres, de certo alertava: *Não tem a impressão de que está sendo seguida?* Ou talvez tenha ouvido o sussurro em minha própria cabeça. *Está sentindo minha presença?*

Também acelerei os passos. Começava a ficar ofegante. Minhas coxas estavam tensas. As gengivas coçavam, como se dentes novos estivessem prestes a brotar. Minhas orelhas estavam arrepiadas. Não dava para descrever aquilo como nervosismo ou tensão. Era uma sensação semelhante à que Hae-jin me descreveu certa vez.

Fora quatro anos antes, no fim da primavera ou no começo do verão. Hae-jin foi a um encontro com uma colega um pouco mais velha, por quem estava apaixonado. Ao que tudo indicava, o sentimento não era mútuo. Mesmo assim, passou a noite fora. Deve ter sido a primeira vez que Hae-jin Kim passou a noite fora sem aviso prévio. Também foi uma das únicas vezes que levou bronca de mamãe. Enquanto ela lhe dava um sermão, fiquei em pé junto à mesa da cozinha e analisei minuciosamente a expressão de Hae-jin. Mesmo pedindo desculpa repetidas vezes, o pensamento dele estava em outro lugar. Estrelas brilhavam nas suas pupilas; parecia vagar no espaço sideral. A minha curiosidade cresceu cada vez mais. O que a mulher fizera com ele para mergulhá-lo em tamanho devaneio? Assim que a mamãe se retirou, perguntei.

"Foi tão bom assim?"

O pescoço do Hae-jin ficou vermelho como melancia. Desconversou.

"Eu não lembro direito. Nós dois estávamos muito bêbados."

Ou seja, queria guardar o segredo. E é claro que eu não tinha a menor intenção de respeitar sua vontade. Porque essa era uma questão muito importante para mim também.

"Mas deve lembrar-se de como estava se sentindo, pelo menos."

"Bem..." Depois de relutar por um tempo, ele fez uma descrição literária e confusa. Eu não lembro direito das palavras, mas era mais ou menos o seguinte: se um dia, quando eu estiver com noventa e oito anos, Deus me perguntar qual momento de minha vida desejo experimentar de novo, vou responder, sem hesitação, que meu desejo é retornar àquela noite, àquele instante em que o mundo derreteu e se desmanchou.

Como assim, o mundo derreteu e se desmanchou? Eu nunca tive um relacionamento sério, mas já tinha dormido com duas mulheres. Mas não senti nada vagamente semelhante ao que ele descreveu. Ambas eram profissionais. A primeira tinha seios fartos, como eu gosto, mas mesmo assim não consegui me empolgar. Na verdade, meu pulso ficou mais lento que o normal. Gozei sem prazer. Queria ter certeza de que o negócio não era a minha praia, então procurei uma segunda garota. Fiquei tão entediado que me flagrei vasculhando os dentes dela com a ponta da língua.

Por outro lado, eu também não tinha atração por homens. O olhar embevecido de Hae-jin era um mistério para mim. Pensei que jamais poderia decifrar, quanto mais experimentar aquele sentimento. Senti uma frustração devastadora. Foi apenas naquela noite, seguindo a mulher pela rua escura, que comecei a entender o que Hae-jin havia sentido. E compreendi o que me atraía. Eu sentia atração pelo medo.

Uma nuvem escura encobriu a lua. A névoa se adensou a olhos vistos. Sempre que a mulher se virava para olhar, eu me detinha. Quando ela voltava a andar, eu me aproximava o suficiente para que me notasse. Quanto mais perto chegava, melhor escutava os sons dela, e isso incendiava meus cinco sentidos. O barulho de chaves ou moedas na mochila, o som dos passos cada vez mais rápidos e irregulares, o som das coxas se esfregando enquanto andava, o som do cabelo balançando ao vento forte, a respiração áspera e úmida. Mais tarde, achei que dava para ouvir até o seu sangue pulsando.

Enquanto isso, eu fantasiava mil maneiras de pegar seu anel. *Posso agarrá-la pelo cabelo, aquele cabelo que não para de balançar. Ao mesmo tempo, tampo a boca dela com a outra mão. Atravesso a estrada e a levo para perto do rio. Pego o anel, depois a jogo na água.* Sim, eu enfiaria os caninos na orelha dela antes de lançá-la no rio.

Quando avistei o cruzamento, a mulher começou a correr. Sua respiração estava mais barulhenta que um motor. Virou-se várias vezes enquanto corria, o salto alto resvalou, ela torceu os tornozelos e cambaleou várias vezes. No carro, ela era valentona, mas aqui na rua escura era uma medrosa. Alcançando o cruzamento, virou-se para trás de repente e soltou um grito semelhante ao sibilar dos gatos:

"Quem é você?"

Não respondi. Como ousava falar comigo daquele jeito? Afinal de contas, eu não tinha feito nada. Não ainda. Não puxei assunto, não passei cantada, não a ameacei. Só estava seguindo o meu caminho.

Nesse momento, o celular dela começou a tocar. Tomou um susto, sacudiu a mão. O celular voou para o meio da faixa de segurança, e ela saiu correndo com um berro estridente. Nisso, um carro que virava a esquina brecou com tudo. Muitos barulhos se entrecruzaram na névoa. O chiado do pneu, o grito da mulher, o celular que continuava apitando no chão da rua.

Depois veio o silêncio. O carro e a mulher seguiram seu rumo e sumiram. Atravessei a faixa de segurança. Fiquei parado uns segundos sob o semáforo. A empolgação de momentos atrás se dissipou, deixando em seu lugar uma fome desvairada. Fiquei zonzo e sem forças. O que eu tinha feito? Por que estava com tanta fome?

Peguei o celular que estava caído no chão da estrada. O nome de quem fez a ligação estava na tela arrebentada.

Mimi.

Joguei o celular no rio. Desde então, nunca mais encontrei aquela mulher. Talvez ela tenha resolvido não sair mais à noite. Eu, por outro lado, passei a sair à noite sempre que conseguia. Fiz vários testes; segui diversas pessoas; queria me certificar de que aquela excitação elétrica fora verdadeira. Após muitas tentativas, constatei que preferia seguir mulheres a homens. Isso porque o sexto sentido delas é muito mais aguçado. Sabem quando estão sendo seguidas. E é mais fácil farejar seu medo. Aquilo virou meu passatempo favorito. Para ser honesto, nada me deixava mais excitado. Quando eu chegava ao quebra-mar, a probabilidade de encontrar um pedestre era de cinquenta por cento. E só metade das pessoas que descessem do ônibus seriam mulheres. Tudo isso tornava a experiência mais incerta e, portanto, mais emocionante. O trajeto ao longo da represa se transformou em meu campo de caça; ali, só valiam as minhas leis. Para aguçar as sensações, eu sempre levava comigo algum objeto diferente, potencializando minha imaginação. Luvas de látex, máscara de corrida, fones de ouvido para escutar heavy metal a todo volume, fazendo meu coração pulsar como um animal selvagem.

É claro que não saía todos os dias. Só fazia isso quando parava de tomar o medicamento. Aí, a inquietação me dominava. Então eu fazia uma espécie de negociação. Se, naquela noite, encontrasse uma mulher sozinha na rua, voltava a tomar o remédio no dia seguinte. Por algum tempo, não sentia vontade de caçar. Geralmente me convencia de que estava na hora de parar com aquilo. Por outro lado, se eu não encontrasse uma mulher, o período de inquietude se prolongava. Desde agosto, sentira aquela estranha urgência seis vezes. Em três ocasiões, encontrei o que queria: mulheres para perseguir. A primeira vez foi em 15 de agosto; a segunda, em 15 de novembro. A terceira vez foi na noite passada. Aquela mulher que desceu do ônibus sozinha e avançou pela faixa de segurança... Foi a primeira vez que fugi após encontrar o que buscava.

Agora uma pergunta me ocorreu. Será que a mulher desceu mesmo sozinha do ônibus? Lembrei-me das alucinações que povoavam minha mente ao acordar na manhã seguinte. O guarda-chuva vermelho rolando pela rua. E eu havia recordado outra coisa ao me afastar do quiosque do Yong: atrás da mulher com o guarda-chuva vermelho desceu um homem bêbado, cantarolando. Sua voz ecoou na neblina: *Uma mulher anda na chuva, uma mulher inesquecível...*

De repente, veio outra pergunta: durante todo esse tempo, eu estava mesmo de pé junto ao cruzamento? Não. Agora me lembrava. Na verdade, eu estava atrás do quiosque, sentado na amurada do quebra-mar, esperando o último ônibus, olhando para o mar. Tudo se encaixava. O sr. Yong fecha o quiosque às 23h20 e pega o ônibus dez minutos depois. Devo ter chegado ao quiosque por volta das 23h50. O último ônibus chega mais ou menos à meia-noite. Todas as noites em que saí pelo terraço foi assim. Ontem deve ter acontecido o mesmo.

Terceira dúvida: será que eu fugi mesmo da mulher? Talvez seja necessário trocar a pergunta. Tive um princípio de convulsão? Nem sempre tive convulsões ao cortar o medicamento. Talvez tenha interpretado os sintomas daquela forma por simples força do hábito. A convulsão era uma boa justificativa para o esquecimento. Talvez as ilusões de hoje pela manhã sejam pistas sobre coisas que esqueci, e não sinais de uma crise epiléptica.

De repente, uma luz branca me ofuscou. Atrás do clarão, houve um som estridente. Era um carro freando abruptamente numa estrada chuvosa. Uma porta se abriu e ouvi o grito de mamãe, afiado como um furador de gelo: "Yu-jin!".

A canção do homem tinha cessado havia algum tempo. Tudo estava em silêncio. Apenas o vento gemia na escuridão.

Eu tenho certeza de que o vi.

Estou com frio, com medo e horrorizada.

As palavras de mamãe continuavam a ecoar nas páginas do diário.

Eu queria gritar *basta!* Vozes e ilusões se sucediam e me atormentavam; eu não tinha as informações necessárias para colocá-las em ordem cronológica. Deitei-me de bruços, a página do diário contra o rosto. Os objetos em cima da escrivaninha desfilaram pela minha visão, um por um. A navalha, o brinco de pérola, a chave do terraço... Ergui o rosto. Olhei o MP3 e o fone de ouvido, como se nunca os tivesse visto antes, como se não fossem meus. Decidi começar do começo: o momento logo antes de sair do quarto ontem à noite.

Peguei o MP3 e apertei o botão. Minha playlist estava pausada em "Conquista do paraíso", de Vangelis. Se eu tivesse ouvido a playlist desde o início, chegaria a essa música à 1h52. Minhas lembranças confirmavam isso. Saíra de casa por volta das 22h10, passei pelo observatório, cheguei ao cruzamento e desliguei a música.

Voltei ao início da playlist e coloquei os fones nos ouvidos. Fechei os olhos e ajustei o relógio da cabeça para ontem à noite. Voltei ao momento em que o carrilhão soara dez batidas. Sentei na cadeira e apertei o play. Ouvi o carrilhão batendo junto aos primeiros acordes de "Mass": bum, bum, bum, bum, bum.

O carrilhão bateu dez vezes. Dez horas em ponto.

Meia hora se passou desde que mamãe entrou no quarto principal e fechou a porta. Hae-jin ainda não voltou. Eu estava com as mãos na cabeça, caído na cama. Não era a enxaqueca.

Era a agitação feroz que me atormentava. Era o quarto dia desde que cortara os remédios. Há três dias, perambulo pelo bairro toda noite. Ontem, havia decidido parar com aquilo. Mas a vozinha em minha cabeça insistia, intensificada pelos vestígios de álcool no meu sangue: *Só mais uma vez. Só esta noite. Não seja chato. Não está fazendo mal a ninguém. Só está se divertindo. É a mesma coisa que se masturbar. E faz uns dias que você anda sem sorte. Não encontrou ninguém nas últimas vezes. Se quiser parar, então pare de uma vez. Mas não deixe as coisas pela metade.*

Revirei-me na cama. Cruzei as mãos atrás da nuca e fiz uns cálculos de cabeça. Tinha parado de tomar o remédio em agosto. Parei outra vez em novembro, na véspera do exame oral. Minha tolerância aos efeitos colaterais estava cada vez menor. Se continuasse assim, acabaria cortando os remédios para sempre — ou até eu ter nova convulsão, ou até mamãe descobrir, o que acontecesse antes.

Em outras palavras, eu precisava sair hoje à noite. Era o único modo de saciar meu impulso selvagem. Se não fizesse isso, continuaria sem tomar remédio, e o pior poderia acontecer. O perigo aumentaria. Decidi que esta noite seria a última. Amanhã, ou depois de amanhã, eu passaria a seguir todas as regras de mamãe e me tornaria a melhor pessoa do mundo.

Tomada a decisão, me levantei da cama na hora. Abri o armário, tirei as roupas necessárias e me vesti rapidamente. O suéter preto com gola dobrada, a calça de exercício, as meias, o colete acolchoado, a jaqueta com o nome do filme *Aula de reforço*. Procurei as luvas de látex, a chave do terraço e o cartão magnético para a tranca eletrônica. Enfiei tudo no bolso direito da jaqueta. Encaixei os fones nos ouvidos, vesti o capuz da jaqueta, amarrando os cordões sob o queixo. Por fim, busquei a navalha e os tênis no esconderijo do banheiro. Até aquela noite, eu jamais saíra com a navalha. Estava guardando esse objeto para minha última aventura. Como esta noite seria provavelmente a última, era uma boa ocasião para levar a lâmina comigo. Coloquei-a no bolso da jaqueta. Bastou fazer isso para meu coração começar a palpitar.

Tranquei o quarto e tentei ouvir quaisquer barulhos no andar de baixo. A casa estava em silêncio. Mamãe com certeza adormecera. *Espero que continue dormindo...* Verifiquei o relógio em cima da escrivaninha. 22h10. Depois de colocar os tênis, fechei a porta de vidro, deixando apenas uma fresta de um palmo. Acionei a playlist; só estava usando um fone de ouvido; "Mass" começou a tocar: bum, bum, bum bum, bum, bum.

Chovia forte. A escuridão era tão profunda que eu não enxergava coisa alguma. A névoa estava duas vezes mais densa que o normal. Tive de avançar como um cego. Tateei o chão com a ponta dos pés até chegar à pérgula e acender a luz.

Desci correndo pela escada. Com um ouvido, escutava "Mass", com o outro, os latidos de Hello. O cachorro só calou a boca depois que cheguei ao primeiro andar. Lá, vi alguém saindo pelo portão principal. Quem estaria saindo a essa hora? Fosse quem fosse, eu não queria encontrar ninguém. Saí com a cabeça abaixada, de modo que a câmera de segurança só pegasse minha nuca. Uma vez na rua, comecei a correr.

Quando cheguei ao quiosque do Yong, "Cry for the Moon" começou a tocar. Era a quarta música da lista. Além do quebra-mar, as ondas ressoavam no escuro. A rua estava silenciosa e melancólica. Exceto por eventuais luzes de carros, nada se movia. O quiosque estava fechado. "Quando chove, tenho vontade de chorar", dizia o sr. Yong. Estava aí o motivo para ter fechado cedo. Agachei-me em frente ao quiosque e apertei o cadarço do tênis. Depois, voei como Usain Bolt. Quando parei junto ao observatório — o local onde eu geralmente dava meia-volta — meu corpo estava superaquecido. A cabeça ardia, a respiração estava difícil, as costelas doíam. Cambaleei ao redor do observatório e me sentei contra a grade de segurança do penhasco, meu lugar favorito em todo aquele trajeto. Se a noite estivesse limpa, poderia ver as luzes do distrito Dois. Em noites assim, eu tentava divisar ao longe o quiosque do Yong, como quem procura uma estrela no meio das constelações. Agora, contudo, não enxergava coisa alguma além do clarão do holofote.

A chuva estava cada vez mais violenta. O vento me golpeava por todos os lados. Mesmo assim, fiquei parado escutando a música de seis minutos, porque ali perto andava a viatura da ronda. Preferia que não me visse, por isso me encolhi e esperei o carro passar. Logo em seguida, avistei outro automóvel, com os faróis altos, rodando por todos os cantos do parque. Parecia um marido procurando a esposa que fugiu de casa. Mas esse carro também acabou se afastando, sem que o ocupante notasse minha presença. Tirei o fone do ouvido e olhei as horas. 23h20.

Quando os faróis do carro finalmente sumiram no lado oposto da ponte, levantei. Amarrei o capuz e comecei a voltar pelo mesmo caminho. Agora corria mais devagar, acompanhando o ritmo da música, como um pugilista fazendo jogging. Quando cheguei ao quebra-mar, começou a tocar "Conquista do paraíso", a décima quinta música da playlist. Passavam dois minutos da meia-noite, mas o último ônibus ainda não havia aparecido. Ao menos, eu não o vira no caminho de volta.

Sentei atrás do quiosque. Entre a estrutura de madeira coberta de plástico e a amurada do quebra-mar, havia espaço suficiente para que um adulto sentasse. Era um bom esconderijo, como aquele cantinho atrás do poste na calçada junto ao rio. A névoa do mar formava uma barreira a quem estivesse de fora. O reduto atrás do poste era um bom espaço para brincar, já o covil atrás do quiosque era um lugar ideal para esperar o alvo da brincadeira.

Sentado contra a amurada, senti o vento nas costas. A chuva tombava em riscos diagonais e me fustigava o rosto. Um rangido agudo vinha lá de baixo, da base do penhasco: eram os barcos amarrados no ancoradouro, balançando nas ondas. O facho do holofote dançava nas névoas. A música chegava ao clímax, e eu acompanhava a cadência batendo os pés. Estava ainda mais excitado que de costume. Não sabia bem por quê. Talvez fosse a dopamina da corrida, ou o ritmo primitivo da música, ou a expectativa de encontrar minha última vítima.

"Conquista do paraíso" estava acabando quando o último ônibus apareceu. Estava cinco minutos atrasado. Desliguei o MP3, tirei o fone de ouvido e coloquei-o no bolso da jaqueta. Quando o ônibus estacionou junto à plataforma, o sangue começou a latejar em meus ouvidos. Alguém tinha de descer. Se não houvesse passageiros, o ônibus não teria parado. O interior do veículo estava bem iluminado e logo vi pessoas lá dentro. Senti um frio delicioso na garganta. Seria um homem ou uma mulher?

Na verdade, ambos. Primeiro desceu uma mulher, depois um homem. Mesmo no escuro, consegui perceber isso. Fiquei decepcionado. Se os dois estivessem juntos, meus planos estavam arruinados. A chuva caía, a névoa estava densa, as ruas vazias, e eu transbordava de energia mesmo após correr catorze quilômetros; tudo seria perfeito, se eu pudesse arranjar uma companheira no meu jogo, alguém com quem me divertir ao longo de dois quilômetros. Mas, pelo visto, teria de ficar só na vontade.

O ônibus saiu da plataforma e sumiu na escuridão. A mulher entrou no meu campo de visão, carregando o guarda-chuva vermelho. Tinha cabelo liso e comprido, casaco roxo, saia curta, bota de salto alto. Andava a passos rápidos, olhando de relance o homem que vinha atrás. Logo notei que eles não se conheciam. Aliás, ela não parecia muito contente com aquela companhia. Pelo contrário, a presença do homem a incomodava visivelmente.

Mesmo de longe, dava para notar que o homem estava bêbado. Era muito gordo, a barriga do tamanho de um barril. Usava uma capa de chuva de plástico fino, e seu corpo oscilava a cada passo. De tempos em tempos os joelhos se dobravam. Não conseguia andar em linha reta. Ziguezagueava. Tentava inutilmente abrir o guarda-chuva com as mãos enormes e desajeitadas. O guarda-chuva se abria até metade, voltava a se fechar, abria-se de novo, e assim por diante. Quando finalmente conseguiu abri-lo, uma rajada de vento virou-o do avesso. A chuva se despejava em sua cabeça careca. "Merda de guarda-chuva! Merda de chuva!", vociferou o gigante encharcado em água e álcool. Passou a mão na cabeça e puxou o capuz plástico. Tão logo resolveu o problema que o atormentava, seu humor mudou. Agora parecia muito feliz e começou a cantar bem alto: *Uma mulher anda na chuva, uma mulher inesquecível.*

Enquanto isso, a mulher atravessava a faixa de segurança. Seu guarda-chuva vermelho-escuro estava em riste, como num alerta: *Não mexa comigo.* Mas aquele sujeito não estava em condições de reconhecer alerta algum. Foi atrás dela, ainda tentando consertar o guarda-chuva torto. Os dois sumiram no paredão de chuva e neblina. Lá de longe, só dava para ouvir a canção do bêbado.

Emergi de meu esconderijo. O semáforo estava vermelho, mas não me importei, naquele horário não havia trânsito. Atravessei a faixa de segurança. Estava sem ânimo e sem forças. A raiva fervilhava em meu estômago: aquele pudim de bebida tinha roubado minha diversão. Ou seja, amanhã eu não tomaria o remédio, o ímpeto de sair à noite voltaria redobrado, eu não teria como resistir. Aquilo não era minha culpa. Era tudo culpa *dele*, do bêbado miserável.

Chegando à calçada junto ao rio, escutei a canção do bêbado na vizinhança do parque. Estava cantando duas vezes mais alto. Avistei a curva de sua barriga, que entrava e saía da névoa.

A mulher estava andando pela rua, subindo o meio-fio apenas quando aparecia algum carro. Tinha medo do bêbado, mas parecia ter ainda mais medo de andar sozinha. Por isso, não se afastava muito.

Parei de prestar atenção neles. Tirei do bolso a navalha, comecei a abri-la e fechá-la, pensando no que fazer. A menos que voltasse para casa naquele momento e tomasse o remédio, acabaria saindo na próxima noite. Perto da ponte, estaquei: a mulher soltara um grito. Virou-se e começou a correr em minha direção. No meio da rua, o bêbado estava mijando com as calças arriadas, balançando o pinto como uma mangueira de incêndio. E, ainda assim, continuava cantando.

A mulher veio correndo pela calçada, balançando o guarda-chuva vermelho-escuro. Eu me escondi atrás do poste. Observei-a por um tempo. Ela se deteve e agora tentava recuperar o fôlego. Dava para ver que estava apavorada. O mínimo movimento, até uma folha caindo, faria com que disparasse, berrando a plenos pulmões.

Foi então que tudo mudou. Meu sangue latejou no pescoço. Ouvi uma buzina na rua. Um carro com farol alto veio do quebra-mar e virou à esquerda. O bêbado levantou as calças e recuou lentamente para dentro da névoa. Assim que o carro passou, ele reapareceu no mesmo lugar. Em vez do pinto, balançava o guarda-chuva. Começou a ziguezaguear entre as faixas da rua. E cantava mais alto do que nunca. Era como o bramido de um elefante à beira da morte.

A mulher começou a andar, olhos fixos no bêbado. A cada passo, perdia o fôlego. Seus sapatos soltavam gemidos agudos. Enfiei as luvas nas mãos. Comecei a fazer de conta que eu era a sombra dela, acertando meus passos com os seus. Quando ela corria, eu corria. Quando ela parava, eu parava. O bêbado finalmente saiu da rua, fugindo desajeitado de um automóvel que veio da direção do parque, para em seguida virar à esquerda.

O carro se aproximou do acostamento, avançando lentamente com farol alto, como se procurasse um lugar para estacionar. Não dava para ver direito o modelo ou a placa, apenas a cor: branca. O bêbado cambaleou até o outro lado da rua, em busca da inesquecível mulher sob a chuva. Ela parou e, de repente, correu para trás do poste. O gigante alcoólico continuou a segui-la. Estávamos a cerca de dez metros da ponte.

O sangue ardeu em meu rosto. A mulher estava bem na minha frente. Tão próxima, que bastava esticar a mão para tocá-la. Ouvia sua respiração ruidosa. Quase dava para notar suas costelas se mexendo. Um cheiro de adrenalina e suor exalava de sua nuca. Era a primeira vez que um cheiro me deixava tão excitado.

Meu tórax se enrijeceu. Havia uma bola dura em meu estômago. Todas as minhas fantasias se sucediam em minha mente: seguir alguém, me fazer notar, aproximar-me, esconder-me, aparecer de repente...

A navalha estava em minha mão, completamente aberta.

O carro se afastava rumo ao cruzamento. O gigante parou no início da ponte. Talvez ainda estivesse procurando pela mulher. Olhou em volta e, de repente, enveredou pela ponte. O som da canção começou a se afastar. Supondo-se que estivesse indo para casa, não era um habitante do distrito Dois. Viera atrás da mulher, apenas. Era um vagabundo.

A mulher só respirou quando o bêbado estava além da metade da ponte. Parecia aliviada. Era incrível que não tivesse notado o outro vagabundo — o que estava bem atrás dela. Talvez fosse naturalmente distraída. Talvez estivesse exaurida pelo susto. Deu um passo em direção à calçada e pendurou a bolsa no ombro. Caminhou até entrar no halo do poste, então se deteve. Eu não a tocara, mas notei que havia percebido algo. O sexto sentido voltara a funcionar. Inclinando levemente o guarda-chuva, virou o rosto. Seus olhos encontraram os meus.

Vi o brinco de pérola — apenas um. Todos os sons do mundo começaram a se dissipar. A canção do bêbado, a chuva, o vento, até os redemoinhos do rio. Meus dedos formigavam no silêncio absoluto. Meu sangue pulsava loucamente.

A mulher virou-se, o cabelo girou e bateu no meu rosto, ela começou a correr e soltou um grito lancinante.

Saí de trás do poste e estiquei a mão na direção daquele grito. Meu corpo agia por si mesmo, como se estivesse separado de minha mente. Feito um autômato, agarrei o cabelo dela, torci-o com força, puxei sua cabeça para trás. Lá estava o pescoço. A navalha se enterrou na carne e o grito cessou. O silêncio nos envolveu como uma redoma de vidro.

Os olhos dela estavam abertos, mas não enxergavam mais nada. A comunicação com o cérebro fora cortada. Olhei para ela, ainda agarrando seus cabelos. O sangue jorrava, e seus olhos cintilavam, aferrando-se à vida.

Uma chama de excitação percorreu meu corpo. Fiquei sem ar. Era como se a navalha tivesse agido por vontade própria; um impulso impossível de resistir. Algo parecido com um choque sônico me atingiu. Um estrondo balançou minha cabeça. Era uma rachadura que se abria: eu chegara à fronteira de um outro universo. Não tinha como voltar atrás. Não queria voltar atrás.

Eu já tinha imaginado este momento inúmeras vezes. Achava que seria capaz de me controlar. Mas quando a hora chegou, compreendi que isso era impossível. Eu fora dominado por impulsos do sistema nervoso e ultrapassara a fronteira da fantasia. Fora muito rápido. Fora muito fácil. As chamas que ardiam dentro de mim se espalharam para a virilha, como desejo sexual. Era o momento de ignição, o momento mágico em que os sentidos se ampliam ao infinito. O momento em que tudo se tornava possível. Eu era onipotente.

O corpo dela estava escorado no meu. Ouvi um carro freando. Uma luz branca ofuscante cobriu a minha visão. Eu empurrei a mulher para o rio, ouvi o redemoinho engoli-la, o guarda-chuva rolou pela rua escura. A canção do bêbado cessara completamente. Ouvi um grito agudo: "Yu-jin!".

Meu coração voltou imediatamente ao seu ritmo regular. Ainda atrás do poste, olhei para a rua e vi mamãe, segurando a porta aberta do carro.

Seu corpo pequeno tremia sob a chuva forte. Tinha uma expressão de incredulidade, como se não quisesse acreditar que o assassino à sua frente era seu próprio filho. "Yu-jin..." Agora estava me chamando baixo, num gemido.

Olhei para baixo. À luz do poste, as rajadas de chuva arrastavam o sangue espirrado, que escorria para o esgoto. Eu não sentia nenhum remorso. Não sentia medo. Só queria achar um jeito de escapar daquela situação. Por isso, corri. Arranquei as luvas, joguei-as no rio, disparei para dentro do bairro. Ali, mamãe não poderia me seguir. Havia muitos canteiros de obras bloqueando o caminho.

Parei junto ao esqueleto de um prédio. Uma luz fraca clareava as estruturas, o vento e a chuva fustigavam as lonas. Fiquei ali por muito tempo. Estava recapitulando aquele momento extraordinário, o momento da onipotência. Imaginava as águas escuras do rio, o corpo da mulher boiando em direção ao mar. Ondas de prazer percorriam meu corpo. Então, senti a brisa gelada. Não havia compreendido que estava exausto, nem sabia que esfregava incessantemente as saliências de um objeto pequeno e redondo. Quando voltei a mim, já estava completamente estagnado. O raciocínio tinha parado e meus membros estavam congelados como pingentes de gelo. Somente meus instintos permaneciam despertos. *Controle-se*, sussurraram para mim. *Está na hora de ir para casa.*

Não sei como cheguei até o portão lateral do condomínio. Só sei que não vi o carro da mamãe. Nem viaturas policiais. Lembrei-me do bêbado, mas isso não me preocupava.

Ele não deve ter visto nada. Talvez tenha ouvido o grito da mamãe, mas isso não significava nada. Não sou o único coreano chamado Yu-jin. Daria para encher um batalhão com pessoas chamadas Yu-jin.

Tentei me convencer de que mamãe tampouco me vira com clareza. Havia entre nós uma calçada com quase três metros de largura. Eu estava no escuro. Não respondi quando ela chamou. Nenhum de nós olhou a cara um do outro.

Entrei no prédio com a cabeça baixa. Ouvindo os latidos de Hello, subi correndo pela escada. Parei junto à porta do terraço. Nesse momento, percebi que estava segurando alguma coisa com força. Quando abri o punho, apareceu um objeto pequeno e branco. Não demorei muito para perceber o que era. O brinco da mulher, que tirei de sua orelha um instante antes de jogá-la no rio. Não sei por que fiz isso. Mais uma vez, minha mão agira por conta própria.

Enfiei o brinco no bolso da jaqueta e tirei a chave do terraço.

A porta da frente se abriu lá embaixo. "Yu-jin!" Era a voz da mamãe, como se ela estivesse esperando por esse momento.

O esquecimento é a mentira suprema. É a mentira perfeita, com a qual posso enganar a mim mesmo. Era a última cartada de meu cérebro. Ontem à noite, cometi um ato com o qual não podia lidar. Preferi esquecê-lo. Passei o dia enganado por mim mesmo.

Só agora eu percebia: sempre soube que um dia me tornaria um assassino. Por isso aquela voz em minha mente alertava para que parasse com as brincadeiras noturnas. Mesmo assim, continuei achando que não seria capaz de ultrapassar a fronteira da imaginação. Acreditava na solidez de meu ego social. Achei que teria discernimento suficiente para não estragar minha vida por uma diversão momentânea. Superestimei minhas capacidades. E, assim, entreguei meu pescoço à mão do carrasco.

Talvez a mamãe soubesse disso desde sempre. Talvez por isso tenha tentado me seguir várias vezes. O que ela pretendia fazer? Lembrei-me de sua voz me chamando ontem na escada. O tom não era muito diferente do usual. Parecia um professor chamando pelo aluno. A voz de sempre, fria e calma. Se houvesse nela algum traço de simpatia, isso despertaria minha desconfiança. Eu estava exausto, mas não era bobo. Por outro lado, se me chamasse com raiva, teria fugido na hora, apesar do cansaço, apesar de não ter para onde ir. Nada era mais perigoso que a fúria de minha mãe. Pelo menos, era o que eu pensava. O incidente de ontem provou que, no fim das contas, eu era muito mais perigoso que minha mãe.

Quando mamãe me chamou pela segunda vez, interpretei seu tom de forma diferente: *Eu não vi nada e, mesmo que tenha visto, vou fingir que não vi.*

Desci, pensando sobre o que aconteceu dez anos atrás, quando tive a convulsão durante o torneio e mamãe me pôs no carro e saiu do estádio sem deixar ninguém saber. Assim como escondera minha convulsão por longos anos, talvez pretendesse esconder o que havia ocorrido naquela noite.

Fiquei curioso. Por que ela não me denunciou para a polícia? Por que me esperou em casa? Queria fazer com que eu me entregasse? Mas não dissera nada do gênero.

"Não se preocupe. Depois que você se matar, eu me mato."

A resposta estava nessa frase. Não era uma ameaça. Era um plano. Faria com que eu me suicidasse, esconderia todas as provas do que realmente acontecera, depois se mataria também. Mas antes de pôr o plano em ação, precisava encontrar uma prova definitiva ou me obrigar a confessar. Por isso mudou de comportamento. Assim que entramos em casa, tirou a minha jaqueta e vasculhou os bolsos. Então, perdeu a cabeça. Enfureceu-se. E aí as coisas tomaram outro rumo. Sim, agora eu entendia: a fúria a dominou quando encontrou a navalha de papai. Talvez tenha levado aquilo como um insulto à sua memória.

A partir daquele momento, só restava uma questão: *como iria me matar*. Decerto não pensou que poderia me vencer com a força. Eu não tinha cinco anos, mas sim vinte e cinco, e era um ex-atleta com corpo forte. Mesmo que ela e Hae-jin me atacassem juntos, ia ser difícil me dominar. Se eu me recusasse a morrer, ela não tinha como me matar. A não ser que pusesse veneno na comida em segredo. Sim, ela poderia ter feito isso. Até um animal insano como eu precisava comer em algum momento.

Detive o raciocínio por um momento. O telefone sem fio estava tocando como uma abelha enfurecida. Será Hae-jin? A titia? Peguei-o. Na tela, havia os dígitos 032, o início de um número de telefone fixo que eu não conhecia. Não estava com cabeça para falar com um desconhecido. Coloquei o fone de volta no suporte e voltei para a cadeira. Deixei que o telefone tocasse ao léu. Fiquei olhando os objetos da mamãe deixados na escrivaninha. O diário, a chave do carro, que eu encontrara na camisola.

Quando vi mamãe ontem na rua, ela não estava de camisola. Não me lembro com exatidão das roupas que estava usando, mas tenho certeza de que não estava de saia. Deve ter vestido o pijama depois de voltar para casa. Normalmente, ela sempre deixava as coisas nos seus devidos lugares; se a chave estava no bolso do pijama, era porque ainda pretendia usá-la. Ou seja, planejava me colocar dentro do carro e me levar para algum lugar. Para o mar, quem sabe, ou para o rio. Um lugar onde poderíamos morrer isolados. Mas antes teria que travar as janelas e as portas do carro, para que eu não escapasse.

Finalmente encontrei uma história plausível. Sim, agora tudo fazia sentido. Mamãe não tinha como me dominar pela força bruta, mas poderia resolver todos os problemas de uma vez. Queria que morrêssemos num acidente de trânsito. Assim, ninguém descobriria que eu era um assassino. E ela não ficaria conhecida como a mãe do assassino. O que mamãe viu à beira do rio seria sepultado conosco. O assassinato ficaria sem solução. Talvez o bêbado acabasse levando a culpa; as câmeras o filmaram perseguindo a mulher. O idiota diria que havia outra pessoa na rua, mas ninguém acreditaria nele. No lugar onde eu me escondi, não havia câmeras de segurança. Seria muito difícil provar que estava perseguindo aquela mulher sem intenção de lhe fazer mal.

Ou seja: mamãe me viu cometer um assassinato e, em vez de me denunciar para a polícia, planejou morrer junto comigo. Mas se enfureceu ao achar a navalha de papai. Por isso, acabou morrendo sozinha. Isso resumia os fatos de ontem.

Mas ainda restavam alguns mistérios. Primeiro, as roupas de mamãe. Por que vestiu a camisola, se planejava se matar? Queria morrer com a roupa que lhe dei — já que tínhamos de morrer juntos? Não era completamente absurdo. Também estava usando a tornozeleira que ganhou de presente de meu pai há dezesseis anos. Outro mistério: por que ela deixou o diário para trás? Se pretendia morrer comigo num acidente de trânsito, o certo era eliminar o diário também. Ou será que o deixou para Hae-jin? Para lhe dar uma pista do que havia acontecido? Nesse caso, seria um plano estúpido. Hae-jin não poderia descobrir apenas com aqueles registros, sem contexto. Para que lesse nas entrelinhas, precisava saber de alguma coisa de antemão, saber o que ela já sabia. Será que eles eram tão próximos assim? De repente, me lembrei da primavera de 2003, quando os dois se conheceram.

Foi quando fiz o primeiro exame no ensino médio. Era também o dia de minha consulta com a titia, que acontece duas vezes por mês. Assim que as aulas acabaram eu saí correndo para o portão da escola. Mamãe viria me buscar. A hora combinada era uma da tarde. A consulta estava agendada para as duas. Mas ela se atrasou. Só chegou em cima da hora e não explicou o porquê do atraso. Apenas acelerou em silêncio e não viu um velho puxando carroça com papéis recicláveis, que saíra de trás de um ônibus. Quando pisou no freio, já era tarde. Os pneus chiaram na estrada, houve um estrondo e o velho sumiu por baixo do carro. A carroça rodou desgovernada até o ponto de ônibus do outro lado da rua. Papéis e caixas voaram como pássaros. Os ônibus paravam um atrás do outro. Os pedestres e as crianças que estavam saindo da escola aglomeraram-se ao redor do velho. Mamãe ficou agarrada no volante como se fosse arrancar, encarando a vidraça frontal do carro.

"Mãe. Mãe!"

Só piscou os olhos depois que a chamei duas vezes. Então respirou fundo como se despertasse de um sonho.

"Vai lá ver, logo."

Ela tirou o cinto de segurança e saiu do carro. Eu a segui. O velho, alto e esquálido, estava embaixo do capô. As pernas na calça surrada estavam dobradas de forma estranha. Parecia não estar respirando. Tampouco se mexia. Eu me agachei ao seu lado e chacoalhei seu ombro. "Vovô, você está bem?"

Ele abriu os olhos lentamente. No momento seguinte, um grito como um trovão escapou de sua boca murcha: "Hae-jin!".

Sem conseguir se mexer, segurando a perna esquerda e com dificuldade para respirar, gritou "Hae-jin! Hae-jin! O vovô está morrendo!", e assim continuou na ambulância a caminho do hospital.

Não corria risco de vida: havia quebrado a perna e rompido vários músculos. Mesmo assim, enquanto o enfermeiro fazia perguntas, o velho continuou gritando o nome do neto, desesperado, como se estivesse à beira da morte. Seu hálito cheirava a álcool, seu corpo inteiro cheirava a álcool. Pouco a pouco, conseguiu recuperar as faculdades mentais. Seria preciso levá-lo para o hospital; teria de operar a perna. Um pouco mais calmo, conseguiu responder às perguntas dos médicos e policiais. "Eu já falei que que a culpa é toda dessa mulher."

"É que senhor apareceu do nada na frente do ônibus e...", começou mamãe.

O velho enlouqueceu de novo e vociferou. "Os vermes comeram seus olhos? Sua idiota, não sabe dirigir um carro, saiu pela rua sem olhar direito, quebrou a perna de um trabalhador, eu trabalho para me sustentar, para sustentar minha família, o que vou fazer agora, sua vadia, destruiu minha família, é por causa de gente como você que o país está desse jeito!" A diatribe durou cerca de meia hora. Na porta do pronto-socorro, ele estendeu os braços e gritou:

"Hae-jin! Aqui!"

Um garoto usando o uniforme da nossa escola veio correndo em nossa direção, gritando *vovô, vovô*. Sim, era o mesmo rapaz que eu havia encontrado algum tempo antes; e aquele velho era mesmo seu avô.

"O senhor está bem?", perguntou, olhando a perna do velho.

"Pergunte a ela!" O velho apontou para minha mãe, que estava ao meu lado. "Pergunte a essa mulher o que ela fez comigo."

Hae-jin olhou para mamãe. Ela, que estivera mexendo nervosamente no cabelo, parou na hora. Entreabriu os lábios, depois fechou-os, como se fosse falar algo, mas então perdeu as palavras. Parecia ter esquecido a presença de todas as outras pessoas: o velho na maca, eu, os médicos e enfermeiros que entravam e saíam. Eu sabia o que ela estava sentindo. Até porque sentira a mesma coisa ao ver Hae-jin pela primeira vez, algum tempo atrás, na cerimônia de matrícula.

Naquele dia, Hae-jin se transformara em uma estrela na escola. Bem na hora em que a cerimônia ia começar, uma voz estridente sacudiu o auditório:

"Hae-jin! Hae-jin! Vovô está aqui!"

Num instante, o auditório ficou silencioso. Centenas de olhos voltaram-se para aquelas duas pessoas: o velho soerguido no banco dos pais, balançando a mão que parecia uma garra; e o menino que olhava para trás, com o rosto completamente vermelho.

O velho terminou de se levantar.

"Aqui! Bem aqui!"

Vestia um terno decrépito, provavelmente o mesmo que usara em seu casamento meio século atrás. Era tão magro que os braços pareciam espanadores de pó. O menino acenou, mas sua mão não se movia de um lado para outro, e sim de cima para baixo, como quem diz: *Já entendi, já entendi, senta logo, por favor.*

Eu estava na fila de trás. Não conseguia tirar os olhos dele. Por pouco, não o chamei em voz alta: "Yu-min!". Aqueles olhos pacíficos, aquele cabelo encaracolado, até mesmo aquele jeitão de almofadinha: a semelhança com meu irmão mais velho era estarrecedora. Procurei seu nome no crachá.

Hae-jin Kim.

Nossos nomes até terminavam com a mesma sílaba. Se tivéssemos o mesmo sobrenome, todos pensariam que éramos irmãos. Cheguei a pensar que fosse mesmo um irmão extraviado. Agora, no hospital, mamãe devia estar sentindo a mesma coisa: como se reencontrasse um filho, de cuja existência não tinha ideia. Sei muito bem o que estava para dizer naquele momento em que seus lábios se abriram e se fecharam. Ela iria chamá-lo de *Yu-min.*

"Você é Hae-jin?", ela perguntou com muito esforço. A voz tremia. Os olhos pestanejavam sem parar.

"Sim", ele respondeu, então olhou para mim. Nós nos encaramos por um tempo.

"Vocês se conhecem, por acaso?" Mamãe quebrou o clima esquisito. "São colegas? Estão usando o mesmo uniforme."

Continuei olhando para ele sem dizer nada. Mas Hae-jin não teve tempo para responder.

"Hae-jin!", o avô chamou-o novamente, e a atenção do neto voltou-se para ele, na hora. "O que está fazendo aí parado? Vá chamar um enfermeiro. Minha perna está me matando."

Nesse dia, acabei perdendo a consulta com titia. O velho só foi para o quarto às oito da noite. Mamãe se ofereceu para resolver toda a burocracia do plano de saúde. Exigiu um bom quarto, conseguiu antecipar a data da cirurgia, e depois saiu empurrando a cama móvel do velho, levando-o à sala de radiografia, depois ao exame clínico, depois à ala de internação. Ela não queria se despedir de Hae-jin. Queria lhe mostrar que tipo de pessoa ela era. *Quebrei a perna do seu avô, é verdade, mas não sou uma pessoa assim tão má.*

No caminho de volta para casa, mamãe perguntou:

"Yu-jin, você conhece aquele menino, não conhece?"

"Sim."

Ela claramente esperava que eu dissesse algo mais. No entanto, fiquei calado. Não sei por quê, mas estava de mau humor. Não queria fazer a vontade dela.

"Estudam na mesma turma?"

"Sim", repeti, lacônico.

"São amigos?"

"Não."

"Ele é bem alto, como você. Sentam no fundo da sala?"

"Sim."

"E não são amigos?"

Que conversa era aquela? Por acaso havia alguma lei me obrigando a fazer amizade com qualquer menino que se senta ao meu lado?

"Ele nunca puxou assunto?"

"Não."

"E você também não?"

"Não."

Mamãe assentiu. E não falou mais nada. Parecia estar sonhando de olhos abertos.

Olhando as coisas em retrospecto, eu agora notava que, para mamãe, nos últimos dez anos, Hae-jin não fora Hae-jin. Para ela, ele era Yu-min. Isso significava que ela poderia ter lhe contado qualquer segredo. Será que Hae-jin seria capaz de guardá-los? Para mim, Hae-jin parecia feito de vidro. Era totalmente transparente. Não conseguia esconder o que se passava em sua cabeça. Se mamãe tivesse lhe dito alguma coisa, ele não conseguiria esconder. Eu, entre todas as pessoas, era quem conseguia decifrá-lo com facilidade. E, naquele dia, cheguei a um diagnóstico muito claro.

Ele não sabe de nada.

Ela não havia deixado o diário para Hae-jin. Mas, então, por que não destruíra as anotações? Tivera tempo de sobra. Poderia ter jogado o diário na churrasqueira e riscado um fósforo. Em minutos, tudo viraria cinzas. Pensei no segundo telefonema que mamãe fizera ontem à noite. A titia. Será que era ela quem conhecia todos os meus segredos?

Recapitulei cada palavra que trocara com titia hoje pela manhã. Não parecia saber nada de específico. Fizera perguntas aleatórias, cutucando por todos os lados. Por que será que fez isso? Mamãe e ela conversaram pelo celular à 1h31. Pela minha dedução, deve ter telefonado ao voltar para casa, depois de procurar por mim. O que terão conversado naqueles três minutos? Será que mamãe lhe contou tudo o que vira na rua? Será que pediu conselhos? Cheguei à conclusão de que não lhe dissera nada. Se tivesse dito, titia não teria permanecido ociosa até agora. Teria chamado a polícia e viria ao nosso apartamento com um batalhão de policiais.

Minha cabeça começou a doer. O raciocínio dava tantas voltas que eu já nem lembrava o que estava pensando. Um arrependimento tardio, contudo, oprimiu meu peito. Por que voltei para casa ontem à noite? Se não tivesse voltado, mamãe não teria morrido. Se tivesse postergado o retorno, as coisas teriam sido diferentes.

Larguei o diário, abri as mãos e olhei meus próprios dedos como se não fossem meus. Vinte e sete ossos, vinte e sete articulações, cento e três ligamentos, trinta e quatro músculos, dez impressões digitais. Com aquela mão, eu comia, lavava, nadava, tocava as coisas que mais amava; com essa mesma mão, em questão de segundos, eu me tornara um assassino. Eu me esforcei para pensar. Pensei em minha vida, naufragada aos vinte e cinco anos, pensei no que aconteceria no futuro, nas coisas que podia e não podia fazer. Nada poderia me salvar. A esperança escapuliu entre meus dedos como um sabonete. Uma onda de medo esmagou meu corpo — pesada como as águas do mar profundo, gelada como o vento oeste. Não havia mais retorno. Não havia salvação.

Até algumas horas antes, tudo o que eu queria era descobrir a verdade. Queria descobrir as coisas por mim mesmo. Queria encarar meu verdadeiro eu. Mas agora que eu desvendara o enigma, percebia que minha busca fora vã. A verdade não me salvaria.

De repente, pensei que tudo era culpa de mamãe. Por que não controlou a sua raiva? Por que não seguiu o plano original? Se ela tivesse me enfiado no carro e acelerado até mergulhar no oceano, eu não teria de descobrir o que descobri. Não estaria agora me sentindo tão miserável. Não teria encontrado em mim mesmo o meu pior inimigo, o inimigo que destruiu a minha vida.

Encostei a cabeça na escrivaninha. Meu corpo estava mole, como um boxeador nocauteado. Então, ouvi um rangido — achei que fosse o balanço no terraço. Abri os olhos, de repente. Não, não era o balanço. O som viera do andar de baixo. Era o interfone. Olhei o relógio: nove da noite. Quem estaria chamando a esta hora? Não poderia ser Hae-jin. Seria a titia? Ou o guarda? Talvez a dona de Hello? Às vezes ela esquecia o cartão magnético e nos chamava pelo interfone para abrir a porta, caso não houvesse ninguém em seu apartamento. Eu mesmo já tivera de pedir ajuda aos vizinhos algumas vezes, ao ficar trancado do lado de fora.

O interfone continuou tocando. Guardei todos os objetos na gaveta, desci e parei em frente ao painel. A campainha soava como uma flauta. Liguei a tela; não era a dona do cachorro. Era um homem, de chapéu e jaqueta preta. Eu não o conhecia.

"Quem é?", perguntei pelo alto-falante.

O homem deu um passo para trás e ficou ereto.

"Viemos verificar uma denúncia. Abra, por favor."

Percebi que havia outro homem atrás dele. Era a polícia. Senti um calafrio. O rosto do bêbado gigante passou por minha cabeça. E escutei a voz de mamãe, me provocando: *E agora, o que vai fazer?*

Tirei o dedo do botão e dei um passo para trás. Boa pergunta. O que vou fazer agora? Fugir? Me entregar? Ou me matar de uma vez?

III
Predador

"Somos da delegacia de Gun-do. Podemos entrar?" O policial estava parado em frente à porta. Parecia jovem. Trinta e poucos anos, no máximo. Seu parceiro parecia ter a mesma idade. Aquela pergunta era obviamente retórica. Eles entrariam de qualquer jeito. Por isso, abri passagem.

"Você mora aqui?", perguntou o primeiro policial. Pergunta idiota. Se abri a porta, é porque moro aqui.

"Sim."

"Está sozinho agora?"

"Sim."

"Qual sua relação com a dona da casa?"

"Sou seu filho."

"Como ela se chama?"

Qual o sentido daquela conversa? Se estivessem ali para me prender, deveria ter verificado minha identidade antes. Em vez disso, só falavam na casa e na dona da casa.

"Ji-won Kim", respondi.

Os policiais se entreolharam. Em seguida, os dois me olharam de cima a baixo. Eu estava de camiseta, calça para exercício, descalço.

Também os olhei de cima a baixo. Se o bêbado gigante tivesse visto o que aconteceu noite passada e, movido por um tardio senso de justiça, houvesse avisado a polícia, então eu seria o principal suspeito do assassinato — e, nesse caso, não haveria apenas dois policiais na minha porta, mas uma equipe inteira.

"Quer dizer que você é o filho da sra. Ji-won Kim?", insistiu o primeiro policial.

Assenti com a cabeça e perguntei:

"Mas o que está acontecendo?"

"Por favor, nos mostre sua identidade. Precisamos que preste um depoimento."

Bem que ele poderia ter dito isso antes. O alívio passou pelo meu peito. Agora eu tinha certeza: não vieram atrás de mim. Isso nada tinha a ver com o bêbado gigante. Estavam procurando minha mãe. Ou seja, essa visita não tinha relação com o assassinato. Mesmo assim, aquilo era estranho: o que eles queriam com mamãe? Não havia como saberem que ela estava morta. Continuei junto à porta, pernas bem plantadas no chão.

"Primeiro, eu gostaria de saber o que está acontecendo."

O primeiro policial olhou de relance para a porta do vestíbulo, que estava entreaberta.

"Há cerca de uma hora, sua mãe telefonou para a polícia dizendo que havia um ladrão em sua casa. Disse que estava com medo de entrar no apartamento e pediu que enviássemos ajuda imediatamente."

"Minha mãe?" Não precisei fingir surpresa. Estava realmente estupefato. Mas que história absurda era essa? "A minha mãe está num retiro espiritual."

"Um retiro? Quando ela foi?"

"Hoje de manhã. Será que não foi um trote?"

"Antes de vir, confirmamos que foi ela quem fez a ligação."

Fazia sentido. Não teriam vindo aqui às cegas. Se vieram, é porque verificaram a identidade de quem telefonara.

"Pode me informar o número de quem fez a denúncia? Então lhes digo se é o número de minha mãe ou não."

"Ela ligou de um telefone público. Agora, por favor, me mostre seu documento de identidade."

Não me agradava a ideia de subir ao segundo andar, deixando os policiais sozinhos aqui embaixo. Quem sabe o que eles fariam na minha ausência?

"Está lá em cima. Posso lhe dizer o número..."

"Vai buscá-la. Agora." O primeiro policial cruzou os braços com evidente irritação.

"Tudo bem, esperem aqui."

Tirei os chinelos e cruzei a sala. Colocando o pé no primeiro degrau da escada, olhei de relance para o vestíbulo. Como imaginei, estavam bisbilhotando. O segundo policial enfiou a cara pela porta e olhou para todos os lados. Subi pulando três degraus de cada vez. Mamãe estava sob o tampo da mesa, titia estava no hospital e Hae-jin deveria estar chegando a Mok-po. Quem poderia ter telefonado? Obviamente não fora minha mãe. Tampouco Hae-jin — ele não conseguiria imitar uma voz feminina. Só podia ser titia. Ela sabia o número da identidade de mamãe e tinha uma idade parecida. Podia muito bem ter se passado por ela ao telefone. Mas por que ela fez essa denúncia falsa? Sobre isso, eu precisava pensar com mais calma.

Em menos de um minuto, voltei com a identidade. Entreguei-a ao primeiro policial. Ele olhou, alternadamente, para mim e para a foto no documento, antes de entregá-lo ao segundo policial, que se afastou um pouco pelo corredor. Pelo vão da porta, escutei uma conversa em voz baixa pelo rádio. Supus que estivesse confirmando minha identidade. Eu e o primeiro policial ficamos junto à porta, olhando um para o outro.

"Tudo certo." O segundo policial entregou a identidade a seu companheiro, que examinou frente e verso antes de me devolver.

"Então, a família, no total..."

"Três pessoas. Eu, meu irmão mais velho e minha mãe."

"Não mora mais ninguém aqui?"

"Não."

"Ah, outra coisa", disse o primeiro policial, de repente, como se acabasse de lembrar algo. "Desde quando está em casa?"

"Desde ontem."

"Então, por que não atendeu a ligação?"

"Qual ligação?" Só então recordei que o telefone sem fio tinha tocado havia pouco. Então o número desconhecido era da polícia. Telefonaram antes de vir. Talvez a falsa sra. Ji-won Kim tenha lhes informado o número. Sim, só podia ser titia. "Não ouvi. Talvez estivesse no banheiro."

O primeiro policial assentiu com a cabeça e me estendeu seu cartão de visita.

"Diga para a sua mãe entrar em contato assim que voltar. Se descobrirmos que fez uma denúncia falsa, terá de ir à delegacia se explicar."

Assenti e os vi se afastando, depois fechei a porta. Esperei até escutar o barulho do elevador, então corri até a fachada, abri a janela e olhei para baixo. A luz da viatura piscava e girava sob a névoa fina. Logo o carro pôs-se em movimento e saiu pelo portão.

Passara-se apenas um dia desde que conversei com titia; se essa denúncia era coisa dela, então fora um ato precipitado. Certamente ela sabia que existem punições para quem faz denúncias falsas. Se, mesmo assim, acionou a polícia, então deve ter tido um motivo muito forte. Levantei algumas hipóteses.

1. Ela sabia de alguma coisa, ou sabia de algo que poderia revelar a verdade.
2. Queria confirmar suas suposições, mas tinha medo de vir pessoalmente.
3. Queria que a polícia averiguasse se ocorrera algo de estranho aqui em casa.

Ela deve ter decidido que reportar uma invasão de domicílio era o meio mais rápido de acionar a polícia. Se quisesse relatar um desaparecimento, teria de revelar a própria identidade; de toda forma, ainda não haviam passado vinte e quatro horas desde o sumiço de mamãe, e a polícia poderia simplesmente ignorar a denúncia.

Pensei naquele momento logo antes de Hae-jin sair. Era com titia que ele falara ao telefone, com certeza. O que será que titia lhe disse? Falou sobre mamãe? Sobre mim?

Não tinha como saber, a menos que perguntasse a Hae-jin. Mas eu começava a decifrar as ações de titia. Acionou a polícia para tentar descobrir se minha mãe estava bem. Telefonou a Hae-jin para tentar descobrir notícias sobre o que eu andava fazendo. Agora, faltava descobrir o que, exatamente, titia sabia.

Voltei ao quarto e sentei em frente à escrivaninha. Abri o diário no marcador de 2015. Havia apenas dois ou três registros para aquele ano. O mesmo acontecia com 2014, 2013, 2012 e os anos anteriores.

Ele quer estudar direito.

Ele se matriculou.

Ele trancou a matrícula e começou a trabalhar no serviço público.

Ele conseguiu entrar em um curso de direito, como queria.

Ele, ele, ele… Tudo era sobre mim. De Hae-jin, a quem tanto amava, não havia uma linha sequer. Tampouco mencionava Yu-min, de quem ela tinha tanta saudade. Nada sobre meu pai também. O protagonista daquele diário era eu. Na maior parte das vezes, as anotações não passavam de uma linha. Havia uma ou outra explicação mais longa, mas se referiam a eventos que eu também recordava. Mas então pulei para abril de 2006.

20 de abril, quinta-feira

Todos os dias, os olhos dele me imploram: me deixe voltar a nadar. Quem poderia ignorar tal súplica nos olhos do próprio filho? Agora há pouco, liguei para Hye-won. Perguntei se não posso deixá-lo voltar à natação. Recebi a resposta que já imaginava. "Não. A mesma coisa pode acontecer de novo."

Eu sei disso. É claro que sei. Conheço meu filho. Perguntei se podemos parar o tratamento. Então Hye-won me disse para nunca esquecer: o essencial não é que Yu--jin se torne um campeão de natação, e sim que viva uma vida inofensiva.

Só me restava concordar. Esse é o objetivo da minha vida, o propósito do tratamento. Que ele consiga levar uma vida mais ou menos normal, sem machucar a si mesmo, sem machucar ninguém.

Fiquei tonto. Era como se alguém tivesse me dado um tapa na cara. Voltei ao início e reli palavra por palavra, para ter certeza de que não me enganara.

Foi em abril de 2006 que tive de largar a natação. Mais ou menos na mesma época, fui conversar com titia e lhe pedi que intercedesse junto a mamãe para que eu voltasse a nadar. Agora eu recordava a expressão de titia nessa ocasião. Com aquele sorriso suave e os olhos frios, ela tentava decifrar o que se passava na minha cabeça. Falei honestamente com ela, porque precisava de ajuda. Quando ela se recusou, minha esperança ruiu, o mundo virou de ponta-cabeça, mas não fiquei zangado: apenas jurei jamais confiar nela outra vez. Nunca me ocorrera, nem sequer em sonhos, que mamãe tivera uma conversa semelhante com ela. Mesmo após ler aquela parte do diário, eu não conseguia acreditar. Mamãe tentou interromper meu tratamento e quis que eu voltasse a nadar? E titia disse "não"? Logo, a decisão mais importante em minha vida não fora tomada por minha mãe, mas por minha tia. Ela, que não me pôs no mundo, que não me criou, que não cuidou de mim quando era pequeno — ela, criatura insignificante, havia traçado o rumo de minha existência?

Recordei o dia em que meu registro de atleta foi cancelado. Fiquei olhando minhas coisas arderem no fogo, sentindo um torvelinho de raiva no coração, reprimindo o choro no fundo da garganta. Hae-jin ficara em pé na porta do terraço, sem saber o que fazer. Mamãe nem sequer subiu ao terraço. Quando desci, ela perguntou apenas: "Já comeu?". Que cena patética, quanta miséria, quanto desespero. E tudo isso por culpa de minha tia.

Reprimi a onda de calor que me subia pela garganta. Tentei extrair alguma verdade daquelas anotações confusas. "Que ele consiga levar uma vida mais ou menos normal, sem machucar a si mesmo, sem machucar ninguém." Será que estava falando das convulsões? Tentei me convencer disso, mas não fazia sentido. Deixar de ter convulsões não significa viver *sem machucar a si mesmo, sem machucar ninguém*. Do contrário, todos os milhões de pessoas no mundo que não sofrem de epilepsia jamais se machucariam a si mesmas ou aos outros. Não era assim que o mundo funcionava.

Só havia uma interpretação possível: *ele precisa tomar os remédios para não se tornar uma criatura perigosa*. Logo, o raciocínio podia se inverter: *se não tomar os remédios, ele ficará perigoso*. Não fazia sentido, agora, procurar compreender o aspecto médico das coisas. Mais tarde tentaria descobrir por que titia me receitou aquele remédio e nenhum outro. Antes de qualquer coisa, era preciso descobrir qual a verdadeira finalidade do meu tratamento. Era mesmo para controlar as convulsões, ou mamãe e titia tinham outro objetivo?

Abri o celular e entrei na internet. Pesquisei "Remotrol". Eu já conhecia a maior parte das informações. Remédio para tratamento de epilepsia, transtorno bipolar e distúrbio comportamental. Ninguém jamais dissera que eu tinha transtorno bipolar ou distúrbio comportamental. Mas epilepsia... Eu só me lembrava de duas convulsões. Então encontrei um detalhe que poderia contradizer esse diagnóstico: *Há relatos de epilepsia no lobo temporal em pacientes que fizeram uso prolongado do medicamento e o interromperam abruptamente.* Era isso que acontecera comigo? As crises de epilepsia eram, na verdade, efeitos colaterais por ter interrompido o tratamento de forma abrupta? A única maneira de descobrir a resposta era vasculhar o diário. Talvez algo tivesse me escapado. Antes de 2006, mamãe mencionara o medicamento em 2002.

11 de abril, quinta-feira
Ele passou a semana em péssimo estado. Os efeitos colaterais estão no auge. Enxaqueca, zumbido nos ouvidos, falta de força. Participou da competição ontem, mas estava se sentindo muito mal. Por isso, perdeu 45 centésimos de segundo e não ganhou a medalha. Não consigo esquecer a expressão em seu rosto, olhando o placar com a mão na borda da piscina. Estava furioso.

Não dormiu a noite inteira. Ouvi seus gemidos atrás da porta, como se alguém estivesse arrancando seus dentes sem anestesia. Fúria em estado puro. Tentei ajudá-lo, mas me repeliu. Deve me odiar por fazê-lo tomar os remédios.

Passei horas andando de um lado para outro no corredor, em frente à porta do seu quarto. Não sei se conseguirei viver com a decisão que tomei.

Uma coisa, no entanto, mamãe entendeu errado. O que mais me atormentava na época não eram os efeitos colaterais, nem o fato de perder a competição. Eram, sim, as punições que recebia ao infringir as suas regras. Se quebrasse uma regra, era proibido de ir à piscina por dois dias. Se infringisse duas, a proibição durava quatro dias. Se quebrasse três regras, ou uma única regra de grande importância, o castigo durava tempo indeterminado, até ela me liberar.

Eu fazia o possível para respeitar essas regras. Mas às vezes elas eram incompreensíveis. Nem sempre ficava claro o que eu podia ou não podia fazer. Se pegava uma coisa emprestada e esquecia de devolver, era punido como se tivesse roubado; se contava a verdade após cometer um erro, era tratado como se tivesse mentido; se reagia à mínima provocação, era castigado como se fosse o agressor.

No outono, durante a quarta série, um mês antes de nos mudarmos para Incheon, fui banido pela primeira vez da piscina por tempo indeterminado. Acabava de voltar para casa, após o treino, quando mamãe me chamou na sala.

"Yu-jin Han. Venha e sente-se aqui."

Estava no sofá, e havia uma grande caixa sobre a mesinha. Eu a reconheci. Também sabia o que havia ali dentro: uma presilha em forma de borboleta, uma tiara, uma boneca de plástico, um chaveiro, um porta-moedas, um espelho de mão, lenços, um maiô, um estojo com lápis, uma toca de natação...

Larguei a mochila e sentei no sofá, ao lado dela.

"Consegue ler o que está escrito aqui?"

Apontou para a caixa. O nome "Yu-min Han" estava escrito com marcador.

"Não minta para sua mamãe. Não me decepcione. Achei essa caixa atrás da estante do seu quarto."

Eu não tinha intenção de mentir. A caixa tinha sido reservada para os pertences de Yu-min: balas de plástico, blocos, coisas assim. Mamãe sabia perfeitamente o que meu irmão costumava guardar ali dentro; ela mesma escrevera o nome dele com uma canetinha. Acontece que, fazia algum tempo, eu passara a enfiar objetos aleatórios ali dentro. Coisas que pegara emprestadas — geralmente, de meninas. Meninas de quem eu gostava, ou de quem não gostava; meninas que conhecia mais ou menos bem, ou que só vira de relance; meninas distraídas que largaram a mochila de natação num canto. No começo, fazia aquilo por diversão. Depois, virou um jogo. Quanto mais difícil capturar o objeto, mais prazer eu sentia. O absorvente, por exemplo.

"Yu-min me deu essa caixa", respondi, olhando-a nos olhos.

"Quando?"

"No terceiro ano do ensino fundamental."

Nós nos encaramos sem falar nada por um tempo.

"Quer dizer que você começou isso no ano passado."

Eu deveria ter dito que não sabia como a caixa fora parar no meu quarto. "Não, essas coisas são dele. Me desculpe por não contar que estava com a caixa. Eu esqueci completamente o assunto depois que ele morreu."

Mamãe não me interrogou mais. Tampouco citou a Bíblia. Não me passou nenhum sermão, não me disse que roubar era pecado. Em vez disso, me proibiu de ir à piscina. Isso significava que meu treino seria interrompido. A sentença duraria tempo indeterminado. Furto, mentira, insulto ao irmão mais velho. Eram três infrações graves. Até nos mudarmos para Incheon, não pude chegar perto de uma piscina. Todas as noites ficava de bruços na cama fingindo nadar, para matar a saudade da água.

Mamãe sabia exatamente o que fazer para me punir e me subjugar. Talvez tenha se sentido culpada e acabou desafogando o remorso no diário. Fui à página seguinte.

4 de fevereiro, segunda-feira

Descobri que um desejo muito forte pode conferir poderes sobre-humanos. Ele não reclama mais sobre os efeitos colaterais. Não recusa o medicamento, nem cospe fora escondido. Às 5h30, acorda por conta própria e se prepara

para a natação. Quando o treino acaba, toma café da manhã dentro do carro enquanto o levo para a escola. Achei que fosse desistir, achei que não fosse aguentar o treino e os estudos ao mesmo tempo. Mas ele não mostra sinal de cansaço. Está assim desde dezembro do ano passado, quando me perguntou se epilepsia é aquela doença em que a pessoa espuma pela boca e se contorce no chão.

Entendi o que ele estava querendo saber. Será que descobriu o verdadeiro motivo do tratamento? Talvez tenha perguntado numa farmácia, talvez tenha pesquisado na internet. Seja como for, estava com medo. Medo de ter convulsões dentro da piscina. Medo de ter que abandonar a natação.

Não corrigi seu equívoco. Achei melhor mantê-lo no escuro. O silêncio é o caminho mais fácil. Sei o que ele esperava que eu dissesse. No fundo, eu esperava que ele desistisse da natação. Mas foi o contrário. Ele aceitou continuar o tratamento, aprendeu a lidar com os efeitos. Parece ter feito uma barganha: se tomar os remédios, mamãe vai deixar que eu continue nadando.

Sempre que o vejo exaurido, a culpa me atormenta. Hye-won disse que devo me aproveitar do seu equívoco. Devo usar isso como uma forma de controlá-lo, como uma espécie de freio, para impedi-lo de cortar os remédios. Às vezes me pergunto se essa é a coisa certa a fazer, mas Hye--won disse que já era tarde demais para esse tipo de dúvida.

Afastei os olhos do diário. Não conseguia mais ler. A visão perdera o foco. Um redemoinho escuro e estrondoso assolava minha mente. Senti que mamãe estava golpeando minha cabeça com uma pá. Duvidei de mim mesmo. Eu havia mesmo lido aquilo? Reli, tentando ver se algo me escapara. Então, essa era a verdade. O grande obstáculo que sempre bloqueara minha vida era uma invenção. Eu acreditara sofrer de epilepsia, mas estava enganado. E o que dizer de mamãe e titia? As duas haviam conspirado para manipular completamente minha vida.

A confusão sacudia meu cérebro. Era terrível, era inacreditável. Minha vida era uma farsa, uma piada. Por vinte e cinco anos, fui uma marionete. Mamãe e titia me transformaram num completo idiota.

Pensei em tudo o que passara sob o domínio daquelas duas. Todas as coisas que tivera de abandonar. As noites em que tremi de desespero, como que mergulhando num mar de lama. As humilhações que aceitei. Tudo para escapar das convulsões. Agora meu corpo inteiro pulsava de ódio. Parecia um carvão em brasa. Até minha respiração era feita de fogo. Queria correr ao terraço, escancarar o tampo da mesa e gritar na cara do cadáver: *Por quê? Por que fez isso comigo?*

"Não tenha um chilique." Ouvi a voz de mamãe atrás de mim. O balanço recomeçara a ranger. Levantei da cadeira e abri a cortina. Mamãe estava no balanço, olhando para o céu, seu cabelo escuro e comprido sob o vento. Raspando o chão da pérgula com seus pés pequenos, sussurrou com voz calma: "Houve uma razão para tudo isso, ainda não entendeu?".

Claro. É claro que existia uma razão. Para acabar com a minha vida assim, tinha que haver uma razão. A explicação devia estar em algum lugar do diário. Assenti. Está bem, mamãe. Eu vou me acalmar e procurar pela razão. Mas é melhor que seja convincente. Sabe que às vezes demoro pra entender as coisas, não sabe? E tendo a guardar rancor por muito, muito tempo. Você vai ter que se esforçar para me explicar o que aconteceu.

O telefone começou a tocar. Peguei-o. Um lindo nome apareceu na tela.

Titia Bruxa.

Eram 5h30. O dia e a noite mais longos de minha vida haviam acabado. Tive a impressão de que cem anos se passaram. Ao longo das últimas horas, eu lutara contra as evidências. Enfiara os cobertores e lençóis ensanguentados na banheira. Era impossível queimá-los ou escondê-los. A única opção viável era lavá-los.

Comecei pelo mais fácil. Coloquei água fria num balde, joguei detergente e afundei os objetos incômodos. Apertei-os com os pés, para o sangue sair, trocando a água de tempo em tempo. Quando meus pés gelavam, eu os aquecia na água quente. Continuei com isso por horas. Apesar do esforço, o resultado não foi muito satisfatório. As manchas vermelhas ficaram marrons. Não fazia muita diferença. Mesmo assim, o trabalho serviu para acalmar meu coração agitado. O incendiário torvelinho de emoções estagnou, a cabeça, antes superaquecida, esfriou. Recuperei a determinação para sair desse caos.

Mas ainda não queria reabrir o diário. A verdade é que eu tinha medo. Tinha medo de minha própria fúria. As anotações de mamãe podiam fazer com que eu perdesse a cabeça e, aí, teria de punir alguém. E a pessoa que merecia punição era a mesma que insistia em telefonar. Ligou por volta da meia-noite; voltou a ligar dez minutos depois. Não atendi. Naquela hora, me sentia prestes a explodir em chamas feito uma fogueira humana. Atender o telefone seria jogar mais lenha na fornalha.

Cinco minutos atrás, eu havia lembrado da existência do Google. Minha cabeça realmente não estava funcionando bem. Abri o celular e digitei: *Como tirar marcas de sangue*. Uma lista de macetes apareceu na tela. As ideias eram boas para pequenas manchas, mas não resolveriam o estado do cobertor e do lençol. Achei que era melhor continuar com o cloro.

Fui até a lavadora, na área dos fundos. Resolvi enfiar lá dentro tudo o que tivesse relação com a noite passada. O cobertor, o lençol, a jaqueta do filme, as outras roupas. Ajustei a máquina para "lavagem silenciosa". Não queria acordar Hello.

Assim que saí da fachada, o telefone sem fio começou a tocar. Era titia outra vez. 5h56. Seria obrigado a atender. Ela sabia que, a essa hora, eu estaria acordado, em casa.

"Alô."

"Você foi dormir cedo ontem?" Havia irritação na voz dela e uma pergunta implícita: *Por que não atendeu minhas ligações?* Senti vontade de lhe dizer que a maior parte das pessoas já está dormindo à meia-noite. Não é um bom horário para bater papo com a irmã mais nova da sua mãe. Da próxima vez, ela que fosse dormir mais cedo, em vez de me ligar. Que se deitasse com um homem, uma mulher ou um animal, se preferisse.

"Yu-jin?"

"Sim, dormi cedo."

"Ah, entendi. É que fiquei curiosa e resolvi te perguntar ontem. A lista de aprovados não estava para sair?"

Ora, vejam que interessante. Ela se lembrou disso justamente à meia-noite? Era curioso mesmo!

"Parece que passei."

"É mesmo?", exclamou com surpresa exagerada. Estava fingindo, é claro. Decerto já recebera a notícia por Hae-jin. Tentou disfarçar isso com o tom enfático. Mas o resultado prático é que parecia estar zombando: *Como assim, você conseguiu?* Aquilo me irritou. Mas é bem verdade que me irrito com tudo o que ela fala.

"Ainda não sabe da sua mãe, né?" Finalmente ela chegara ao assunto principal. Notei que, por trás da pergunta, havia uma afirmação, uma certeza — embora ainda sem evidências definitivas. *Você sabe onde está sua mamãe, sim.*

"Mandei uma mensagem, mas o celular continua desligado."

"Ela não telefonou? Já é o segundo dia. Não é melhor ir atrás dela?"

Será que ela me achava idiota? Pensava que eu não fosse capaz de deduzir que ela chamara a polícia? Também era óbvio, agora, que estava me sondando, tentando provocar uma reação. Pensava que eu não perceberia isso?

"Estou começando a ficar preocupado também."

"E o que vai fazer? Tem algum plano?"

"Vou conversar com Hae-jin quando ele voltar."

"Hae-jin ainda não voltou?" Obviamente, ela sabia que ele não voltara.

"Não, ele foi para Mok-po."

"Por quê?", ela fingiu curiosidade.

"A trabalho."

"Ah... trabalho. E o que você vai fazer agora?"

Sem querer, soltei um suspiro de exasperação. Essa conversa ia acabar quando? Ano que vem?

"Eu ia sair para correr."

"Mas nem amanheceu ainda. Sempre sai neste horário?"

"Sim."

"Saiu ontem também?"

Agora eu começava a me irritar de verdade. Rezei para que alguém a interrompesse ou lhe tirasse o celular da mão, antes que eu explodisse.

"Eu já disse que dormi até tarde", respondi alto. "Eu contei pra senhora ontem."

"Tudo bem Yu-jin. Não precisa se irritar." Ela parecia surpresa.

Era sempre assim. As duas irmãs me enchiam o saco até eu estourar, então se faziam de surpresas com minha irritação.

Desliguei o telefone e voltei à escrivaninha. Abri o diário e comecei a ler. Levei duas horas para ler os registros de 2002 a 2000. Em 2000, especialmente, havia muitos registros.

21 de julho, sexta-feira

Yu-jin foi acampar no monte Ji-ri-san com os colegas da natação. Desde que partiu, não consigo parar de me preocupar. Estava sofrendo muito com os efeitos colaterais, por isso mudamos o remédio e desaceleramos o tratamento, até seus rins voltarem ao normal. Por isso, Hye-won foi contra a viagem. Mas eu acabei permitindo.

Não aguentava mais a súplica nos olhos dele. Acabei me convencendo de que nada de terrível poderia acontecer. Deixei-o ir em segredo, sem contar nada a minha irmã. Mas logo paguei o preço. Passei o dia inteiro sem saber o que fazer e só fiquei olhando para o telefone. Esperava que o técnico ligasse a qualquer momento, dizendo que algo havia acontecido.

E foi exatamente o que aconteceu. No meio da madrugada, o telefone tocou. Antes de atender, já sabia quem era. O técnico disse que Yu-jin havia desaparecido. Ninguém o viu, as câmeras não davam pistas. Ninguém sabia para onde fora, ou quando. Estavam procurando com a polícia e os bombeiros, mas não acharam nenhum vestígio.

Nem sei como consegui dirigir. No pedágio em In-wol, avistei o técnico. Disse que tinham encontrado Yu-jin. Estava numa pensão a oito quilômetros de distância. Aparecera lá, sozinho, ao amanhecer. Minhas mãos tremiam.

Quando cheguei ao acampamento, ele estava dormindo. Parecia normal. Estava com arranhões pelo corpo, mas nada demais. Caí sentada ao seu lado. Um policial veio falar comigo. Perguntou se isso já acontecera antes, se o menino tinha costume de perambular à noite, se sofria de alguma doença crônica, sonambulismo, narcolepsia ou epilepsia. Repeti as respostas de sempre. Não, não e não.

Ao acordar, Yu-jin disse que viu um fantasma ontem à noite, quando foi fazer xixi no banheiro. Ouviu um grito estranho lá fora e foi ver. Enxergou uma coisa branca que flutuava. O vulto se afastou, e Yu-jin foi atrás. Quando se deu conta, estava perdido. Felizmente, a lua estava cheia. Por isso, conseguiu ver as fitas amarelas penduradas nas árvores. Lembrou-se do ensinamento do pai: as fitas amarelas são colocadas pelos alpinistas para marcar a trilha. Foi seguindo as fitas e chegou à hospedaria.

Aquilo não fazia sentido. Tanto o técnico quanto o policial me sugeriram que o levasse para casa. Ele dormiu por todo o trajeto. Tudo o que eu queria era acordá-lo e perguntar: O que houve? O que aconteceu? Me diga a verdade.

Eu recordava exatamente o que havia acontecido, embora os eventos anteriores e posteriores estivessem vagos e confusos. Na tarde daquele dia, voltando do riacho, vi estranhas estacas com argolas de metal entre as plantações de batata. Perguntei ao técnico o que era. Respondeu que eram armadilhas para coelhos. O dono da área as instalara ali para evitar prejuízo na colheita das batatas. O técnico ordenou que eu ficasse bem longe das armadilhas. Não é o tipo de coisa que se diga a um menino de nove anos. Uma proibição dessas equivale a um convite. De noite, enquanto os outros dormiam, a curiosidade me manteve acordado. Peguei a lanterna e saí. Será que as armadilhas funcionavam? Os coelhos ficavam presos nas argolas?

Agachei-me sob os galhos das acácias. Dali, enxergava as estacas. Desliguei a lanterna e esperei os coelhos chegarem. Não estava com medo. A noite estava clara. A lua parecia um holofote amarelo, iluminando a floresta. Não lembro por quanto tempo esperei. Cochilei algumas vezes, ouvindo os barulhos da noite. O ulular da coruja, o coaxar do sapo, o ciciar dos gafanhotos e das cachoeirinhas...

De repente, ouvi um som estranho e abri os olhos. Vi uma sombra escura saltitando sob a luz da lua. Eu me levantei e corri até lá. Era um coelho selvagem cinzento. Se ficasse parado, pareceria uma pedra. Debatia-se, sem sair do lugar. Quando cheguei perto, senti cheiro de sangue. A pata traseira do coelho sangrava, presa na argola. Seus olhos amedrontados cintilavam no luar. O meu coração estava palpitando. "Fique parado. Vou te soltar."

Comecei a soltar o aro da estaca. Estava bem amarrado, mas não era impossível desatar. Levaria tempo, contudo. E o coelho não parava de se debater. Tentava pular, apavorado. Quando finalmente consegui desamarrar a argola, ele saiu em disparada. Fui atrás. Naquele momento, acho que só estava curioso, querendo saber o que o bicho faria em seguida. Para onde fugiria? O aro de metal ainda estava preso em sua pata. Conseguiria se locomover direito? Continuaria vivo, depois de perder tanto sangue?

O coelho passou pelos arbustos, por córregos, subiu o morro e entrou no bosque. Consegui acompanhá-lo, embora não o visse: eu seguia o cheiro de sangue. Um cheiro forte como carne cozinhando. Um cheiro claro como fogo ardendo. Após um tempo, o coelho começou a perder velocidade. Já não precisava correr para segui-lo. Parou numa ladeira, junto a um emaranhado de arbustos. Escondeu-se sob um espinheiro. Cheguei perto, mas ele não fugiu. Estiquei a mão, e ele não se mexeu. Levantei-o pelas orelhas, e o coelho apenas esticou as pernas, sem força. Achei que estivesse morto. A brincadeira perdeu a graça. Joguei-o de volta no arbusto. Depois disso, minha memória se confunde. Mas o que aconteceu depois já não interessa.

O importante é responder à pergunta que acaba de me ocorrer. O incidente na montanha foi coincidência ou destino? O coelho ensanguentado, a mulher aterrorizada — havia uma ligação entre ambos? As duas situações eram semelhantes, embora separadas por dezesseis anos. Em ambas as ocasiões, farejei sangue, persegui uma criatura amedrontada e acabei segurando um corpo morto. E os dois fatos ocorreram num intervalo do tratamento. Aquela noite de dezesseis anos atrás era a semente; a noite de ontem era a flor. A única diferença é que a moça do brinco de pérola não estava machucada quando a persegui.

Talvez estivesse menstruada. Antes, eu já conseguira sentir o cheiro de menstruação em locais fechados, como na sala de aula. Para mim, era um cheiro inconfundível e perfeitamente nítido. Eu conseguia até localizar o corpo que o exalava. Mas seria possível fazer a mesma coisa numa floresta ou no meio da rua — a menos que se fosse um cão de caça?

Agora, parando para pensar, percebi que meu olfato ficava mais aguçado sempre que eu cortava a medicação. Cheiros de sangue, de peixe, de esgoto, da terra, da água, das árvores, das gramas — tudo ficava mais intenso. Até os cheiros de perfume ou um tempero, que as pessoas geralmente acham agradável, me pareciam incômodos, fortes demais. Até agora, eu acreditara que isso era um prenúncio de convulsão. Mas, tendo em vista tudo o que descobrira nas últimas horas, tornava-se claro que eu me enganara. Não havia explicação para meu estranho aguçamento olfativo.

Sei, por experiência, que o meu corpo volta ao estado normal quando corto o medicamento. Portanto, meu olfato aguçado deve fazer parte de minha natureza real. Essa característica poderia mudar minha relação com o mundo, influenciar minha vida, traçar meus caminhos — portanto, podia ser um problema. Será por isso que titia me prescreveu os remédios?

28 de julho, sexta-feira
Hye-won está brava. Disse que aquele menino de nove anos está tentando enganá-la. Parou de cooperar depois que voltamos da montanha. Complicava na hora de fazer

exames e não aceitava o tratamento. Nas consultas, jogava com as palavras. Na terapia de grupo, fazia as crianças se voltarem umas contra as outras. Por onde passava, o clima ficava pesado. Nas sessões de hipnose, apenas fingia estar hipnotizado e contava mentira atrás de mentira. Ontem, após a hipnose, fingiu estar desmaiado e deu um susto em Hye-won.

Desesperada, me ajoelhei diante da Virgem e perguntei: Mãe de sabedoria, o que devo fazer?

Sim, aquilo era verdade: eu passara anos brigando com titia. Resisti ao tratamento por uns dois meses, após mamãe me proibir de entrar na piscina por ter mexido na caixa de Yu-min. Quando nos mudamos para Incheon, mamãe me fez uma proposta. Se eu aceitasse o tratamento e agisse com honestidade daí por diante, poderia voltar a nadar. Aceitei. Titia venceu aquela batalha.

Fui ao andar de baixo. O ciclo da máquina de lavar tinha terminado. Apertei o botão para secar, tirei uma garrafa de água mineral da geladeira e voltei para o quarto. Os registros seguintes eram de junho de 2000.

3 de junho, sábado
Faz quarenta dias que eles morreram, e houve uma cerimônia na igreja. Coloquei Yu-jin no carro assim que terminou a missa. Hye-won ofereceu-se para nos acompanhar, mas eu disse que não era preciso. Queria ficar a sós com meu filho. Para continuar vivendo ao lado dele, precisava me livrar da aflição que me dominava. Talvez essa viagem fosse o ponto de partida.

Paramos brevemente no mercado de flores em Seocho-dong e depois seguimos para Mok-po. Ele estava ao meu lado, quieto como uma sombra. Não falou uma palavra — não disse que estava com fome, não pediu para ir ao banheiro. Olhava em silêncio pela janela e às vezes brincava com o cubo mágico.

De repente, lembrei que Yu-jin quase nunca viajou no assento do carona. Eram sempre meu marido ou Yu-min à frente. Eu gostava de dirigir com Yu-min ao lado. Ele falava sem parar, e isso fazia o trajeto parecer menor. Por isso, raramente prestava atenção em Yu-jin, que sempre ficava no banco de trás. Somente agora que Yu-min se foi, percebo como Yu-jin é uma criança silenciosa. Lembro o que minha irmã disse, de que é preciso um estímulo especial para fazer o coração de Yu-jin palpitar, e ela tinha medo por não saber que estímulo seria.

Levamos cerca de cinco horas até Mok-po. Quase perdemos a balsa para Tan-do. O verão tinha chegado. Um vento úmido soprava do mar — o mesmo mar castanho que engoliu meu marido e meu filho. Nuvens de chuva surgiam no horizonte, e o verde da floresta ficava mais escuro. Maçãs brotavam nos galhos, onde as folhas haviam caído. Era tudo tão tranquilo e belo que senti vontade de chorar.

Quando parei o carro na entrada da pensão, o zelador veio nos receber. Ele nos levou para o chalé, o mesmo em que ficamos hospedados antes. Dois quartos bem-arrumados, sala pequena e comprida, uma foto do pôr do sol pendurada na parede, um terraço com vista para o campanário. Tudo igual à última vez, embora o silêncio agora fosse maior. Não conseguia ouvir o badalar do sino.

Desfiz as malas e saí da pensão. O menino me seguiu com um buquê de crisântemos. Eu carregava uma caixa com roupas. Seguimos pelo arvoredo. Antes, aquela trilha parecera muito longa, mas dessa vez chegamos rapidamente ao penhasco. Ali, o sol afundava atrás das ilhas pedregosas e cinzentas.

Abri a caixa e tirei as roupas de Yu-min e de meu marido. Eu as escolhera alguns dias atrás. A jaqueta vermelha, que era a favorita de Yu-min, o terno marrom que meu marido usava frequentemente. Pus fogo nelas com um isqueiro. A chama cresceu, ganhando impulso com o vento oeste. Olhando o fogo, recordei outro dia de verão, dez anos atrás. Foi quando descobri que tenho um grande talento para gerar crianças. Três meses após dar à luz Yu-min, descobri que estava grávida novamente. Yu-min foi gerado na primeira noite que passei com meu futuro marido, na época em que éramos namorados. Yu-jin, por sua vez, foi concebido em nossa primeira noite após o parto. Achei que não voltaria a engravidar, pois ainda estava amamentando, mas me enganei.

Eu me senti péssima. Senti que havia me tornado um animal selvagem. Min-seok cresceu como filho único e gostou da ideia de ter dois filhos, mas comigo foi diferente. Min-seok acabara de começar seu negócio de móveis importados, e eu ainda trabalhava como editora. Com mais uma criança em casa, talvez tivesse de largar o trabalho. Me imaginei envelhecendo, em casa, pendurada em duas crianças, e fiquei deprimida. Por dias, a dúvida me atormentou. Cogitei interromper a gravidez.

Já no útero, os dois irmãos eram diferentes. Yu-min era inquieto, chutava minha barriga, dava cotoveladas, não me deixava em paz. Senti muitas náuseas matinais durante aquela gravidez, e quase não conseguia comer. Pelo visto, Yu-min não gostou da ideia de sair da barriga. Atrasou algumas semanas e nasceu por parto induzido.

Yu-jin, por outro lado, era tão quieto que às vezes eu até esquecia que estava grávida. Crescia mansamente, sem se fazer notar. Mas, por trás da calma, havia a pressa. Ele veio antes do tempo. O parto foi causado por um descolamento prematuro da placenta. Nasceu por cesárea. Perdi muito sangue e entrei em choque. Para sobreviver, tive que extrair o útero. Ao nascer, Yu-jin quase me matou. Como se quisesse se vingar por sua própria concepção.

Os meninos cresceram muito diferentes. Pareciam-se fisicamente, e só. As personalidades, os gostos, os passatempos, tudo era um contraste. Yu-min era uma criança ativa, gentil e simpática. Todos o amavam. Já Yu-jin era reservado e introspectivo. Sempre se movia sem fazer barulho e não deixava vestígios. Mesmo assim, era ele que chamava mais a atenção. Sempre que aparecia, atraía olhares. Na rua, desconhecidos se viravam para observá-lo. Havia algo de estranho naquela criança, uma espécie de magnetismo, algo que não pode ser explicado com palavras. Embora não se misturasse muito com as pessoas, fazia-se notar em qualquer lugar, de imediato.

Segundo Hye-won, a maior diferença entre Yu-min e Yu-jin era a maneira como interagiam com outras pessoas. Yu-min se interessava pelos outros, queria fazer amizade ou conversar com todos que encontrava. Já Yu-jin estava sempre focado em si mesmo e tinha um único parâmetro para julgar os outros: essa pessoa é útil para mim, ou pode me prejudicar?

Quando Hye-won me disse isso, fiquei brava. Mas agora me pergunto: como Yu-jin se sente a meu respeito? Como alguém que pode ser útil, ou alguém que pode prejudicá-lo?

Agora restavam poucas folhas no diário. Fui até a lavadora e tirei as roupas. Estavam secas. Coloquei lá dentro o cobertor e o lençol, despejei detergente com cloro e acionei a lavagem com água quente. Quando entrei na cozinha, carregando as roupas, senti uma fome repentina. Lembrei que, desde o jantar de ontem, só havia comido uma panqueca no Yong. A sopa de alga, preparada por Hae-jin, continuava na panela, sobre o fogão.

Acendi o fogo e esquentei a sopa. Coloquei os pauzinhos na mesa, vasculhei a geladeira e tirei os condimentos. Mas aquela frase, que titia supostamente dissera a mamãe anos e anos atrás, girava em minha cabeça feito uma cantilena: *É preciso um estímulo especial para fazer o coração de Yu-jin palpitar; e tenho medo de descobrir que estímulo é esse.*

As palavras de titia continuaram ressoando em minha cabeça até eu entrar no chuveiro. *Um estímulo especial...* Como titia previra isso com tanta antecedência? Eu mesmo só percebera aquilo aos vinte e cinco anos. Será esse o motivo dos remédios — suprimir minha urgência pelo *estímulo especial*? Nesse caso, mamãe foi a primeira a descobrir meu problema; afinal de contas, foi ela quem me levou para ser examinado por titia. Deve ter havido alguma razão para procurar ajuda. O que seria? Até agora não achara pistas sobre isso nos registros do diário.

Saí do banheiro e me sentei na frente da escrivaninha, nu. Não tive paciência para me vestir e estava com calor. Era como se ardesse em febre. Abri o celular, que tinha jogado na escrivaninha, e acessei a internet. Queria saber se havia mais notícias sobre o assassinato de ontem à noite.

E havia. Um artigo sugeria que o assassino era um homem jovem, forte e bem-apessoado. Bem-apessoado? Aquilo me intrigou. O que queria dizer isso? Um homem de aparência decente, do tipo que não desperta suspeitas à primeira vista? Ou um homem atraente? Também não estava muito claro o que seria um *homem jovem*. Uma pessoa de quarenta anos é mais jovem que alguém de cinquenta; uma pessoa com vinte é mais jovem que outra com trinta; nessa progressão, poderia ser uma criança de dez anos. O uso mais comum, no entanto, sugeria alguém na casa dos vinte. O sentido de *forte* era mais claro; seria preciso força física para subjugar a moça e lhe cortar a garganta.

Fiz nova busca: "população de Gun-do, Incheon". Somando os distritos Um e Dois, havia 4340 pessoas. Quantas delas seriam *homens jovens, fortes e bem-apessoados*? Podiam ser cem ou mil — de qualquer maneira, eu estaria no rol dos suspeitos. Aliás, Hae-jin também se encaixava na descrição. Era possível que a polícia aparecesse aqui em casa amanhã mesmo. Não havia como impedir que viessem. Tudo o que eu podia fazer era esperar, e continuar minha própria investigação. Voltei ao diário de mamãe.

12 de maio, sexta-feira

Fui ver minha irmã na Clínica Pediátrica do Futuro, em Incheon. O hospital era maior do que tinha imaginado. Havia seis seções diferentes, com seis especialistas. A mais requisitada da clínica era Hye-won. Quando tentei conseguir uma consulta, a secretária me disse que havia muita gente na frente. Recomendou que eu procurasse outro médico, mas a ignorei e fui para a sala de espera.

Senti um aperto no coração. O iminente encontro com Hye-won me aterrorizava mais que a morte. Não era questão de orgulho ou vergonha. Era medo. Medo de que ela confirmasse o alerta feito três anos atrás.

Aconteceu no verão, quando Yu-jin tinha sete anos. Eu ainda trabalhava na editora, e Hye-won estava se especializando em desordem comportamental de jovens. Numa sexta-feira, combinamos de jantar. Mas naquele dia surgiu um trabalho na editora e me atrasei. Começou a chover de repente e as estradas ficaram congestionadas. Hye-won terminou o expediente dela no horário, o que não costuma acontecer. Por isso, passou na escola de arte para buscar Yu-jin e Yu-min e foram me esperar no restaurante combinado.

Quando entrei apressada, percebi que Hye-won estava sozinha na mesa, olhando algo com muita atenção.

Os meninos estavam no playground. Yu-min brincava com outras crianças, atirando-se numa piscina de bolas. Yu-jin estava sentado no chão, os joelhos dobrados, as costas contra a parede, mexendo no cubo mágico. Como se esperasse minha chegada, Hye-won mostrou o que estivera olhando. Era uma página arrancada de um caderno de desenho. Estava amassada, e tive de abri-la e alisá-la para enxergar direito. Havia um desenho feito com lápis de cor: a cabeça de uma menina espetada na ponta de um guarda-chuva aberto. Seu rosto era cinza-escuro, havia um X no lugar da boca, e os olhos eram círculos; os cabelos escuros e compridos caíam sobre o guarda-chuva, parecendo algas. Água escorria pelo guarda-chuva e nuvens de tempestade pairavam lá em cima.

Hye-won me disse que Yu-jin fizera aquele desenho. Perguntou se eu já vira desenhos como aquele antes. Respondi que não — e realmente não tinha. A verdade é que eu não costumava olhar os cadernos de Yu-jin, muito menos os rabiscos que fazia, e não tinha como descrever o gosto artístico de uma criança de seis anos. Isso pode parecer uma desculpa, mas eu era muito ocupada nessa época, e Yu-jin era uma criança tão pacata que não exigia muita atenção. Aprendeu a cuidar de si mesmo e fazia tudo por conta própria.

Qual o problema?, perguntei. Minha voz soou agressiva em meus próprios ouvidos. Queria dizer que parasse de psicanalisar uma criança de seis anos com base em uma garatuja. Era ridículo criticar a moralidade de um menino por causa daquele rabisco. Talvez aquele desenho fosse sinal de talento; talvez ele estivesse destinado a se tornar um pintor famoso. Basquiat também fazia desenhos esquisitos quando era pequeno.

Hye-won explicou que as crianças estavam saindo da aula quando ela estacionou em frente à escola. Yu-min saiu na frente, chamando-a. Yu-jin veio em seguida, junto a uma menina de vestido branco que carregava um guarda-chuva. Mesmo de longe, dava para notar que era uma garota bonitinha. Pelo jeito como Yu-jin a olhava, era evidente que os dois eram amigos.

Por causa do engarrafamento no caminho, demoraram um pouco para chegar ao restaurante. Enquanto isso, Yu-jin desenhava no banco de trás. Não dava atenção a Yu-min, que vinha no banco do carona. Parecia muito concentrado, não queria falar nem brincar. Só parou de desenhar depois que o carro estacionou. Fechou o caderno sobre os joelhos, juntou os lápis de cor e pôs tudo na mochila. Yu-min estendeu o braço para pegar o caderno, mas Yu-jin puxou-o com força. Um segundo depois, havia uma folha meio rasgada na mão de Yu-min. Yu-jin olhava para ele com raiva silenciosa.

Hye-won confiscou o desenho. Sua única intenção, naquele momento, era devolver a folha ao seu dono. Mas acabou olhando o que estava desenhado. A menina no desenho era sua amiguinha da escola. Dava para notar pela tiara em forma de coroa e os cabelos lisos. Hye-won perguntou a Yu-jin se a garota no desenho era a mesma que saíra com ele da aula. Sem responder, Yu-jin pediu o desenho de volta. Hye-won se recusou. Enquanto isso, Yu-min parecia arrependido e preocupado. Mesmo depois, já dentro do restaurante, lançava olhares apologéticos ao irmão, como se temesse havê-lo irritado.

Hye-won me disse que teve uma conversa com Yu-min, a sós. Ele admitiu que não era a primeira vez que Yu-jin fazia aquele tipo de desenho. Quando gostava de uma menina, Yu-jin a desenhava em situações semelhantes àquela e, no dia seguinte, colocava o desenho na mochila da garota. Ao ver o presente, e sem saber quem o deixara ali, as meninas começavam a chorar. Os professores não conseguiam descobrir quem era o culpado.

Hye-won recomendou que fizéssemos alguns testes, pois talvez houvesse algo muito errado com Yu-jin. Meu rosto ardeu em chamas. Sentia como se um desconhecido tivesse me dado um tapa no meio da rua. Comecei a argumentar. Perguntei se ela havia falado com Yu-jin, se lhe dera uma chance de se explicar. Sim, respondeu Hye-won. Eu lhe perguntei por que fizera aquele desenho. Ele respondeu apenas: porque é divertido. Não explicou se achava divertido apenas fazer o desenho, ou assustar a menina e vê-la chorar.

E o que tem isso? Não aceitei os argumentos dela. Estava ofendida. Às vezes as crianças imaginam coisas que deixam os adultos assustados. Essas fantasias podem virar desenhos ou brincadeiras. Yu-min é apenas um menino, eu disse, como se Hye-won tivesse esquecido. Tem seis anos, não dezesseis. Hye-won respondeu que, se ele tivesse dezesseis anos, não seria preciso fazer testes: Yu-jin já estaria no centro de detenção de menores por enviar imagens ameaçadoras. Disse que Yu-jin sabia muito bem o que estava fazendo. O fato de eu nunca ter visto aqueles desenhos era prova disso. Yu-jin sabia que era preciso escondê-los. Jamais fora flagrado antes, embora fizesse aquilo há muito tempo. Era meticuloso.

Senti a cabeça girar. As bochechas ficaram mexendo e a raiva chegou ao seu ponto de explosão na hora. Como ela ousava dizer que meu filho era um criminoso em potencial? Hye-won não recuou diante da minha expressão. Apontou a cabeça espetada no guarda-chuva e disse: o desenho não é sobre aquela menina; é sobre você. Para meninos da idade de Yu-jin, todas as meninas são representações da mãe. Se um menino corta a cabeça da mãe e a espeta num guarda-chuva, então há um problema grave.

Disse que estava apenas fazendo perguntas; por que eu estava tão zangada?

Peguei os meninos e saí do restaurante. Se ficasse ali, acabaria agarrando Hye-won pelos cabelos. Pensando agora, percebia que, desde que éramos meninas, sempre existiu uma competição entre nós. Como regulávamos de idade, usávamos sempre roupas parecidas e líamos os mesmos livros. Ela era sempre a melhor aluna na classe, mas se enfurecia quando eu ganhava um prêmio de redação. Mesmo recebendo constantes elogios sobre sua inteligência, detestava quando alguém, eventualmente, me elogiava dizendo que eu era madura. Certa vez, escreveu seu nome em letras grandes em minha amada coleção de literatura mundial, trocou meu nome pelo seu em um prêmio que eu ganhara, até roubou uma resenha que eu fizera para a escola e entregou como se fosse sua. Mesmo depois que ficamos adultas e cada uma seguiu seu caminho, continuou havendo algo incômodo entre nós. Não é que não fôssemos próximas. Éramos. Mas havia uma disputa de poder. Por isso Min-seok costumava dizer que Hye-won se achava superior a mim.

Depois daquele dia no restaurante, fiquei um tempo sem entrar em contato com ela. Mesmo quando recebi a notícia de que saíra da faculdade e abrira a própria clínica, não fui visitá-la. Nos feriados ou nos aniversários de nosso pai, eu me esforçava para não cruzar com ela. Hye-won também se manteve distante. Faz apenas um mês que nos reencontramos. Foi no velório de Min-seok e Yu-min.

Na saída do velório, Hye-won me disse para procurá-la se precisasse de ajuda. Não disse isso apenas para me consolar. Hye-won não é o tipo de pessoa que distribui amenidades por simples polidez. Se estava me convidando para um encontro, é porque realmente achava necessário me ajudar. Talvez nosso reencontro após três anos tenha sido tão triste que ela resolveu deixar de lado todos os ressentimentos antigos. Talvez soubesse que, de uma forma ou de outra, eu levaria Yu-jin para vê-la no futuro próximo. A verdade é que eu realmente precisava de sua ajuda. Ela era minha última esperança.

Cerca de uma hora depois, eu estava sentada em frente de Hye-won. Não pareceu surpresa ao me ver chegar. Não me perguntou por que tinha ido até lá, nem como eu estava. Seria mais fácil para mim se ela dissesse alguma coisa; mas ficou em silêncio. Não tive escolha além de começar a falar. Primeiro, contudo, lembrei-a de suas obrigações: como médica, ela tinha de guardar os segredos que descobrisse a respeito dos pacientes durante o processo clínico. Pedi que prometesse manter silêncio sobre tudo o que fosse dito ali.

Ela demorou a responder. Várias emoções cruzavam seu rosto. Era evidente que estava irritada: eu vinha lhe pedir ajuda e, ao mesmo tempo, lhe impunha condições. Por outro lado, notei que estava curiosa para ouvir o que eu tinha a lhe dizer. E talvez até se sentisse no dever de ajudar a irmã. Esperei que organizasse os sentimentos. Precisava de sua promessa. Se não jurasse manter segredo, não poderia lhe falar nada.

Antes de sair do consultório, o enfermeiro deixara um copo de água. Bebi lentamente enquanto ela pensava. Hye-won só voltou a falar quando terminei de beber a última gota. *Eu prometo*, ela disse a muito custo. Eu, contudo, não sabia o que dizer. Frases que preparei por dias se entrelaçaram em minha cabeça. Por onde começar? Talvez pela noite anterior "àquele dia"?

Comecei a falar, finalmente. Tinha de me esforçar para mexer a boca. A custo mantive a calma, falando da forma mais ordenada possível. Hye-won escutou a história até o fim, sem dizer nada. Sua expressão permaneceu impassível. Acho que não chegou a piscar os olhos. O que espera que eu faça?, perguntou, por fim, com voz inalterada.

Os testes, eu respondi. Os testes ou exames que ela me sugeriu três anos atrás. Se não houvesse uma relação de causa e efeito entre o "problema sério" de Yu-jin e o que aconteceu "naquele dia"; se tudo não tivesse passado de um acidente — então eu poderia deixar de odiá-lo. Poderia deixar de temê--lo. Poderia continuar vivendo ao seu lado.

Então, Hye-won me fez a pergunta que eu mais temia: o que eu faria se o resultado fosse como ela previra? Faria o que tinha de ser feito? Fiquei ali sentada, torcendo os dedos. Por favor, Hye-won, eu balbuciei, lágrimas transbordando de meus olhos. Como costumava acontecer quando brigávamos na infância, abaixei a cabeça e fiquei olhando o chão, deixando as lágrimas correrem. Quando eu estava quase estourando em prantos, ela suspirou, me olhou com severidade e disse que sim, iria me ajudar.

Os exames vão levar alguns dias, ela explicou. Primeiro, faria um teste psicológico na clínica. Depois, requisitaria exames cerebrais no laboratório especializado da faculdade. A palavra "requisitar" me incomodou, mas confiei na promessa de Hye-won. Ela era o tipo de pessoa que raramente faz promessas, mas, quando as faz, há de cumpri-las até o fim.

Meus olhos formigavam. Encostei a cabeça no espaldar da cadeira por um instante e apertei as pálpebras com a palma das mãos. Pensei na cabeça da menina espetada no guarda-chuva. Por mais que tentasse, não conseguia recordar aqueles desenhos. De uma coisa, contudo, eu tinha certeza: mamãe não me levara ao consultório de titia apenas por causa daqueles rabiscos. Ela só passara a sentir medo de mim três anos após eu tê-la supostamente matado com minha imaginação artística. Ou seja, o motivo era o que quer que houvesse acontecido "naquele dia". Que diabos de "dia" era esse de que ela tanto falava? Só me restava buscar a resposta no diário.

Havia um intervalo de uma semana antes do registro seguinte.

19 de maio, sexta-feira

A semana levou uma eternidade para passar. Cada dia era um tormento que me sufocava e parecia prestes a me matar. Esta manhã, olhando meu rosto no espelho, pensava estar vendo um cadáver. Estava pálida, com olheiras escuras, olhos saltados. Minhas roupas, em total desalinho. Parecia uma louca. Pensei em me maquiar, mas desisti e desci à garagem do jeito que estava. Não tinha forças nem ânimo para cuidar da aparência.

Hye-won me olhou de relance, balançou a cabeça, voltou os olhos para suas tabelas. Mexeu nas folhas com os resultados por algum tempo, sem dizer nada. Esperei, sentindo o coração prestes a explodir. Parecia estar aguardando minha própria execução. Pensava desesperadamente na Virgem Maria. Mãe da misericórdia, me ajude, me ajude...

Finalmente, Hye-won começou a falar. Disse que o resultado era diferente do que esperava — não porque ela estivesse errada, mas porque os resultados eram extremos. Cravei as mãos nos joelhos. Suava frio. Ela confessou que estava perplexa. Na faculdade, na clínica, ninguém jamais vira algo parecido. Talvez fosse por isso que os resultados demoraram; a equipe discutiu os achados repetidas vezes, para ter certeza de que não haviam feito algum juízo equivocado.

Os exames não apontavam nenhuma deformidade física no cérebro de Yu-jin. Pelo contrário, sua inteligência era surpreendentemente alta. Seu comportamento era mais calmo que o de outras crianças da mesma idade. Ele falhou em testes desenvolvidos para demonstrar empatia emocional e compreensão de moralidade, e era difícil fazer com que ele se envolvesse ou se entusiasmasse. Quando se concentrava em alguma coisa, sua respiração e seu pulso caíam drasticamente. Não porque fosse calmo, gentil ou paciente, mas porque seu limiar de excitação era muito mais alto que o de crianças normais. Isso significava que era necessário algum estímulo especial para fazer seu coração palpitar.

Hye-won disse que estava com medo, pois não sabia o que seria esse estímulo especial. Fez vários exames, trabalhando com a possibilidade de um desvio de conduta juvenil, mas não era isso. Após muitos debates com os colegas, chegaram à conclusão de que se tratava de uma disfunção em sua amígdala, o centro regulador do medo no cérebro humano. Em uma cadeia alimentar, ele seria um predador.

Pisquei os olhos, atônita. Como assim, um predador? Hye-won anunciou: "Yu-jin é um predador. O pior tipo de psicopata".

Predador? Então essa palavra idiota é o que havia me assolado nos últimos dezesseis anos? Esse diagnóstico absurdo foi o que devastou minha vida? Minha mente, que vinha em alta velocidade, freou. As emoções que se alternavam como nuvens de tempestade se detiveram. O dilúvio de pensamentos arrefeceu. Afastei os olhos do diário. O registro continuava, mas eu não queria ler mais. Eu me sentia como se houvesse encontrado um fanático religioso anunciando o fim do mundo. E era como pensar que, se o mundo ia acabar, o problema era desse fanático, e não meu.

"Acredita mesmo nisso?" Era a voz de mamãe, outra vez. Levantei e fui até a vidraça. Ela estava no balanço, oscilando vagamente na atmosfera embaçada e escura. O céu cinzento parecia tocar no teto da pérgula.

"Por que não continua lendo?"

Balancei a cabeça. "Não estou interessado."

Mas você deve estar curioso para saber o que aconteceu "naquele dia".

Não, eu não estava. Minha curiosidade era outra. Por que ela continuou cuidando de mim, chegando ao ponto de reatar relações com a irmã? Se tinha tanto medo de mim, por que não me trancafiou numa cela subterrânea? Por que não me acorrentou pelo pescoço, como um animal? Se tivesse feito isso, eu não teria virado um assassino e ela não teria morrido.

"Yu-jin."

Dessa vez não era a voz de mamãe. O som vinha do corredor. Eu olhei para trás.

"Você está aí?"

Alguém estava batendo na minha porta.

A maçaneta girou lentamente. Olhei para o relógio da escrivaninha. 13h48. O diário estava aberto sobre a mesa. A porta não estava trancada. Não havia motivo para trancá-la, pois eu estava sozinho em casa. Era uma situação semelhante à que se dera ontem, quando Hae-jin bateu na porta. A diferença é que, agora, eu estava nu. E não houve tempo para voar até a porta. Uma fresta se abriu, um pé com meia listrada apareceu no vão, e logo depois surgiu um rosto — o rosto de titia, com um grande sorriso simpático naquela boca traiçoeira.

"O que está fazendo?"

Isso eu não esperava. Imaginei que ela viesse em algum momento, mas não agora. Ainda mais inesperado é que já chegasse entrando em meu quarto. Nem mesmo mamãe invadiria meu quarto desse jeito. Qual o objetivo desse ataque furtivo? Olhei para o meu corpo nu. Algo parecia prestes a explodir abaixo de meu umbigo. A pele de minha barriga se retesou, os pelos em minha virilha se eriçaram, os músculos da coxa se enrijeceram. Todo o meu ser se concentrou em titia. Minha inimiga natural havia chegado.

"Que surpresa", eu disse, e me levantei diante da escrivaninha. Encostei as coxas na borda da mesa e fiquei com as pernas bem abertas.

O sorriso de titia se dissipou. Soltou um som gutural e se virou. Seus colares sobrepostos chacoalharam. "O que pensa que está fazendo?", perguntou, mas não havia pânico em sua voz. Tampouco havia qualquer tipo de apreciação. Parecia querer saber por que eu estava exibindo minha exuberante virilidade. Pelo tom de voz, estava achando aquilo ridículo. Meu querido, sou sua tia. Vi você pelado desde o tempo em que seu pinto era menor que uma torneirinha. Muito bem, você cresceu e agora seu instrumento parece uma mangueira de chuveiro, mas e daí? Acha que vai me assustar?

Olhei para a bunda dela, apertada na calça jeans. Era a única parte macia de seu corpo ossudo. Sempre que via aquela bunda, pensava numa bola de futebol e tinha vontade de chutá-la. Como aquela bola havia rolado até aqui? Como passou pelo portão do condomínio? Como entrou em casa? Não precisei pensar muito para encontrar a resposta. Era Hae-jin. Após sair de casa ontem, deve ter ido até a clínica e entregou a ela o cartão magnético do portão e a chave da porta principal.

"Eu é que pergunto. O que pensa que está fazendo aqui?"

Ainda de costas, titia cruzou os braços. A tensão pareceu se dissipar de seus ombros.

"Vista-se primeiro. Não dá pra conversar assim."

A julgar por sua postura, estava disposta a esperar mil anos, dez mil anos até que eu me vestisse. Quase estalei a língua. Como uma mulher solteira podia agir de forma tão despudorada?

"Vai ser meio difícil, titia. Você está parada bem na frente do meu armário."

Titia olhou para trás com o queixo erguido. Num relance, parece ter concluído que estava em situação desvantajosa. Virou-se de novo para a porta e descruzou os braços.

"Encontro você lá embaixo?"

"Claro."

Aparentemente, ela queria demonstrar que não se deixaria intimidar. Ainda com o queixo erguido, ereta, sem pressa, saiu do quarto e fechou a porta. Ela não tinha visto o diário.

Yu-jin é um predador. O pior tipo de psicopata.

Eu me virei para mamãe. "Mãe, titia veio me devorar. O que eu faço? Deixo que me devore, ou devo devorá-la antes?"

Mamãe não respondeu. Só esboçou um sorriso com sua boca de Coringa. Faça o que quiser, ela parecia me dizer.

Fechei o diário. Restavam poucas páginas para ler. Embora eu quisesse muito descobrir o que havia acontecido Naquele Dia, este não era o momento para prosseguir a leitura. Pus o diário na gaveta, vesti uma cueca, uma calça de moletom e uma camiseta pretas. Fechei a cortina e desci pela escada do segundo andar descalço, sem fazer barulho.

Titia não estava na sala, na sacada ou na cozinha. A porta do quarto principal estava trancada, e ela não tinha motivos para entrar no quarto de Hae-jin. Aproximei-me do lavabo e tentei escutar alguma coisa lá dentro. Nada. Vi o casaco cinza-claro e a bolsa azul sobre a mesa da cozinha.

Então, me lembrei de algo que havia lido algum tempo atrás: para enxergar a alma de uma mulher, basta olhar dentro de sua bolsa. De repente, fiquei tentado a averiguar a bolsa da titia. Jamais estivera tão interessado em decifrar sua alma quanto agora. Que tipo de alma identifica um matricida em uma criança de seis anos? Que tipo de alma sentencia o próprio sobrinho a viver como um animal enjaulado, um psicopata? Que tipo de alma destrói a vida de outro ser humano sob o pretexto de tratar sua mente? E que tipo de alma era essa que invade sozinha o covil de um suposto predador? Junto à sua bolsa, havia um embrulho com um bolo. Pelo invólucro transparente, enxerguei a palavra PARABÉNS escrita em açúcar de confeiteiro. Fui até a área de serviço, onde fica a máquina de lavar. Andei sem fazer ruído, respirando baixo. Estava tudo em silêncio, exceto minha cabeça, onde várias vozes se misturavam. Meu lado otimista e meu lado alarmista soavam em uníssono; dessa vez, ambos diziam a mesma coisa: *Não puxe briga, não chute a bunda dela. Converse com jeito e a convença a ir embora pacificamente.*

Titia estava em pé diante da lavadora. Com a cabeça inclinada, examinava o conteúdo por trás da escotilha de vidro. A luz estava apagada, sinal de que a lavagem terminara. Parei atrás de titia, quieto. Era difícil vê-la bisbilhotando, mas me controlei. Abriu a portinhola, pegou um cobertor e começou a puxá-lo para fora da lavadora. Senti uma comichão na ponta do pé. Queria chutar aquela bunda, enfiar a cabeça dela na máquina e fechar a tampa com força em seu pescoço.

"O que está fazendo aí?", perguntei de repente, e titia se deteve.

Notei que um estremecimento percorreu seus ombros.

"Está lavando as roupas de cama?", perguntou, virando-se lentamente, como se soubesse desde o início que eu estava ali. A ponta úmida do cobertor ficou pendurada molemente na borda da lavadora, como o braço de um morto. "Por acaso fez xixi na cama?", perguntou, com um sorrisinho, fingindo apreciar a própria piada.

Também sorri.

"E você, veio cuidar da casa enquanto mamãe está viajando?"

"Vim até a lavadora porque ouvi um apito." Fitou o cobertor, depois voltou os olhos para mim. "Acho que está pronto."

"Não se preocupe. Eu cuido disso depois." Virei o corpo na diagonal junto à porta, tentando forçá-la a se retirar. *Sai logo daqui, sua vagabunda desgraçada*, pensei.

"Tudo bem." Ela voltou para a cozinha.

Ficamos um tempo junto à vidraça da sacada, olhando um para o outro com sorrisos muito amigáveis. Titia observou minhas roupas pretas e eu fitei a pele enrugada de seu pescoço. Isso me fez recordar o feriado que passamos em Kusatsu, no Japão, no início deste ano.

Viajamos às águas termais — mamãe, titia, Hae-jin, nosso avô e eu. Por acaso, encontramos uma mulher cuja filha era paciente de titia. Era uma pessoa sem muita noção de compostura ou discrição; pegou no nosso pé, embora titia desse mostras abundantes de desconforto e irritação. Disse que também estavam fazendo uma viagem de família, que sua filha melhorou muito com o tratamento e estava querendo estudar direito. De repente, a idiota olhou para minha mãe e começou a elogiá-la de forma escandalosa. "Como sua irmã caçula é bonita, doutora!", ela exclamou. "Parece a Jodie Foster quando moça!" Encabulada e constrangida, mamãe rapidamente a corrigiu: "Eu é que sou a mais velha". A mulher soltou um *ulalá* à francesa e exclamou: "Que coisa! Parece muito mais jovem! O que faz para cuidar da pele?". O rosto da titia se contorceu e, depois que a chata se afastou, lembro-me de ouvi-la resmungar: "Suma daqui, sua vadia".

"Hae-jin disse quando vai voltar?", titia quebrou o silêncio.

Respondi com outra pergunta: "Não perguntou isso para ele ontem, quando se encontraram?".

Ela inclinou a cabeça.

"Por que você acha que me encontrei com Hae-jin?"

"Senão, como entrou em casa?"

"Eu já sabia o código da porta. Quando cheguei à porta do condomínio, um morador estava entrando e me deixou passar.

Por quê, tem algum problema?" Então abriu um grande sorriso, mostrando a gengiva, como se acabasse de perceber uma coisa. "Ah, entendi. Está bravo porque entrei no seu quarto, não é?"

Estava fingindo; eu deveria ter vasculhado sua bolsa quando tive a chance. Então poderia esfregar a prova na sua cara.

"Até comprei um bolo pra comemorar sua aprovação", ela disse, e depois foi até o balcão da cozinha e me mostrou a caixa do bolo.

"Não precisava", eu disse. "Não é como se eu tivesse passado no exame da ordem."

Titia ergueu a sobrancelha. "Entrar para a faculdade de direito é uma grande conquista. Se a sua mamãe soubesse, daria uma bela festa. Não acha?"

Será que mamãe daria uma festa mesmo? Sempre fora indiferente aos meus estudos. Só queria que eu me formasse e conseguisse um emprego pacato num escritório. O importante era que eu seguisse o caminho traçado por ela, como um animal amestrado. E agora eu sabia quem lhe fornecera o mapa. Era essa mesma mulher que agora sorria como uma idiota e me oferecia uma droga de bolo, perguntando: "Não acha?".

Sim, aquelas duas haviam elaborado um plano para aprisionar o terrível predador pelo resto de sua vida. Um plano que lhe permitiria viver *sem machucar a si mesmo e sem machucar aos outros*. Como resultado, eu continuava uma criança que não podia viajar sozinho nem voltar para casa depois das nove.

"Vamos esperar o Hae-jin voltar para comer o bolo?"

Não respondi.

"Vai ser mais divertido com ele, não acha?" Ela respondeu à própria pergunta e foi até a geladeira. Li nas entrelinhas: ela ficaria aqui até Hae-jin voltar.

"Sua mãe ainda não ligou, certo?", perguntou, colocando o bolo na geladeira.

"Não." Sentei num banco junto ao balcão, de onde podia controlar os movimentos de titia sem ter que me contorcer.

"Nada ainda, não é?" Fingiu examinar o interior da geladeira e então perguntou, simulando casualidade: "Ela saiu de carro?".

O carro de mamãe devia estar na garagem. Titia com certeza o viu, ao estacionar seu próprio automóvel. Mas não caí na armadilha.

"Dei uma olhada ontem na garagem. Ela deixou o carro."

"Sua mamãe saiu sem carro, então?", ela perguntou, soando incrédula.

Mamãe era o tipo de pessoa que não sai de casa a pé. Se pudesse, iria de carro até para o além. Mas agora eu não podia voltar atrás.

"Talvez tenha ido de carona com alguém."

"Quem?"

"Se eu soubesse, teria entrado em contato."

Titia fechou a porta da geladeira e veio em minha direção, com o rosto gentil e paciente. Que expressão ela faria se eu ficasse nervoso ou enfurecido? "Mas, Yu-jin...", ela disse, em tom benevolente. "Por que será que ela trancou o quarto? Sempre tranca quando vai viajar?"

Estava prestes a responder que sim, mas lembrei meu encontro com Hae-jin ontem, quando eu estava no quarto de mamãe. Não sei se Hae-jin chegara a dizer isso à titia, mas preferi não arriscar.

"Eu mesmo tranquei."

"Você?" Estava me olhando fixo agora.

"A polícia passou aqui ontem à noite."

"A polícia?" Contraiu a boca e arregalou os olhos, numa típica simulação de surpresa. Teria sido mais convincente se optasse por uma expressão menos óbvia.

"Alguém fez uma falsa denúncia de furto."

"É mesmo? Sabe quem fez a denúncia?" Decerto, ela queria saber que tipo de conversa eu tivera com os policiais. Resolvi pressioná-la.

"A denúncia foi feita de um telefone público perto da avenida In-hang. Parece que vão descobrir logo. É só verificar a câmera de segurança. Pedi que me avisassem quando descobrirem."

Titia pareceu prestes a dizer alguma coisa, mas manteve o silêncio.

"Imagino quem terá feito isso", acrescentei, só para deixá-la nervosa.

Nós nos encaramos por um tempo. Titia evidentemente percebeu que eu já sabia quem chamou a polícia. A conversa estava acabada.

"É por isso que trancou a porta do quarto?"

"Quando subi para pegar minha identidade, eles entraram no quarto da mamãe. Tranquei-o para que não fizessem isso de novo, caso voltassem mais tarde, e Hae-jin estivesse sozinho em casa."

Titia estreitou os olhos. Não acreditara em uma única palavra.

"Você tem a chave do quarto?"

Olhei o armário das chaves. Foi quase um reflexo. Titia acompanhou meus olhos.

"Pode abrir?"

"Por quê?"

"Queria me lavar. Vim para cá assim que consegui, e não deu tempo nem de lavar o rosto."

Mas, pelo visto, tivera tempo de sobra para se encher de colares. Apontei o lavabo com o polegar.

"Pode lavar o rosto ali."

"Esse é o banheiro de Hae-jin", ela retrucou. "Aliás, tenho que pedir sua permissão para tudo? Você não acha que está autoritário demais? Só porque sua mãe viajou, não quer dizer que a casa é só sua." Falou isso em tom de brincadeira, mas seus olhos não estavam rindo. Eu também não ri, é claro. Queria lhe perguntar quem ela pensava que era. Nesta casa, era uma visitante, nada mais. Titia pegou a bolsa e o casaco e ficou parada na minha frente. Era uma ordem tácita. Não sairia dali enquanto eu não abrisse a porta. Parecia saber que havia algo errado no quarto principal.

"Yu-jin", ela disse com firmeza. Levantei-me. Fui ao armário buscar a chave e abri a porta.

"Obrigada", ela disse, entrando. "Não se preocupe comigo. Vou me lavar e dormir um pouco até Hae-jin voltar. Quase não dormi ontem à noite." Fechou a porta na minha cara. Ouvi o correr do trinco. Depois, não escutei mais nada. Talvez ela estivesse também junto à porta, querendo captar meus movimentos. Joguei as chaves no armário e fui para a sala. Não queria deixar titia sozinha. Ela poderia bisbilhotar e descobrir algo que eu tivesse deixado para trás.

Fui até os fundos, ajustei a lavadora na função de secagem e voltei para a sala. Fiquei no sofá, zapeando os canais. Em minha tela mental, eu acompanhava os movimentos de titia. De certo havia largado a bolsa na escrivaninha. Em seguida deve ter pendurado o casaco na cadeira. E depois? Depois, começou o que realmente viera fazer aqui. Imaginei-a entrando no quarto de vestir, investigando o banheiro. Depois, iria ao escritório. De volta ao quarto de vestir, abriria o armário, estudando os objetos na penteadeira e nas estantes. Cosméticos, perfumes, o secador de cabelo, chapéus, bolsas, malas, mochilas. Não acharia nada de suspeito; não tinha como adivinhar quais objetos mamãe levaria numa viagem. Sem encontrar nenhuma pista, voltaria à escrivaninha e abriria a gaveta. Tateei a memória. O que havia lá dentro? O diário, canetas, um grampeador, o estojo dos óculos, uma carteira vermelha. Aí meu pensamento se deteve. Já podia ouvir a próxima pergunta de titia: *Sua mãe costuma viajar sem a carteira?* Então lembrei que mamãe guardava a carteira de motorista e o cartão do banco na capa do celular. Boa resposta. Mas eu só poderia usá-la se titia perguntasse.

Em seguida, ela abriria o armário. Tampouco aí encontraria qualquer coisa suspeita. Eu havia limpado todas as manchas de sangue, disso tinha certeza. A única coisa que me incomodava era o colchão. Eu havia estendido um lençol limpo sobre a cama, mas nada a impediria de puxá-lo e olhar o que havia embaixo. Quais as chances de que fizesse isso?

Na TV estava passando um filme de ação com Kristen Stewart. Deixei o controle remoto na mesa e me estiquei no sofá. Com a mente distraída, acompanhei a história de um funcionário de loja que sonhava em casar com uma amiga. Na verdade, o sujeito era uma espécie de super-herói treinado pela CIA que perdeu a memória. Desviei os olhos da TV ao ouvir o carrilhão batendo. Eram quatro da tarde.

Desde que acordara ontem de manhã, eu não havia pregado o olho. Mesmo assim, não me sentia cansado. Os olhos pinicavam um pouco, mas o corpo parecia leve. O filme era entediante, mas não fiquei com sono. Na noite anterior, eu estava exausto, o que tornava ainda mais misterioso meu atual bem-estar. Era como se o meu corpo inteiro estivesse em alerta máximo. Pensamentos desconexos e emoções oscilantes misturavam-se em minha mente — desespero por não poder voltar a uma vida normal, raiva de minha tia por haver me rotulado como potencial criminoso quando eu era só uma criança, raiva contra mamãe por não ter me dado escolha, fragmentos dos assassinatos que bruxuleavam como carvão em brasa, o pressentimento de que jamais esqueceria o prazer pleno e esfuziante que senti com a mulher do brinco de pérola.

Alguém disse que o ser humano passa um terço da existência sonhando, e que vivemos uma vida paralela nesses sonhos. Lá, todos os desejos podem ser realizados, por mais sujos, absurdos ou violentos que sejam. Eu era o tipo de pessoa que jamais enfrentaria alguém cara a cara. Ficava escondido atrás do muro, afiando a faca. Tinha uma lista de gente que gostaria de matar: babacas de quem eu não gostava, babacas que apoiavam os babacas de quem eu não gostava, amigos dos babacas que apoiavam babacas, babacas que diziam "olá" aos babacas que apoiavam os babacas de quem eu não gostava... De noite, quando eu estava de mau humor, ficava imaginando todos aqueles babacas enfileirados à minha frente, convocava-os um por um e lhes cortava a garganta. Titia talvez chamasse isso de pornografia de psicopatas.

A primeira vez que tive um sonho pornográfico foi no ensino fundamental. Meu alvo era o babaca que me derrotou no torneio de natação por 45 centésimos de segundo. Como mamãe escreveu no diário, passei a noite me contorcendo e gemendo. Em algum momento caí no sono e acordei com uma poluição noturna.

Aquilo se repetiu várias vezes. Eu não me sentia nem um pouco culpado. Os sonhos eram apenas metáforas de meus desejos ocultos. Nos sonhos, a gente faz tudo o que deseja, e coisas inimagináveis acontecem por conta de nossos desejos. Isso acontece com todas as pessoas, e eu me sentia perfeitamente normal. Não percebi nada de errado em meus desejos até a noite em que encontrei a mulher do anel brilhante, em agosto passado, quando seu carro quebrou.

Naquela época, eu já havia me cansado dos sonhos pornográficos. Mas o encontro com aquela mulher petulante desencadeou um incêndio. Por causa dela, comecei a sair à noite. Em minha sexta saída, fiz o que fiz. Por culpa daquela mulher, eu agora estava encurralado. Precisava elaborar uma explicação convincente, para o caso de ser apanhado. Ninguém acreditaria se eu dissesse que estava apenas repetindo coisas feitas nos sonhos, sem perceber que era o mundo real; que mamãe descobriu e tentou me matar; que tive de matá-la para me defender. Sim, fiz tudo isso, mas não significa que eu seja uma má pessoa. Ninguém aceitaria esse argumento, é claro. Restava-me fugir, mas então... Meu coração acelerou. Um pensamento instintivo agitou-se nas profundezas do meu cérebro, mas não o fisguei naquele momento; deixei-o lá, meio oculto, para examiná-lo em outra ocasião.

O telefone tocou. O nome de Hae-jin apareceu na tela. Atendi.

"E aí, está ocupado?", ele perguntou, com voz ofegante. Ele é que parecia estar ocupado, não eu. No fundo, vários sons se misturavam. Buzinas, chiados de pneus, pessoas conversando.

"Estou vendo um filme. Por quê?"

"Comprei a passagem de trem para as 18h45. Tive de resolver uns assuntos aqui."

"Só vai chegar às nove, então?"

"Chego a Yong-san às 20h30. Então só vou chegar aí depois das dez." Seu tom de voz era de arrependimento. "Será que pode me fazer um favor?"

Que favor era esse? Por que estava enrolando tanto?

"Fala." Peguei o controle remoto e comecei a zapear. Todos os canais estavam exibindo cenas relacionadas à comida; parecia combinado. Num programa, um homem comia uma costela marinada; em outro, alguém fatiava um filé de boi; em uma novela, dois soldados preparavam barriga de porco no carvão. Todos os seres vivos, desde o momento em que nascem, aprendem a sobreviver — e parte desse aprendizado é a capacidade de esperar. Há o tempo de comer, e há o tempo de aguardar que a fome se anuncie. Os seres humanos são os únicos animais que não aprendem a passar fome. Comem a qualquer hora, em qualquer lugar, e comem de tudo, e adoram falar sobre comida o tempo inteiro. Essa obsessão por comida não é muito diferente da pornografia de psicopatas. Dentre todas as criaturas da Terra, o ser humano é o mais impaciente com seus desejos.

"Sabe aquela minha coleção de filmes do Leste Europeu? Está na prateleira de DVDS, no meu quarto", ele disse.

"Sim."

"Ali deve ter um filme chamado *Dual*. Será que podia pegá--lo e deixá-lo no quiosque do Yong?"

Por que me dava essa missão absurda logo agora? Irritado, não respondi nada. Como se pudesse ler meus pensamentos, Hae-jin acrescentou uma longa explicação.

"É que o diretor de *Aula de reforço* está precisando desse filme, mas não posso ir buscá-lo porque estou em Mok-po. Mas, por sorte, parece que ele vai passar pelo quebra-mar em Gun--do com o pessoal da produtora. Se você deixar o DVD com o sr. Yong, eles podem pegá-lo lá."

"Se eles vêm para esse lado, por que não pede para passarem aqui em casa?" Olhei de relance para o quarto de mamãe.

"É que ele vai de carona, com um grupo grande, e talvez fique meio complicado."

"E se o quiosque estiver fechado? Vou ter que ficar esperando?"

"Está quase sempre aberto a esta hora." Hae-jin soava decepcionado. Parecia dizer: *Fui até a ilha de Yeong-jong por sua causa, e agora você não pode ir até o quebra-mar, que fica aí perto?* "Mas, se estiver ocupado, não tem problema."

Eu quase disse "É, estou ocupado mesmo", mas me contive. Levaria no máximo vinte minutos para ir e voltar, se fosse correndo. Mamãe sempre dizia que temos de retribuir os favores. Além do mais, se eu me recusasse, acabaria despertando alguma suspeita.

"Não, está bem, eu vou lá rapidinho. Não tenho nada para fazer mesmo."

"Não precisa correr", Hae-jin agora soava mais animado. "Eles só vão passar lá daqui a meia hora. Explique direito ao sr. Yong."

Desliguei o telefone, fui ao quarto principal e grudei o ouvido na porta. Não ouvi nenhum barulho. Neste momento, titia não estava bisbilhotando. Talvez tivesse apanhado um livro no escritório para ler na cama. Ou então, fez o que havia dito: lavou-se e dormiu. O que mais poderia estar fazendo no quarto? Achei que não havia risco em dar uma rápida saída.

Não demorei a achar o DVD no quarto de Hae-jin. Estava exatamente onde ele dissera. Abri devagar a porta do vestíbulo e peguei meus tênis. Se eu saísse pela porta principal, a trava eletrônica faria um bipe, e titia talvez percebesse que o guardião da casa se ausentara. Por isso, fui ao segundo andar. Tranquei meu quarto, vesti a jaqueta, guardei no bolso a chave de casa e o cartão magnético. Deixei uma fresta na vidraça e saí para o terraço. Quando pisei na escada de emergência, Hello começou a latir, então desci ao nono andar e peguei o elevador, receando que o maldito cachorro acordasse titia. Desci ao térreo sem nenhuma parada.

Nuvens cor de chumbo encobriam o céu. Iria chover em breve. Enquanto me dirigia ao portão lateral, uma súbita inquietude me deteve. Tive o pressentimento de que deixara passar algo importante. Continuei andando, tentando determinar o que me incomodava. Só percebi quando já passara pelo portão lateral. Uma das muitas vozes que se alternavam em meu cérebro gritou de repente: *E se isso for um plano da titia?* Estaquei. Uma rajada de vento fustigou meu rosto. Era como se eu acabasse de levar uma bofetada. A mesma voz continuou gritando, num alarme frenético: *Quanto tempo ela levaria para vasculhar a casa inteira?*

Olhei para trás com a visão embaçada. Respondi à minha própria mente: *Dez minutos. Ela levaria dez minutos.*

O elevador ainda estava parado no primeiro andar. Saí no nono andar e subi o último lance pela escada. Ouvi Hello rosnar; mesmo assim, passei bem devagar. Queria provocá-lo a latir com ferocidade; isso talvez chamasse a atenção da titia. Queria que ela interpretasse o sinal. Mas, logo agora, Hello não parecia muito interessado em mim. O rosnado diminuiu até sumir. Merda de cachorro inútil.

Digitei o código na fechadura. A lingueta estalou. Fui até a porta do vestíbulo, sem ouvir nenhum movimento na casa. Deixei o DVD no balcão da cozinha e fui até a porta do quarto principal. Testei a maçaneta com todo o cuidado. Estava trancada. Grudei o ouvido na porta. Nada. Pelo visto, ela estava dormindo. Senti um alívio momentâneo. *Você está paranoico. Imaginando coisas. Hae-jin nunca ficaria do lado da titia.*

Virei-me, olhei a porta do quarto de Hae-jin, e um novo pressentimento apunhalou minhas entranhas: *Tem certeza?* O melhor era investigar para ter certeza.

Entrei em seu quarto e fui direto à porta que dava para o closet de mamãe. Abri a porta do banheiro, examinei a pia, a banheira, o piso. Não tinha um pingo de água em lugar algum. O vaso estava com a tampa aberta, exatamente como eu a deixara ontem de manhã. A única diferença eram os chinelos. Eu os deixara apoiados contra a parede, meio de pé, mas agora estavam no chão. Ou seja, titia estivera no banheiro — talvez procurando alguma coisa, ou para telefonar sem que eu a ouvisse do corredor.

Dei meia-volta e retornei à porta do quarto principal. Das duas, uma: ou titia estava lá dentro, ou não estava. Se estivesse, eu precisaria de um pretexto para entrar no quarto. Pensei em algo para dizer. Vim procurar uma coisa na escrivaninha da mamãe; entrei sem bater porque não queria te acordar. Não, essa desculpa era péssima. Talvez o melhor fosse entrar sem nenhum pretexto, exatamente como titia fizera ao invadir meu quarto.

Girei a maçaneta. Abri uma fresta, lentamente. Por favor, esteja aí dentro. Dormindo, acordada, fazendo abdominais pelada no chão, tanto faz. Simplesmente esteja aí dentro. Um escritor famoso não escreveu que os problemas da humanidade começaram porque não conseguimos ficar quietos num quarto sem fazer nada?

Entrei no quarto. Estava deserto. Em minha testa uma veia começou a latejar. Então ela saiu mesmo. Minhas orelhas formigavam e o rosto ardia. Pontadas de dor se espalharam pelos músculos das costas e das pernas. Uma torrente de sons se misturou em meus ouvidos. Carros circulando ao longe, uma criança rindo em algum lugar do condomínio, o zumbido da geladeira, o pulsar do sangue em minhas têmporas. Agora eu sabia que esses sintomas não prenunciavam uma convulsão; eram os efeitos da excitação repentina, de um impulso que não me deixaria em paz até que eu me entregasse a ele.

Parei diante da escrivaninha. Como imaginei, o casaco estava pendurado na cadeira. E a bolsa, sobre o tampo. Não havia como saber se titia vasculhara a gaveta. Todas as coisas pareciam estar nos seus devidos lugares, inclusive a carteira. Contudo, as cortinas da sacada estavam entreabertas. O cobertor sobre a cama estava levemente enrugado. Titia não havia se deitado: erguera-o para examinar o colchão.

Arranquei o cobertor. Por baixo, o lençol elástico estava solto. Isso significava que ela vira as marcas de sangue? Não bastaria tirar a roupa de cama; ela teria de erguer o colchão e olhar a parte de baixo, pois eu o havia virado antes de estender as cobertas. Caso tivesse visto as manchas, o que ela faria em seguida? Iria ao banheiro, telefonar para Hae-jin. O que terá dito? "Acho que Yu-jin matou a mãe de vocês"? "Preciso vasculhar a casa; ajude-me a tirar Yu-jin daqui"?

E aí, está ocupado? Recordei a voz de Hae-jin: ofegante. Seria cansaço ou excitação? Falara um tom acima do normal; na verdade, parecia estar de bom humor. Se tivesse ouvido notícias sobre a morte de mamãe, sua voz estaria muito diferente. Hae-jin não saberia fingir numa situação dessas. Além disso, ele não se dava assim tão bem com titia. Não acreditaria em qualquer coisa que ela dissesse. A menos que, durante todo esse tempo, eles estivessem de conluio, sem que eu soubesse.

Talvez titia o tivesse encarregado daquela missão sem dar maiores explicações; talvez Hae-jin houvesse obedecido por simples instinto de hierarquia. Seja como for, isso significava que ele havia colaborado com ela.

Tranquei a porta do quarto principal e fui até a sala. Abri o armário. As chaves não estavam mais lá. Titia fizera o que eu temia. Eu esperara, em vão, que ela optasse por outro caminho, mas ela fora exatamente aonde não deveria ter ido. Contudo, eu não queria correr ao andar de cima para detê-la. Estabeleci um limite de tolerância: a vidraça do terraço. Tia, não chegue perto daquela porta. Não vá ao terraço. Pelo meu bem. Pelo seu bem.

Ouvi um barulho abafado e compreendi que estava sem sorte. Era a porta de vidro que se fechava sem o devido cuidado. Aquele ruído me fez compreender o que estava para acontecer, e meu coração começou a dar pulos. Já não bastava a desgraça em que minha vida se transformara? Agora eu fora arrastado a um beco sem saída e precisava tomar uma decisão.

Subi as escadas devagar, em silêncio. Sentia estar flutuando fora do corpo, como naquele momento em que carregara mamãe pelas escadas. Parei junto à porta do meu quarto e testei a maçaneta. Estava destrancada. Como supus, titia não estava lá dentro. As chaves jaziam sobre a escrivaninha. Não senti nenhuma corrente de vento; era sinal de que a vidraça do terraço estava totalmente fechada. O diário de mamãe continuava na gaveta, mas agora estava aberto. Titia fora bastante rápida nos dez minutos de que dispunha.

Fui à vidraça e entreabri as cortinas. Ela estava no terraço, celular à mão, usando meus chinelos, virada para a pérgula. Os cabelos pintados de vermelho se agitavam ao vento. Seus ombros tremiam — de frio, ou de medo. Notei que estava indecisa. Sabia o que devia fazer: abrir a tampa da mesa. Porém, hesitava.

Mamãe estava no balanço, olhando para o céu, a boca de Coringa muito aberta, os pés tamborilando no piso de madeira. O vestido branco dançava ao vento. Ela não parecia assim tão mal; se bem que só eu conseguia enxergá-la.

Titia prendeu uma mecha rebelde atrás da orelha. Eu a fitava, implorando silenciosamente: Ainda dá tempo. Por favor, volte para dentro. De repente, ela avançou em direção à pérgula, pisando uma a uma nas pedras do lajeado. Deu dois, três passos; pausou no quarto. Ergueu o celular e olhou-o por um tempo. Talvez estivesse tentando decidir entre duas alternativas: ligar para a polícia ou continuar procurando.

Eu também hesitava entre dois caminhos. Podia chamar a titia agora, fazê-la voltar para o quarto. Podia sair no terraço e fazer o que tinha de ser feito. Essa decisão resolveria também outra dúvida: entregar-me à polícia ou fugir. Minha razão sugeria a primeira alternativa, mas o instinto preferia a segunda. Fosse qual fosse a decisão, não poderia voltar atrás. Tampouco havia tempo para pensar. Era preciso decidir antes que titia cruzasse as cinco pedras que a separavam da pérgula. Continuei com os olhos fixos nela, suplicando, num sussurro, que não avançasse mais. Ou talvez estivesse sussurrando para mim mesmo. Eu fizera tudo o que podia; lhe dera todas as chances para escapar. Meu único erro fora deixar me enganar por Hae--jin, meu honesto irmão. Se eu não tivesse saído de casa, isso não estaria acontecendo.

Finalmente, titia chegou à pérgula. Ficou de costas para o meu quarto e parou bem na frente da mesa. Afastei-me da vidraça por um instante, tirei a jaqueta e o colete, deixei-os em cima da escrivaninha e peguei a navalha da gaveta. Abri a vidraça e saí no terraço, sentindo-me leve. No momento em que meus pés encostaram no lajeado frio, uma coisa estranha aconteceu. Mamãe, que até então estivera no balanço, começou a se esvanecer. Contorceu-se, desmanchou-se e derreteu feito uma boneca de borracha no fogo. Por fim, até seus restos derretidos se desfizeram numa voluta de fumaça preta, e os pés que batiam no piso encerraram sua longa performance musical. O balanço também ficou imóvel; seu ruído cessou. No assento, havia apenas uma folha morta. Não sei de onde veio.

Titia também desapareceu. A coisa que estava na pérgula, de costas para mim, não era mais minha tia. Era uma presa, uma presa traiçoeira, que me amedrontou e me perseguiu, que manipulou minha mãe e a fez arruinar minha vida. Agora tudo estava silencioso. O sangue parou de latejar. A respiração normalizou-se. O coração batia normalmente. A bola de tensão em minha barriga se dissipou. Meus cinco sentidos se aguçaram como lâminas. Embora alguns metros nos separassem, eu escutava claramente a respiração ofegante e úmida da criatura amedrontada. O universo me oferecia aquela vítima indefesa, e infinitas possibilidades se abriam à minha frente.

Comecei a atravessar o lajeado. Pisei na segunda pedra do pavimento. Caminhava em silêncio, mas não me importava se a criatura notasse minha aproximação. Mais cedo ou mais tarde, ela teria de me olhar nos olhos. Eu estava até curioso: o que ela faria? Vai me atacar? Fugir? Gritar?

Parei na última pedra do lajeado. Apenas um passo me separava da pérgula. Mesmo assim, a presa não me notou. Talvez toda a sua atenção estivesse concentrada no dilema à sua frente. Seu radar parou de funcionar. Estava imóvel, sem me notar, mal respirando. Como a moça do brinco de pérola, ontem à noite.

Finalmente, ela voltou a respirar. Estendeu o braço, mas o afastou assim que os dedos roçaram a mesa — como se a mão houvesse tocado algo quente. Parecia saber com certeza o que encontraria ali dentro. Cruzei as mãos atrás das costas. Teria de esperar até que ela destampasse a mesa, ou me visse.

Não faltava muito agora. Ela guardou o celular no bolso de trás, respirou fundo algumas vezes e se aproximou da mesa novamente. Dessa vez, usou as duas mãos. Com um gemido pesado, a tampa deslizou. Então a criatura ficou imóvel, olhando o compartimento da mesa.

Eu sabia o que ela estava vendo. Primeiro, o plástico branco, o saco de adubo, o ancinho, a tesoura, a pá, o serrote, o vaso vazio e os pequenos recipientes. Depois, a mangueira de borracha, o serrote elétrico, a lona azul. Talvez houvesse algumas gotas de sangue. Eu lavara a tampa, mas não me dera ao trabalho de limpar o interior. Não imaginava que alguém fosse abrir a mesa tão cedo. A presa começou a tirar alguns objetos com ambas as mãos: a mangueira, o serrote. Finalmente, ouvi o barulho da lona sendo erguida. A criatura soltou o ar dos pulmões num sibilo curto. Jogou a cabeça para trás e recuou, como se tivesse levado um soco. O cabelo se soltou e ficou desalinhado. Os ombros dela começaram a balançar. Sua respiração agora parecia um motor de moto. Talvez tenha se deparado com o Coringa. Ou então mamãe a fitou nos olhos, como fizera comigo na manhã de ontem. Se ela tivesse me visto antes de levantar a lona, eu teria lhe dado um conselho: comece tirando os potes; é ali que estão os pés.

A presa oscilava, como se estivesse prestes a desabar. Apoiou-se na borda da mesa e puxou o celular da calça jeans. Mas o telefone escorregou de suas mãos e caiu no chão, espatifando-se em dois pedaços. A peça central foi parar embaixo do balanço, e a bateria saltou até os meus pés.

A presa correu desesperada até o balanço e pegou a peça principal, depois se virou procurando as partes que faltavam. Sua mirada frenética deteve-se ao encontrar meus olhos. Por um instante, parecia mais confusa que amedrontada. O celular caiu de novo.

Abri a navalha com as mãos nas costas.

"O que está fazendo?"

A criatura balançou a cabeça, contraiu os lábios ao finalmente ver o que eu tinha nas mãos. Sem deixar de encará-la, apanhei a bateria do chão.

"Não ia chamar a polícia?" Subi os degraus da pérgula. Ela recuou, os olhos grudados na navalha em minha mão direita. Um som desarticulado saía de sua garganta — um gemido, um grito, era difícil dizer. Em todo caso, era o som de uma criatura que compreende seu destino.

Eu me sentia triste. Seria ótimo se ela tivesse experimentado esse mesmo terror dezesseis anos atrás. Se tivesse demonstrado um pouco de consideração pela vida daquele pobre menino, esta hora não haveria chegado. Não estaríamos um diante do outro, perante a fatalidade inevitável. Mas era tarde demais agora — embora naquela época ainda fosse muito cedo.

"Tudo bem, pode chamar." Ofereci a bateria, dando um passo à frente.

Ela recuou, balançando a cabeça.

"Vamos. Ligue e conte tudo para a polícia. Conte que resolveu tratar de um pequeno psicopata dezesseis anos atrás, que o enganou dizendo que tinha epilepsia, que o obrigou a tomar uma merda de remédio, que usou sua mãe para controlar todos os seus passos, que o impediu de fazer o que mais queria na vida, até que um dia ele enlouqueceu mesmo, matou a mãe, e está prestes a matar você." Dei um passo à frente, como um louva-deus. "Conta pra eles, sua vagabunda."

A presa recuou mais um passo, mas o calcanhar do chinelo ficou preso no madeirame do chão. Ela resvalou, estendendo os braços, tentando se agarrar a alguma coisa. Suas mãos não encontraram apoio, e o corpo projetou-se para trás, tropeçando para fora da pérgula. Num instante, dois metros de distância se abriram entre nós. Ela não deixou escapar essa pequena oportunidade. Virou-se e correu, chorando, em direção à porta de metal. Saltei rápido em direção a ela, enterrando os joelhos em suas costas. Agarrei-a pelos cabelos e torci sua cabeça para trás. Uma palavra emergiu da boca da criatura, a última palavra que ela pronunciaria sobre a terra:

"Yu-min!"

Uma floresta negra abriu-se dentro de mim. O tempo ficou mais lento. Observei o movimento de minha própria mão puxando a cabeça da criatura, observei a navalha deslizando sob o queixo esticado, a garganta se abrindo como um zíper, o sangue jorrando para todos os lados como uma rajada de metralhadora, os projéteis vermelhos cobrindo o piso. Com o rosto encharcado de sangue quente, pensei na última palavra que a coisa dissera.

Yu-min? Soltei o cabelo dela; a cabeça caiu no chão com um baque surdo. Por que ela disse Yu-min?

IV
A origem das espécies

"Yu-min!" Era a voz de meu pai, um grito de desespero.

Abri os olhos, assustado. Meus ouvidos doíam, minha cabeça girava. Onde eu estava? Após um tempo, o zumbido nos ouvidos arrefeceu e percebi que estava em minha cama. Não sabia por quanto tempo dormira, mas ainda não era noite: uma luz vaga se infiltrava pela cortina.

Não conseguia recordar o sonho, mas a voz de meu pai continuava nítida em minha mente. Era a primeira vez que escutava meu pai em um sonho. Havia muito tempo eu não lembrava seu rosto, nem sentia saudade. Ele deixara de existir para mim quando eu tinha nove anos. Não estava em minha memória, nem em minhas emoções. Mesmo assim, reconheci imediatamente sua voz, como se tivesse continuado a escutá-la por todos esses anos.

Mas *como* eu sabia que a voz era dele? E por que disse "Yu-min", em vez de "Yu-jin"? E por que meu pai gritava agora, em vez de mamãe? Levantei a cabeça e olhei para o relógio. Uma hora e quarenta e um minutos. Virei-me para a vidraça do terraço. Estava muito claro. Então era uma e quarenta e um da tarde, e não da madrugada.

Recordei que, antes de dormir, olhara o relógio; eram nove e meia da noite. Dormi dezesseis horas corridas, tirando o atraso de dois dias sem sono. Ao me deitar, queria só tirar uma soneca antes que Hae-jin chegasse. Mexi as pálpebras ressecadas e me levantei. Abri a cortina. O céu cinzento preencheu meu campo de visão. Uma gaivota prateada voava baixo. O sol estava escondido, mas claramente já era início da tarde.

O balanço estava vazio. Parece que mamãe sumiu de vez. Eu não sabia por que ela apareceu ali, nem por que desapareceu, mas senti uma tristeza esquisita. Era como se o cordão umbilical finalmente tivesse sido cortado. Eu havia realmente cruzado a fronteira; o antigo Yu-jin ficara do lado de lá: ele, que era capaz de viver com outros seres humanos, ele, que acreditava ser uma pessoa comum. Tudo isso havia acabado. Uma linha fora atravessada, e agora não havia mais retorno. A única opção era seguir em frente.

Agora eu entendia por que havia apagado aquele período de duas horas e meia, quando matara duas pessoas. No momento em que lembrasse, teria de abandonar o mundo onde nasci e cresci. Minha vida anterior estaria terminada. E eu não estava preparado para partir. O esquecimento era a única maneira de lidar com o irremediável.

Por outro lado, eu me lembrava de quase tudo o que acontecera na noite anterior. Passei muito tempo ao lado de titia, vagando pela floresta negra em meu interior, voando pela névoa como uma borboleta que acabara de sair da crisálida. Uma luz vermelha brilhava no fundo do nevoeiro, me alertando de algum perigo, mas não lhe dei atenção. Um calor adocicado e violento me fazia saltar para alturas luminosas. As estrelas estavam cada vez mais próximas.

Voltei à realidade de repente com uma voz que ressoava como trovão: *Está frio, está escuro, o cadáver está congelando, Hae--jin vai voltar logo. Precisa limpar essa bagunça. Vamos!* Olhei ao redor, perplexo com a cena que eu próprio havia criado. Olhei para titia, que estava de bruços no halo projetado pela lâmpada da pérgula; olhei para mim mesmo, encolhido ao seu lado; olhei as poças de sangue no chão. Uma névoa molhada descia do céu noturno. O vento lamuriava. As estrelas desapareceram;

restava seu vago reflexo no piso, mas até isso se dissipava, como faíscas morrendo.

Tentei me levantar, apoiando as mãos no chão, mas caí sentado. Passara muito tempo encolhido e estava sem forças. Só então percebi que meu corpo estava gelado. A exaustão se despejou sobre mim feito uma onda. Senti vontade de me esticar no chão e dormir ali mesmo. Foi então que vi a grande cesta de borracha junto à pérgula. Era ali que eu enfiara titia. Escolhera a opção mais prática, assim como havia feito com a moça do brinco. O terraço se transformou no túmulo da minha família. Mamãe estava enterrada no centro, titia estava à direita. Um riso vago me escapou da boca. Como eu iria preencher o lado esquerdo?

Abri a torneira e usei a mangueira para limpar o chão. Esfregando os olhos sonolentos, recolhi os pedaços do celular. No banheiro, após tirar as roupas ensanguentadas, meu corpo estava tão rijo de frio que mal conseguia segurar o frasco do xampu. Após dez minutos debaixo da água quente, consegui a muito custo mexer as mãos. Depois de tomar banho, limpei a navalha e a guardei na gaveta, então desci ao primeiro andar e coloquei as roupas ensanguentadas na máquina de lavar. No armário do quarto principal, guardei o cobertor recém-tirado da máquina.

Em seguida, coloquei luvas descartáveis e cuidei dos vestígios de titia. Com um lenço úmido, apaguei minhas digitais do celular, montei-o e coloquei-o na bolsa. Com o casaco dela, embrulhei sapatos e bolsa para em seguida escondê-los numa maleta no closet. Pensei em trocar os colchões de novo, mas mudei de ideia. A menos que titia tivesse dito alguma coisa, Hae-jin não teria motivos para verificar o colchão de mamãe. E, francamente, seria uma tortura arrastar aquele colchão enorme até o segundo andar.

A essa altura, a exaustão era extrema, e eu me movia apenas com a força da mente, quase desmaiando. Por isso, não lembro direito como terminei de arrumar a bagunça. Não sei se tirei as roupas da máquina, se tranquei o quarto de mamãe, se devolvi as chaves ao armário. Seria impossível esperar Hae--jin acordado. Já estava dormindo em pé ao subir as escadas.

Será que Hae-jin já estava em casa? Disse que voltaria ontem à noite. Mas como terá entrado no condomínio? Ontem não tive cabeça para revistar a bolsa de titia, mas não acreditava naquela história de haver entrado com outro morador. Hae--jin deve ter lhe dado o cartão magnético. Mas, nesse caso, teria de apertar o interfone para entrar. Não me lembro de ter aberto o portão para ele. Talvez tenha pedido ajuda a algum vizinho — à dona do Hello, quem sabe. Imagino, então, que tenha vindo ao meu quarto, furioso por eu não ter levado o DVD ao Yong; mas me viu dormindo e desistiu de brigar. Teria ido dormir em seguida?

De repente, senti fome. Desci para encher a barriga e ver como as coisas andavam. Ontem meu corpo era um fardo terrível, mas agora eu me sentia leve. Embora não comesse nada desde o dia anterior, transbordava de força e energia. Meu humor também estava muito melhor. Nada se resolvera, ainda, mas senti uma onda de otimismo me envolver. Eu conseguiria dar um jeito nas coisas. Tudo era possível.

O andar de baixo estava silencioso. Hae-jin devia estar em seu quarto. De tempos em tempos, eu escutava sons vindos de lá. Provavelmente estava assistindo a um filme. Ou editando os vídeos que fez ontem. A porta do quarto principal estava trancada. A chave estava no seu devido lugar. Na cozinha, senti um cheiro delicioso de sopa de feijão; Hae-jin havia preparado o jantar. Fui à área dos fundos. Minhas roupas não estavam mais na lavadora. Tentei lembrar se as colocara para secar ontem à noite. Será que as levei para o quarto?

"Acordou, enfim?"

Hae-jin estava em pé, na entrada da cozinha. Parei junto à pia.

"A que horas você chegou?", perguntei.

"22h30, mais ou menos. Você já estava dormindo."

Hae-jin acendeu o fogão.

"Entrei no seu quarto, mas você nem notou. Estava dormindo como uma pedra."

Como imaginei, ele foi ao meu quarto, depois desceu. Tentei lembrar se haveria algo de suspeito em meu quarto. Será que ele encontrou alguma coisa?

"Pode pegar os acompanhamentos?", ele perguntou. "Vamos comer. Achei que fosse morrer de fome. Estava esperando por você."

"Pode comer primeiro. Eu como depois. Estou sem fome agora."

Hae-jin estava prestes a limpar a mesa com pano, mas se deteve.

"Não está com fome?"

Sim. É claro que eu estava com fome. Mas a minha vontade de evitar uma conversa longa com ele era maior que a de comer. "Só vim tirar as roupas da máquina. Mas não estavam lá. Você tirou de lá?"

"Coloquei na varanda para secar. Como não eram muitas, achei que não precisava usar a secadora."

Assenti. Então ele fez a mais terrível das perguntas:

"Já teve alguma notícia da mamãe?"

"Não, ainda não."

"Ainda não? Será que aconteceu alguma coisa? Um acidente de trânsito ou...?"

"Se tivesse acontecido, teríamos recebido notícias, não acha? Além disso, ela deixou o carro."

Hae-jin me acompanhou com olhos perplexos.

"Mas ela nunca ficou sem dar notícias assim antes."

"Tenho certeza de que vai entrar em contato hoje. Ou voltar."

Saí da cozinha, mas a voz dele me espetou a nuca.

"A titia não disse se mamãe ligou?"

"Não sei. Eu não perguntei."

Hae-jin insistiu.

"E a titia veio aqui ontem? Eu vi o bolo na geladeira. A que horas ela foi embora?"

Parei ao pé da escada e me virei para olhá-lo.

"É que também não estou conseguindo falar com ela. O celular dela ficou desligado o dia todo. Também não atende no número de casa."

E desde quando Hae-jin e a titia eram assim tão próximos? Aquilo me irritou. Sem querer, deixei escapar uma resposta ríspida. "Por que está tão interessado nela? Quer pegar de volta o cartão magnético e a chave de casa?"

"Do que você está falando?" Hae-jin saiu da cozinha e ficou à minha frente.

"Ela chamou você ao hospital anteontem e lhe pediu as chaves, não foi?"

"De onde você tirou isso? Foi ela quem disse?"

Não respondi.

"Pare de ficar fazendo suposições. Você sempre fala como se soubesse de tudo, mas não sabe de nada. Sim, ela me ligou, mas não fui à clínica. Foi uma conversa comprida porque ela fez muitas perguntas. Me perguntou se vi mamãe sair, se fiquei em casa ontem. Depois falamos sobre você, sobre a lista de aprovação. Ela queria fazer uma surpresa e pediu a senha do portão eletrônico. Eu dei a senha, claro. Ela pediu que eu não te contasse nada, e eu concordei."

"Então por que você me pediu pra levar o DVD ao quiosque?"

"Você não sabe? A titia não te contou?" Ele parecia confuso.

Não respondi.

"Eu não queria te fazer de bobo, nem nada", ele se explicou. "A titia me ligou dizendo que não conseguiria preparar a festa em segredo, porque você estava na sala vendo TV. Aí eu me ofereci para te tirar de casa. Achei que ela fosse preparar alguma surpresa, alguma coisa divertida. Eu estava chateado porque não tive tempo de comemorar com você ontem. Achei que a titia quisesse te oferecer uma festa, já que a mamãe está viajando. É verdade, achei um pouco exagerado, mas mesmo assim tentei ajudar."

Ah, sim, com certeza ela exagerou, eu pensei. Na hora de morrer, correu pelo terraço como uma cadela louca. Antes disso, brincou de Deus comigo e com mamãe por dezesseis anos, nos manipulando como fantoches. Eu precisava descobrir por que ela fez isso. Precisava subir ao meu quarto e terminar de ler o diário.

"Mas, quando cheguei em casa e abri a geladeira, encontrei o bolo inteiro", ele continuou. "Vi que ninguém tinha aberto o plástico. Sei que você não gosta da titia… por isso, fiquei meio preocupado. Achei que talvez tivessem brigado. Mas aí, quando cheguei, você estava dormindo. Liguei para a titia, mas ela não atende. Não acha isso muito estranho? Primeiro a mamãe some, agora a titia."

A imagem do cemitério familiar no terraço surgiu na minha cabeça. Fiquei sem saber o que falar. "Não sei. Vai ver a mamãe queria ir sozinha para algum lugar, sem nos dizer."

"E a titia? Resolveu viajar também, sem mais nem menos?"

"Como é que eu vou saber?" Sem notar, eu tinha elevado a voz. "O que você quer que eu faça?"

Hae-jin ficou me olhando, boquiaberto. Não entendia por que eu estava tão bravo.

"Não quero que você faça nada. Só estou preocupado. Acho que precisamos pensar no assunto."

"Muito bem, vou começar a pensar agora mesmo", eu disse, e comecei a subir as escadas. Hae-jin não retrucou; apenas ficou me olhando.

Fechei a porta do quarto com força. O estampido vai servir de aviso a Hae-jin. Não me incomode. Sentei junto à escrivaninha. Não restava muito tempo. Eu chegara ao limite. Estava no fim da estrada. A noite de hoje seria o ponto culminante. Só me restava fazer o que fosse possível. Tinha de tomar uma decisão e agir. Sentia como se estivesse deslizando num escorregador que terminava no inferno. Abri a gaveta e tirei novamente o diário. Procurei o ponto onde interrompera a leitura ontem.

Psicopata? Predador? Como era possível? Enquanto minha cabeça girava na escuridão, relembrei os olhos de Yu-jin "naquele dia". Quando chamei seu nome em frente ao campanário, ele se virou e olhou para mim. Suas pupilas estavam dilatadas e escuras; parecia uma fera excitada. Olhos que cintilavam como fogo.

Hye-won disse que os psicopatas interpretam o mundo de uma forma diferente do resto das pessoas. Não sentem medo, não sentem culpa, não ficam nervosos, não experimentam empatia com os outros. Contudo, conseguem adivinhar com precisão as emoções alheias, e se aproveitam disso para manipular todos ao seu redor. Disse-me que Yu-jin nascera assim.

Eu queria tapar os ouvidos. Isso não podia ser verdade. Por que justo o meu filho? Hye-won disse que o que aconteceu "naquele dia" não foi um acidente. Era o primeiro ato de Yu-jin como predador. Se não fizermos nada, vai se repetir. Deveríamos avisar a polícia. O tratamento psiquiátrico tinha de começar em isolamento completo.

Isolamento? Contraí as mãos. Não queria repetir o erro de três anos atrás. Mas tampouco podia contar a verdade. Mesmo que Hye-won estivesse certa, mesmo que Yu-jin fosse um monstro, ele continuava sendo meu filho. Eu tinha que protegê-lo. Precisava encontrar alguma forma de lhe proporcionar uma vida normal.

Eu implorei a Hye-won. Jurei que faria qualquer coisa; o objetivo de minha vida seria me responsabilizar por ele. Faria o possível para viver mais que ele; assim eu o acompanharia até o fim. Queria arrancar o coração do peito, como prova do juramento.

Hye-won concordou em tratá-lo, com uma condição: eu não poderia lhe esconder nada sobre Yu-jin. Disse que o tratamento seria muito longo. Talvez durasse a vida toda. Tentaria tudo — remédios, tratamento individual, hipnose, terapia cognitiva, terapia grupal. Mas não podia garantir sucesso. Só poderíamos relaxar depois que ele completasse quarenta anos. Segundo as estatísticas, essas tendências se amenizam um pouco após a meia-idade.

O propósito do tratamento não era instilar princípios éticos. Isso seria impossível. Yu-jin jamais aprenderia a diferença entre o certo e o errado, ela disse. O ponto principal era lhe mostrar como calcular ganhos e perdas em cada situação. Eu deveria partir desse princípio ao lidar com ele.

Comecei a tremer, como se estivesse com febre. Hye--won fizera a promessa, como eu suplicara, mas agora eu não sabia o que fazer. Estava com medo, estava confusa, mergulhada nas trevas. Serei capaz de fazer o que Hye-won ordena? Conseguirei esquecer o que aconteceu? Será que um dia voltarei a amá-lo como amei um dia? O medo me consumia, um medo ainda maior que o desespero.

Olhei fixamente para a última frase. Assim como mamãe, eu também estava com medo. Medo de ler a página seguinte. Não sabia o que me assustava, e era um pouco estranho sentir medo a essa altura, depois de todas as merdas que aconteceram. De qualquer forma, eu precisava continuar lendo. Você não pode pular do barco no meio do oceano Pacífico por que ficou enjoado, não é mesmo?

30 de abril, domingo
Yu-jin está dormindo. Um sono despreocupado e profundo. Mas eu não consigo dormir. Já se passaram duas semanas desde "aquele dia". Nesse intervalo, eu me demiti da editora. Passei quase o tempo todo dentro de casa. Tudo o que fazia era ir ao supermercado, preparar comida para Yu-jin, ajudá-lo a trocar de roupa; não fiz faxina, não tomei banho, nem atendi telefonemas. Não me encontrei com ninguém.

Depois do enterro, meus sogros voltaram imediatamente para as Filipinas. Após o funeral, não voltei a falar com Hye-won. Eu passava horas no quarto de Yu-jin, inerte, revivendo o dia 16 de abril. O que teria acontecido se não tivéssemos feito aquela viagem? Nossa vida teria continuado normalmente?

Era a primeira viagem em família em três anos. Queríamos comemorar nosso aniversário de onze anos de casamento. O trajeto foi longo: quatro horas de carro, mais uma de navio. Mas eu não estava cansada. Tudo me parecia ótimo. Os negócios de Min-seok iam de vento em popa. Eu acabara de ser promovida como chefe da sessão de literatura europeia. As pessoas me perguntavam como conseguia trabalhar tendo dois filhos de idade tão próxima, mas eu não achava meu cotidiano difícil. Meus filhos estavam crescendo conforme a personalidade de cada um. Eu gostava de imaginá-los como cores diferentes. Yu-min era a cor laranja — alegre, impaciente, meio desajeitado. Yu-jin, sempre calmo e cordial, era um azul frio.

Yu-min perambulava pelo convés, deixando Min-seok nervoso; Yu-jin, por outro lado, encarava o mar sem falar nada. Só abriu a boca quando estávamos quase chegando. Queria saber qual era o nome da ilha.

Era a ilha de Tan, famosa por seus rochedos em formatos bizarros, incluindo um belo e fascinante penhasco à beira do mar. Fazia pouco tempo tornara-se um local turístico, e a infraestrutura de hospedagem ainda estava se desenvolvendo. Era ainda um lugar isolado, com ar primitivo: os penedos que rasgavam o mar como dentes caninos, as penedias que orlavam a costa, as florestas que desafiavam os ventos, os pássaros voando no vento e as pétalas brancas das macieiras silvestres tombando como nevasca.

Ficamos numa pensão de madeira, na extremidade de um penhasco. Como estávamos na baixa temporada, éramos os únicos hóspedes. A estrada terminava ali e não havia outras pensões, nem casas. Tudo o que se via era o mar e os penhascos cobertos de pinhais. Ouviam-se apenas o grito das gaivotas e o repicar dos sinos no campanário.

A pensão e a torre do sino ficavam frente a frente, em pontas opostas do penhasco, que tinha forma de U. As duas construções tinham a mesma altura e não havia nenhum obstáculo entre elas; por isso, de nosso quarto, era possível enxergar a torre nitidamente. Era como olhar a sala vizinha. O campanário era muito antigo, e a igreja adjacente estava semidesmoronada. O gerente da pensão nos disse que, mais adiante, havia uma aldeia abandonada.

À tarde, o mar recuou, e um campo de areia branca surgiu na concavidade do penhasco. Lá embaixo havia rochas pontudas. Descemos para colher mariscos; achamos quantidade suficiente para preparar um jantar. Min-seok levou os meninos ao campanário enquanto eu preparava a janta no terraço.

Ao pôr do sol, nos reunimos ao redor da mesa. Yu-min ficou ao meu lado, e Yu-jin ao lado do meu marido. Fizemos um brinde a onze anos de brigas e reconciliações; com um brinde, fizemos votos de continuar juntos por mais cinquenta. Foi uma noite feliz. O mar era nosso. Uma fatia de lua pairava no céu, e soprava um agradável vento oeste. Pétalas voavam como borboletas. Meus filhos pareciam criaturas luminosas. Min-seok estava cheio de carinho. Fiquei bêbada e, mais tarde, caí num sono profundo. Havia tempos não dormia daquele jeito.

Acordei ouvindo o badalar do sino. Logo notei que não era o vento que balançava o sino; alguém o puxava com força. O repique soava confuso e atabalhoado, um som que me lembrava o andar de Yu-min; talvez por isso eu tenha achado que ele estava fazendo aquele barulho. Contudo, ao acordar, chamei por Yu-jin. Dê um jeito no seu irmão, eu disse. Yu-jin não respondeu. O sino tocou ainda mais alto.

Algo fez a sonolência se dissipar: não era o barulho, eram meus instintos. Corri ao terraço e vi alguém tocando o sino no alto da torre. O mar batia na metade do penhasco. O campanário, debruçado no abismo, parecia ainda mais frágil que ontem. E lá em cima alguém se apoiava na amurada, puxava a corda do sino e gritava. Não havia dúvidas. Era Yu-min.

Senti que os olhos iam saltar da cabeça. Meus cabelos se eriçaram. Por que Yu-min subiu lá no meio da noite? Por que está tocando o sino desse jeito? Ele não tinha noção do risco que estava correndo. Eu queria gritar: Yu-min, desça, desça daí! Estranhamente, outro nome veio à minha boca: Yu-jin!, eu gritei. Min-seok acordou assustado e veio correndo de pijama.

Nisso, Yu-jin apareceu no alto do campanário. Fiquei aliviada por um instante: ele iria ajudar o irmão, impediria que caísse. Então, algo inacreditável aconteceu. Yu-jin lançou-se sobre Yu-min, deu-lhe socos no rosto e um chute no peito. Pego de surpresa, Yu-min perdeu o equilíbrio e despencou com um berro. Seu corpo desenhou um arco no espaço e desapareceu na base do penhasco. Eu congelei. Não conseguia respirar, como se alguém tivesse cortado minha garganta.

Min-seok saiu correndo da pensão, gritando por Yu-min, só com as roupas de baixo. Corri atrás dele, descalça. Tropecei com força na raiz pontuda de uma árvore e caí, mas logo segui adiante, sem perceber que meus pés estavam ensanguentados. Perdi meu marido de vista e tentei me convencer de que tudo acabaria bem. Min-seok vai encontrar Yu-min. Quando eu chegar lá, os três estarão me esperando, junto ao campanário.

A floresta de pinheiros parecia interminável. A torre, um lugar inatingível. Finalmente cheguei lá e encontrei Yu-jin sozinho. Estava imóvel junto à amurada, olhando o mar lá embaixo. Estaquei. Onde estava Min-seok? Por que está tudo tão silencioso? O que aconteceu? Um gemido escapou da minha garganta. Yu-jin...

Ele se virou e olhou para mim. Seu rosto estava coberto de sangue. Parecia uma fera exaltada, com as pupilas negras e enormes. Parecia haver chamas lá dentro.

Corri até o penhasco, sem poder acreditar. Yu-min havia desaparecido, e Min-seok estava se debatendo nas ondas violentas. Meus ouvidos zumbiam. Aquele momento retornou num lampejo aos meus olhos: Yu-jin esbofeteando o irmão, chutando seu peito. Queria gritar por ajuda, mas não conseguia produzir nenhum som. Fiquei ali parada vendo as ondas erguerem meu marido em sua crista, para então o arrastarem por centenas de metros. A bocarra do oceano lançou-o de um lado para outro e então o engoliu.

O gerente da pensão chamou a guarda costeira e os moradores da aldeia trouxeram seus botes de pesca. Os motores dos barcos ressoaram ao redor do penhasco, junto com os gritos dos pescadores. O gerente pediu que esperássemos na pensão; tudo isso parecia irreal. Continuei na borda do penhasco, esperando que Min-seok surgisse das águas carregando Yu-min. Se minha mente estivesse em seu estado normal, eu saberia que isso era impossível: ninguém conseguiria sobreviver àquelas ondas, nem mesmo um campeão de natação.

Eles só reapareceram na tarde seguinte: mortos. Foram encontrados com duas horas de intervalo. Os pescadores acharam meu marido; Yu-min foi encontrado pela guarda costeira. O gerente telefonou para meus sogros. O pai de Min-seok veio rapidamente e organizou o funeral. Minha sogra desmaiou ao ver o cadáver do filho e foi levada para o hospital.

Quanto a mim, fiquei inerte. Vieram policiais e repórteres, fizeram perguntas, mas não respondi. Após o incidente, Yu-jin dormiu por vinte e quatro horas sem interrupção. Parecia estar em coma. Mesmo quando o sacudi, não acordou.

Hye-won foi a última da família a chegar. Disse que Yu--jin estava em choque por ver o irmão e o pai morrerem diante de seus olhos. Recomendou que eu o deixasse acordar por conta própria. Seria perigoso despertá-lo à força.

Mas eu não conseguia vê-lo assim, naquele sono angelical, como se fosse inocente. Queria acordá-lo e gritar: por quê, por que fez isso? Depois que Hye-won foi embora, segurei-o pela gola da camiseta e comecei a sacudir seu corpo. Na verdade, eu queria arrastá-lo até o penhasco e atirá-lo no mar. Como se percebesse isso, ele abriu os olhos, lentamente. Olhou-me com suas pupilas escuras e enormes. Então, com seus lábios vermelhos como flores, sussurrou: "Mamãe, eu te amo". Na hora, compreendi o significado por trás daquelas palavras. Ele disse *eu te amo*, mas escutei *não me abandone*. Fiquei sem ar. Meu coração baqueou. A fúria se desfez em pedaços. A tentação de matá-lo se dissipou. Naquele instante, fui dominada pela maldição do sangue. Percebi que ainda o amava. Suspeitava que jamais poderia perdoá-lo, passaria o resto da vida devastada pela culpa e pelo medo. Mas entendi, naquele momento, quem eu sou. Sou a mãe de Yu-jin. Yu-jin era meu filho. Nada poderia mudar esse fato.

Na manhã do funeral, Yu-jin acordou por conta própria. Comportou-se com discrição, como sempre. Comeu a refeição que preparei, vestiu a roupa que lhe entreguei. No ônibus para o crematório, ficou em silêncio, carregando o retrato do pai. Não parecia triste, nem arrependido. Ficou sentado, com o queixo apoiado no retrato, olhando pela janela.

Durante todo o funeral, acompanhei Yu-jin com os olhos. Havia muitas perguntas a lhe fazer. Queria saber se meus olhos não haviam me enganado. Por que ele fez aquilo? No trajeto para o crematório, não tive chance de falar. Havia pessoas ao nosso redor. Só ficamos a sós depois do funeral. Mesmo assim, não consegui dizer nada. Estava com medo de saber a verdade. Medo de minha própria reação. Se descobrisse que o que eu vira era real, temia matar meu próprio filho.

Nesse mesmo dia, um policial veio nos ver. Disse que tinha perguntas a fazer. Tive de pressionar as mãos nos joelhos para esconder a tremedeira. Yu-jin, por outro lado, encarou o policial com tranquilidade. Não havia emoções em seus olhos. Nenhum traço de medo, nervosismo ou culpa. Aquela ausência de sentimentos me deixou totalmente confusa. Será que ele sempre foi assim? Sempre foi indiferente e insensível? Como era possível que eu não tivesse notado? Não que eu não soubesse. Apenas interpretara sua falta de emoções como serenidade.

Primeiro, o policial perguntou por que ele fora ao campanário, Yu-jin disse que estava brincando enquanto os pais dormiam. O jogo de sobrevivência, um costume dos dois. Yu-min chegou primeiro ao alto da torre e começou a badalar o sino. Mas a corda se rompeu, e ele perdeu o equilíbrio. Yu-jin estendeu a mão para segurá-lo, mas era tarde demais.

Yu-jin fez o relato de forma impassível. Não desviou os olhos do policial nenhuma vez. Não gaguejou. Às vezes, demorava um segundo para responder, como se procurasse as palavras certas, mas, quando falava, fazia-o calmamente. Fiquei confusa. Será que eu me enganara? Talvez Yu-jin estivesse falando a verdade. Eu o vi precipitando-se em direção a Yu-min, com os braços estendidos, mas talvez não estivesse dando socos — talvez estivesse tentando salvá-lo. E o movimento brusco de sua perna — talvez não fosse um chute. Quem sabe fosse um salto abrupto, um passo desesperado, na tentativa de agarrar o irmão. Recapitulei a cena centenas de vezes. Mas, quanto mais a evocava, mais clara se tornava a verdade: Yu-jin estava mentindo. Um menino de nove anos, calmamente mentindo a um policial.

Eu não fiz muito diferente. Quando o policial perguntou quem percebeu o desaparecimento de Yu-min, menti automaticamente e disse que fora Min-seok. Falei que eu estava dormindo. O agente perguntou se eu testemunhara alguma coisa. Olhei para Yu-jin. Deparei-me com aqueles olhos, os olhos que haviam me fitado do alto do campanário: as pupilas dilatadas, escuras, com um estranho fulgor nas profundezas. Tive vontade de gritar. Pela primeira vez, percebia como os pensamentos podem se misturar de forma caótica: num único instante, pensei que Yu-jin era a única coisa que me restava; imaginei a condenação universal que tombaria sobre nós; pensei no futuro de Yu-jin, destruído antes que pudesse florescer; e, ao mesmo tempo, continuava duvidando do que meus olhos viram. Acima de tudo, me perguntava se poderia viver com aquele segredo. Então me lembrei da voz de Yu-jin sussurrando "Mamãe, eu te amo. Eu te amo. Eu te amo".

Respondi que não vira nada. E, naquele momento, virei cúmplice de Yu-jin. Em minha cabeça, uma voz covarde tentava me consolar. Você acabou de perder o marido e o filho mais velho. Não pode entregar o filho que lhe resta à polícia. Imagine a vergonha que tombará sobre você se descobrirem que é a mãe de um assassino. Acima de tudo, eu amo meu filho. Ele não pode contar com mais ninguém além de mim.

Mais tarde ouvi dizer que o gerente da pensão respondeu exatamente a mesma coisa. Creio que ele realmente não tenha visto nada. Éramos os únicos hóspedes na pensão, e o gerente só apareceu quando passei correndo por seu escritório. O caso foi arquivado como um acidente.

Depois de voltar para Seul, comecei a pensar em Hye-won e no que ela me dissera três anos atrás, sobre o "grave problema" de Yu-jin. Ele continuava sendo meu filho, mas não era mais a criança que conheci. Era um ser estranho e inexplicável. Um meteorito que caiu do espaço.

Fechei o diário. Mamãe estava errada. Uma coisa não é real apenas porque parece verossímil. Ela mesma admitiu que não estava por perto quando tudo aconteceu. Não sabe como as coisas começaram, nem como terminaram. Talvez tenha visto o que queria ver. Afinal de contas, a tragédia começou quando ela adormeceu bêbada. Depois, inventou uma história para amenizar a própria culpa. Sacrificou-me covardemente. E, no fim das contas, acabou morrendo por isso, além de arruinar minha vida. Se tivesse acreditado em mim, se tivesse me dado a chance de explicar, teria se convencido de que tudo foi mesmo um acidente. Se tivesse me dado ouvidos, não teria condenado uma criança de nove anos a ser tratada como um psicopata, e não teria morrido nas mãos desse suposto "predador".

Durante dezesseis anos, minha mãe não falou sobre o incidente. Tampouco sobre Yu-min. Ignorou todas as outras possibilidades e acreditou firmemente que eu havia matado meu irmão. Claro, minhas próprias lembranças não são perfeitas. Eu só tinha nove anos, e isso tudo foi muito tempo atrás. Ainda assim, as evidências não deixavam dúvida; eu fora vítima de um acidente. Desde então, sonhei a mesma cena inúmeras vezes, revivendo "aquele dia" da forma que eu havia experimentado quando garoto.

Havia uma diferença entre o sonho e a realidade. No sonho, é sempre de noite, mas o incidente real ocorreu nas primeiras horas da manhã. O resto é nítido e detalhado, embora eu desejasse esquecer tudo. Vejo cada movimento como se estivesse acontecendo em tempo real. A voz do meu irmão mais velho, seu olhar, as expressões em seu rosto, o que vi e pensei, meu humor, meus sentimentos. Lembro-me de tudo isso. Posso até descrever o terraço da pensão. Era espaçoso e comprido, com balaústre de metal verde, mesa ao ar livre, bancos embutidos. De noite, acumularam-se latas de cerveja. Uma garrafa de champanhe jazia ao lado, destampada, e bitucas de cigarro boiavam numa garrafa de água mineral pela metade; havia montes de conchas de mariscos, restos de salsicha e bifes tostados, a grelha estava coberta de cinzas, e sobre a mesa havia o bolo de aniversário cortado em quatro pedaços, que ninguém comeu. Formigas andavam por todos os lados. As rosas do buquê balançavam ao vento marinho. Balões meio vazios e fitas de papel saltitavam pelo deque.

Papai e mamãe entraram no quarto, rindo, completamente embriagados. Dormiram até a manhã seguinte. Mas nós, os filhos dos bêbados, acordamos cedo e ficamos no terraço, sem ter o que fazer. Não aguentávamos mais ficar trancados no quarto. Yu-min, em especial, estava morrendo de tédio. Olhava para mim o tempo inteiro, encostado na amurada do terraço, balançando sua pistola de plástico. Era um sinal. Por que não saímos para brincar um pouco?

Se na época eu estava obcecado pela natação, Yu-min estava obcecado pelo jogo de sobrevivência. Todos os dias travávamos batalhas ferrenhas, sem que mamãe notasse. Na escola, no curso de artes, no parque, em qualquer lugar. Duelávamos com estilingues, pistolas de água, armas com balas de plástico. Eu não era seu único rival nas batalhas; ele as disputava com amigos, colegas, ou quem estivesse disposto. Se papai não nos tivesse proibido de ir à floresta, Yu-min já teria me arrastado para lá há muito tempo.

Naquela manhã, eu estava sentado na amurada, olhando as ondas lá embaixo. Sempre gostei de olhar o mar, porque ele muda o tempo todo. Se mamãe me visse sentado ali, levaria um susto. Um pequeno escorregão, e eu tombaria no penhasco. Mas era exatamente isso que mais me agradava — o vento se enrodilhando em meus pés, a tensão de meu corpo tenuemente equilibrado. Olhando as ondas, eu tinha vontade de me atirar no mar. Yu-min afundaria na hora, mas eu, com certeza, conseguiria nadar até o horizonte.

Escutei o sino badalando no outro lado do penhasco. Nuvens escuras se espalhavam e trovões rugiam; pássaros voavam baixo na névoa. Tudo estava sereno e silencioso. Não havia um único pedestre na estrada de terra. A pensão ficava longe da vila e não havia outros hóspedes.

"Yu-jin, vamos brincar lá fora?", disse Yu-min, finalmente.

Fingi não ter ouvido. Continuei onde estava, sem desviar os olhos. Até o dia anterior, havia lá embaixo uma praia de areia branca; agora só havia o mar. Quando fomos lá com mamãe, Yu-min catara escondido um punhado de pedras lisas e escuras. Guardou-as no bolso e as trouxe consigo. Pensei que, em breve, os animais da vizinhança estariam em apuros: aquelas pedras virariam munição para a arma secreta de meu irmão, o estilingue.

"Ei, vamos lá", ele repetiu, mais alto. Seus olhos castanhos estavam dilatados e brilhantes, sinal de que tivera uma ideia legal. Mas nada garantia que eu também a acharia legal. Mais uma vez, fingi não ouvir. No quarto de nossos pais, tudo continuava em silêncio. Eles brigavam muito, mas haviam gerado dois filhos com doze meses de diferença. Estudávamos na mesma escola, na mesma sala. E, como não poderia deixar de ser, éramos comparados o tempo inteiro, em todos os aspectos de nossa vida. Em estatura, fisionomia e inteligência, Yu-min era muito superior a mim, como mamãe sempre admitia. No colégio, sempre fora o líder, cercado de admiradores fervorosos.

Eu, por outro lado, sempre fui uma criança solitária. Brincadeiras em grupo sempre vêm acompanhadas de regras oficiais e promessas tácitas. Era mais fácil brincar sozinho. Na escola, no clube de natação, sempre fui considerado um menino esquisito. Certa vez um colega chegou a me chamar de louco, na minha cara; foi uma coisa idiota de se fazer. Yu-min o obrigou a me pedir perdão, de joelhos. Meu irmão era meu protetor, mas às vezes também era meu algoz.

"Vou te empurrar!", ele gritou de repente, fingindo um ataque.

Não dei bola. Eu achava esse tipo de ameaça uma estupidez. Se quisesse jogar alguém de um penhasco, não anunciaria minhas intenções. Viria pé ante pé, sem fazer barulho, e empurraria a vítima. É claro que eu não lhe disse isso. Em silêncio, fazia cálculos: o que seria pior, a bronca que levaríamos de nossos pais, ou as consequências de recusar a convocação de Yu-min. Ele queria brincar de sobrevivência, é claro. Eu não estava muito a fim. Yu-min era melhor que eu em tudo, exceto natação; o jogo de sobrevivência era a única atividade em que empatávamos. Naturalmente, ele jamais me reconhecia como um rival à sua altura, mas o placar não mentia — em uma dezena de partidas, eu vencera metade das vezes. Esse era o problema. Meu irmão só era generoso quando sua superioridade não se via ameaçada. Mesmo assim, eu não tinha intenção de perder para ele de propósito. Uma vez que entrasse numa disputa, tentava sempre vencer.

"Quer brincar do quê?", perguntei, pulando da amurada. Jamais deveria ter feito aquela pergunta; ela devastou nossa vida. Mas como eu poderia prever na época? Apenas os deuses são capazes de enxergar o futuro.

"Vamos brincar de sobrevivência. Daqui até lá." Apontou o penhasco. Eu já esperava aquela resposta. Com o tempo, o jogo da sobrevivência se transformara: antes, era um duelo para ver quem levava mais tiros; depois se tornou uma espécie de corrida. Corríamos em direção a certo ponto, por trajetos distintos, ao mesmo tempo que tentávamos atrasar um ao outro com tiros.

O percurso não era longo. Entre as duas pontas do penhasco, havia uma floresta de pinheiros e macieiras, colmeias, fazendas de terra preta e algumas casas abandonadas. Tínhamos ido lá no dia anterior, com papai, perto do jantar. Ao chegarmos, o sol escarlate já estava próximo do horizonte, pintando o céu de sangue e abrindo uma trilha brilhante no mar inquieto. O campanário e as trepadeiras que cobriam a igreja pareciam em chamas. Tive a impressão de que entrávamos no espaço sideral. Se eu pisasse naquela trilha vermelha, o oceano me arrastaria para outro mundo. Era a coisa mais linda que eu já vira em toda a minha vida. Papai caminhava mais devagar e se deteve na borda do penhasco. Percebi que seus braços estavam arrepiados. Seus olhos passavam do penhasco ao céu, e do céu ao penhasco. Parecia em transe. Mas Yu-min só tinha olhos para o sino e correu naquela direção. Pego de surpresa, papai disparou atrás dele e o agarrou pela gola.

"Não, você não pode subir lá."

"Por quê? Não posso tocar o sino?"

Ele sabia qual seria a resposta, mas os adultos muitas vezes se deixam enganar por simulações de inocência. Papai explicou, com toda a paciência, embora até uma criança de dois anos pudesse supor a razão. Em primeiro lugar, a torre ficava na beira do penhasco. Além disso, a torre estava velha e desgastada. Um dos pilares estava se dobrando, o campanário parecia inclinar-se para o mar, e a amurada poderia desmoronar a qualquer momento.

"Não venham aqui sozinhos, entenderam? Também não quero que brinquem de sobrevivência na floresta. Estão proibidos."

Yu-min assentiu, prometendo obedecer — e agora, um dia depois, estava me atormentando para fazer exatamente o que papai nos proibira.

"Quem tocar o sino primeiro vence. Quem perder faz a lição do vencedor."

Encarei-o.

"Por quanto tempo?"

"Um mês."

"Quantas balas vamos usar?"

"Duzentas."

Carregamos as armas com quarenta balas cada um. Colocamos o resto da munição nas mochilas. Pegamos os óculos de proteção e saímos furtivamente, seguindo por um caminho cheio de curvas, entre os pinhais e as macieiras silvestres, rumo ao campanário.

Fizemos um joquempô para ver quem teria o direito de escolher a própria base. Yu-min ganhou. Escolheu a floresta de pinheiros; a vantagem era óbvia. Os pinheiros altos forneciam um ótimo esconderijo, a partir do qual podia coordenar ataques sem ser visto. A mim, restou o bosque de macieiras. Menores, as árvores ali deixariam meus movimentos expostos; além disso, eu teria de percorrer um caminho mais longo. Seria preciso correr a toda velocidade pela borda irregular do penhasco se quisesse ter alguma chance de vencer. Era como se ele tivesse começado com cerca de cem balas a mais.

Nos posicionamos em lados opostos da trilha. Yu-min à direita, entre os pinhais, e eu à esquerda, entre as macieiras. Recordei o caminho que fizemos no dia anterior, relembrando onde estava cada coisa e pensando o que poderia usar como proteção. Calculei a extensão do trajeto, quanto tempo levaria para percorrê-lo sozinho, onde terminava exatamente a floresta de pinheiros, como era a topografia do ponto de chegada. Achei que, chegando àquela área, teria chance de virar o jogo.

"Preparar!", Yu-min gritou. Baixei os óculos de proteção. O mundo ficou azul e minha respiração se acalmou. Todas as coisas ao redor se abstraíram: o céu nebuloso, a floresta ventosa, os pássaros que voavam em círculos, o som das ondas, meus próprios pensamentos. Restaram apenas a respiração ofegante de Yu-min e a pulsação regular de meu próprio peito. Em minha mente, desenhou-se o mapa do percurso, com os pontos onde poderia descansar e me proteger.

"Já!" Dessa vez, fui eu a gritar.

Em vez de partir, Yu-min disparou uma rajada contra mim. Era um ataque-surpresa — ótimo jeito de começar o combate. Eu próprio costumava fazer aquilo. Mas hoje, por questões estratégicas, resolvi agir diferente. Só começaria a atirar quando chegasse mais perto do campanário. Disparei para a esquerda. Passei em meio às macieiras e me detive atrás de um rochedo. Examinei os danos do ataque. Os óculos estavam rachados, os lábios machucados, assim como o nariz e o queixo. Meu rosto doía. Eu sentia cheiro de sangue. Fiquei bravo. Eu, que previa tantas coisas, não conseguira prever que Yu-min imitaria minha própria tática. Tirei os óculos e joguei-os no chão. Esfreguei a ponta do nariz. A brisa de primavera de repente acariciou minha nuca, como se tentasse me acalmar.

Eu sabia que nem todas as disputas são sempre justas. Todo mundo quer vencer. Mas eu não suportava ser derrotado. Quando isso acontecia, o outro lado tinha que pagar o preço. Isso também valia para Yu-min.

Tirei a camiseta, amarrei-a à cintura e as engrenagens de meu corpo se aceleraram. Corri pelo campo de milho verde até minha primeira parada prevista. Entre os pinheiros, espocaram tiros. Não retornei o fogo. Concentrei-me em correr, passando por um tanque de água amarela e um galpão de fertilizantes, até um bosque de árvores baixas. Abaixei-me atrás dos troncos. O som dos tiros do outro lado também parou. Então ouvi um clique. Yu-min gastara as quarenta balas e estava recarregando.

A próxima parada eram as colmeias. Ficavam num campo aberto, sem lugar para eu me esconder. Eu teria que contar com minhas pernas rápidas de leopardo. Abaixei a cabeça e saí correndo em meio à chuva impiedosa de projéteis. Alguns rasparam minha cabeça e meu rosto, outros atingiram meu corpo, mas nenhum disparo foi fatal. Nesse intervalo, meu irmão mais velho trocou o pente mais duas vezes. Sobravam agora apenas oitenta projéteis.

Corri em direção à vila abandonada. Usando as caixas de apicultura como escudo, consegui diminuir a distância que me separava de Yu-min. As balas começaram a voar junto a minha orelha; quando alcancei a última casa da aldeia, com seu telhado de flandres, percebi que havia ultrapassado Yu-min. Mas ele vinha logo atrás. Eu me encostei à parede enferrujada e o ouvi recarregar pela quinta vez. Só lhe restavam suas últimas quarenta balas.

Ainda encostado na parede, espiei a rua. Meu plano era levá-lo a gastar a munição restante. Ele fez o que eu previra. Quarenta balas espocaram na parede metálica. Ouvi um clique e, depois, silêncio. Yu-min estava sem munição.

Sorri. Não usara minha arma uma única vez, e ainda havia uma distância considerável até o campanário. Com a arma em riste, caminhei devagar até o meio da rua. Agora era minha vez.

Estava chegando ao córrego no limite do pinhal quando escutei um zunido. Não tive tempo de reagir; algo me acertou em cheio no alto da testa. Minha cabeça virou para trás e meus joelhos se dobraram. Cobri o rosto com as mãos e caí na beira do arroio. Um líquido quente escorria entre meus dedos. Atrás de mim, ouvi passos rápidos e uma risada. Então, me deparei com um par de olhos que me encarava. Havia genuína diversão naqueles olhos e uma pergunta: *Como assim, você ainda está vivo?*

"Tchau, tchau!", Yu-min acenou, zombeteiro, e partiu correndo. Algo balançava em sua mão. Era o estilingue. Nem bem o divisei, minha visão ficou escura. O sangue, que escorria da testa, cobriu meus olhos. Consegui me sentar. Tirei a camisa e enxuguei o rosto.

Apalpei o caminho até o córrego. Entrei na água gelada, até os joelhos, e lavei a ferida. Pensei em como Yu-min me arrastara para o jogo e como me enganara durante todo o trajeto, até me acertar a cabeça com a pedra. Claro: ele planejara tudo. Era especialista nesse jogo. Gastou a munição de propósito, para fazer com que eu me expusesse. Tinha estilingue e pedra escondidos no bolso. Ficou mirando atrás de uma árvore, esperando que eu aparecesse.

De repente, ouvi o badalar do sino. Não era o vento. Alguém estava puxando a corda. Era o sinal de que o jogo havia acabado; era Yu-min alardeando sua vitória.

Saí da água, amarrei a camisa na cintura, peguei a pistola do chão e comecei a correr em direção ao penhasco. Sentia calor na sola dos pés, como se corresse sobre fogo. O suor secou no corpo. Um azedume crescia em minha boca. Não sentia dor. Até esqueci o ferimento. Uma única determinação me enchia o peito. Yu-min havia trapaceado. Eu precisava corrigir aquela injustiça.

O repique só parou quando cheguei à sombra do campanário. "Parado aí!", Yu-min gritou. Mas não parei. Continuei correndo em direção à torre.

"Eu disse para parar!"

O sangue voltara a cobrir meus olhos e eu não enxergava nada direito. O limite entre céu, mar e penhasco estava desaparecendo. O campanário assomava como uma escada vermelha, alongando-se em direção ao céu. Yu-min era uma sombra lá no alto.

"Falei para parar!"

Alguma coisa passou voando junto à minha orelha. Não enxerguei o que era, mas tive certeza de que era uma pedra. Um segundo projétil passou raspando no pescoço. O terceiro quase me acertou no topo da cabeça. Avancei com passos tão largos que pareciam saltos. Entrei, agarrei os corrimões, subi os degraus. Então me precipitei sobre Yu-min. Arranquei o estilingue de sua mão e ouvi o ar sibilando em suas narinas. Antes que eu percebesse o que estava acontecendo, ele perdeu o equilíbrio e soçobrou em direção ao oceano. Quando dei por mim, era tarde demais. Ele já não estava na minha frente. Restava apenas seu grito que ecoava em meus ouvidos:

"Yu-jin!"

O grito se prolongou por um instante e desapareceu. Baixou sobre mim um silêncio terrível. Não conseguia respirar.

O sangue retumbava nos ouvidos. Minha cabeça queimava. Senti como se eu fosse um descampado por onde se alastra um incêndio.

"Yu-jin!" Ouvi o grito de mamãe.

Segurando o estilingue, encarei o mar cinzento. Não foi minha culpa. Eu não fiz nada. Nem mesmo encostei nele. Mamãe gritou de novo, dessa vez atrás de mim:

"Yu-jin!"

Pai morre tentando salvar o filho

Na manhã de 16 de abril, um homem tentou salvar a vida do filho que caíra no mar em Tan, uma ilha isolada, em Jun-nam Sinan-gun. Tanto Min-seok Han (40 anos) quanto seu filho (10 anos) morreram afogados. Estavam hospedados com a família em uma pensão, nas proximidades do penhasco. Han lançou-se ao mar para salvar o menino, que estivera brincando em um campanário abandonado e despencou de quinze metros de altura. Ambos foram tragados pelas ondas tormentosas. A polícia informou que está investigando os detalhes do acidente.

Junto à mesa da pérgula, li repetidas vezes aquela notícia de jornal de dezesseis anos atrás. Encontrei-a enfiada na última página do diário. Mamãe decerto a recortou e a guardou após o acidente. Por que ela fez isso? Para relembrar a tragédia? Para relembrá-la de que não fora um acidente? Para jamais esquecer que eu era um assassino? Uma dúvida tardia e inútil apertou o meu coração. Se mamãe tivesse acreditado em minhas palavras, se tivesse acreditado que tudo foi um acidente, as coisas teriam sido diferentes? Eu teria me tornado uma pessoa inofensiva e normal, como mamãe desejava? Teríamos vivido juntos e em paz?

Sobre a grelha, pus fogo no recorte. Depois comecei a arrancar as páginas do diário, colocando-as uma por uma sobre a chama. Demorou, mas queimei tudo. Sentia como se estivesse cremando a mim mesmo. Minha antiga vida, à qual jamais poderia voltar, transformou-se em fumaça sobre as brasas do diário. Em minha cabeça, havia um redemoinho de emoções: raiva, desespero, pena de mim mesmo. A tristeza, reprimida no fundo das entranhas, veio à tona como um refluxo. Meu corpo ficou mole. Tudo aquilo era horrível.

Quando as brasas se apagaram, a realidade voltou a se abrir. Chegara o momento que eu não podia adiar nem ignorar. Já havia descoberto tudo o que havia para se descobrir. O que fazer agora? Um calafrio se espalhou por meu corpo. Fechei a grelha e me afastei lentamente, olhando o piso. Queria postergar aquela decisão, nem que fosse por alguns segundos. O que Hae-jin faria em meu lugar? Próximo à vidraça, ergui o rosto. Cristais de neve voejavam pelo céu cinzento, brilhando ao sol pálido de inverno. Respirei fundo e uma voluta de vapor se formou em frente ao meu rosto. Outro calafrio perpassou minhas costas. Até meus dentes estavam gelados. Foi então que recordei a máxima de Darwin: ou você se adapta ou você morre.

Talvez o mais fácil fosse morrer. Eu podia me atirar do terraço ou cortar minha própria garganta com a navalha de papai. Isso resolveria tudo. Não teria de passar pela humilhação de ser algemado, não teria de suportar a condenação de todos à minha volta. Também evitaria aquilo que eu mais temia: encarar Hae-jin, que me olharia cheio de decepção, horror e medo. O único problema é que eu ainda não queria morrer. Ao menos, não queria morrer aqui, ao lado de mamãe. Não queria ser empurrado em direção à morte; queria escolher a hora, o local e a maneira do meu próprio fim.

Mas também não pensava em me entregar. A simples ideia de sentar diante de um policial e contar toda aquela história, sobre a qual eu nunca mais queria falar, era insuportável. Seria melhor morrer agora mesmo do que passar por um interrogatório e ver tudo aquilo se repetir nos jornais. Descartei aquela alternativa. Só restava um caminho: eu precisava desaparecer o quanto antes. Era agora ou nunca. Quando estivesse bem longe daqui, poderia pensar no que fazer em seguida.

Voltei para o meu quarto e sentei à escrivaninha. Recordei as visitas que costumava fazer à família de meu pai em Cebu. Sempre que me via, minha avó me abraçava e chorava. Seus braços eram macios e tinham um cheiro gostoso; eu me lembrava também do que ela sempre me dizia: "Meu pobre menino! Está cada vez mais parecido com seu pai!".

Tirei o passaporte da gaveta. Ainda tinha um ano de validade. Será que vovó me abraçaria daquele jeito novamente, mesmo sabendo o que fiz? Talvez. Uma vaga esperança adejou as asas. Tentei me equilibrar naquele tênue fio.

Peguei o celular da mamãe. Tirei o cartão bancário de dentro da capa, depois liguei o computador. Mas quando escutei as notas de inicialização do Windows, a voz em minha mente arruinou completamente aquela esperança: *Você está falando sério? Assim que ela descobrir o que fez, vai chamar a polícia. E, mesmo que te esconda, por quanto tempo isso poderia durar? É melhor procurar um lugar onde ninguém te conhece. Lá, pode assumir outra identidade. Encontre um lugar assim.*

Acessei um site de companhia aérea. Fui clicando em destinos aleatórios. Katmandu, Jacarta, Manila, Los Angeles, Dubai, Rio de Janeiro. De repente, me lembrei de meu aniversário, oito anos antes, quando eu estava no ensino superior. Tudo o que eu fazia, na época, era ir à escola todos os dias às nove da manhã e voltar para casa às onze. Era domingo, mas eu reservava os fins de semana para reforçar os estudos. Mas naquela manhã Hae-jin me enviou uma mensagem de texto: *Me encontre às dez na estação Yong-san.*

Logo entendi do que se tratava. Alguns dias atrás, ele tinha me perguntado o que eu queria fazer no aniversário. Respondi que queria viajar ao lugar mais distante possível sem que mamãe me pegasse. Na hora, achei que aquilo fosse impossível. Mas Hae-jin tinha um plano.

Sorri. Estação Yong-san! Para despistar as suspeitas de mamãe, coloquei os objetos usuais na mochila. Livros, caderno, apostilas... Quando desci ao primeiro andar, Hae-jin saiu de seu quarto com a câmera. Mamãe estava preparando café da manhã na cozinha. Tinha feito *miyok*, meu café da manhã favorito, e *japchae*, o favorito de Hae-jin. Sentamo-nos um em frente ao outro. *Viu a mensagem, certo?*, Hae-jin perguntou com os olhos. *Sim, vi, meus olhos responderam.*

"Vocês podem chegar cedo hoje? Vamos comemorar", mamãe disse, me entregando a tigela.

Fiz que não, apanhando os pauzinhos. "Não posso. Tenho que estudar."

Hae-jin também balançou a cabeça.

"Nosso clube vai à ilha Dae-bu hoje. Vamos procurar uma locação para filmar nosso trabalho de conclusão de curso. Desculpe."

O pescoço dele ficou vermelho. Fiquei com medo de que mamãe visse.

"Não precisa pedir desculpas. Não sou eu quem está de aniversário." Mamãe estava com os lábios contraídos, evidentemente decepcionada. Fez uma pausa, nos dando tempo para voltar atrás.

Enrolei macarrão no pauzinho e Hae-jin entornou a tigela de sopa.

Vinte minutos depois, mamãe deixava Hae-jin na parada do ônibus 790. Mais dez minutos, e estacionava o carro em frente à escola. Quando abri a porta do carro, ela me deu uma nota de dez mil won, para as despesas do dia.

"Posso vir te buscar às 20h30?"

"Sim." Fechei a porta do carro e mamãe acelerou.

Quando o carro dela sumiu, acenei para um táxi. Pedi que me levasse ao metrô o mais rápido possível. Enquanto me dirigia à estação Yong-san, o coração acelerava. Não me importava qual era o plano de Hae-jin. O essencial era que iríamos para algum lugar diferente.

Hae-jin estava me esperando em frente à bilheteria e me entregou duas passagens. Uma com destino a Mok-po às 10h37, outra com destino a Yong-san às 18h57. Era exatamente o que eu desejava: a viagem mais longa que podíamos fazer num único dia, contando ida e volta.

"Está contente?"

Assenti. Eu *estava* mesmo contente. Mas também me sentia meio idiota. Por que nunca me ocorreu fazer uma coisa tão simples? Talvez porque fui condicionado pelas regras de mamãe. Além disso, havia a diferença de mesada. Hae-jin recebia uma soma generosa mensal e podia fazer o que quisesse. Eu recebia todas as manhãs dez mil won, nem um centavo a mais. Mamãe dizia que eu gastava dinheiro sem pensar. Não dava para fazer quase nada com dez mil won. Mal dava para comprar dois lanches na cantina. Jamais me sobrava nada. Sendo assim, como eu poderia planejar alguma coisa diferente? Talvez fosse justamente isso o que mamãe desejava. Sem dinheiro, eu não podia sair da linha.

"Vamos comprar comida", Hae-jin sugeriu.

Entramos num fast-food; comprei um sanduíche de camarão, batata frita e café; ele escolheu sanduíche de churrasco coreano e coca com gelo. No trem, quase não conversamos. Mas era um silêncio agradável. Olhávamos pela janela, sentados um em frente ao outro, e eu me sentia livre. O trem passou por montanhas cobertas de flores, plantações de cevada ondulantes, vilas. Enfim chegamos a Mok-po.

Tínhamos cerca de quatro horas até a volta, e cerca de vinte mil won entre os dois. Havia três ou quatro coisas que podíamos fazer com esse tempo e esse dinheiro: ir a um restaurante, descansar no parque, pegar um táxi até a praia, passear por algumas horas ou assistir a um filme. Não foi preciso discutir; escolhemos a última alternativa. Decidimos assistir a um filme chamado *Antes de partir*. Hae-jin gostava muito de Morgan Freeman e Jack Nicholson; o filme começaria em quinze minutos. Com o troco, podíamos comprar pipoca.

Carter, um engenheiro mecânico, e Edward, um milionário, estão com câncer e se conhecem na ala de oncologia de um hospital. Resolvem fazer uma lista de desejos para realizar nos últimos meses de vida e descobrir quem realmente são — isso incluiu caçar em Serengeti, fazer uma tatuagem, disputar uma corrida de carro, saltar de paraquedas, rir até chorar, e ter as cinzas espalhadas em uma linda paisagem. Era um filme interessante. Embora seu tema fosse a morte, era hilário. Tudo teria sido perfeito, não fosse pelo idiota sentado atrás de mim, que ficou o tempo inteiro cutucando meu banco com o pé. Eu soltei várias gargalhadas, mas Hae-jin ficou quieto durante todo o filme.

No trem de volta, ele disse de repente: "Não gosto que tratem a morte desse jeito leviano". Acabávamos de passar pela estação de Gwang-myung.

"Por quê?", perguntei distraidamente, desviando os olhos da janela.

"Porque isso é dourar a pílula. É desonesto."

"Não precisa levar tudo tão a sério."

Olhou pela janela por um tempo, com ar abstraído. Ficava assim sempre que pensava no avô.

"Li que existem três maneiras de lidar com o medo da morte. A primeira é a repressão. Esquecer que a morte existe e agir como se nunca fosse chegar. A maioria de nós vive assim. A segunda é se lembrar da morte o tempo inteiro, e viver cada dia como se fosse o último. E a terceira é a aceitação. Uma pessoa que realmente aceita a morte não tem medo de nada. Fica em paz, mesmo quando está prestes a perder tudo. Sabe o que essas três opções têm em comum?"

Fiz que não. Para mim, seria mais fácil morrer de uma vez do que ficar pensando nessas coisas esquisitas.

"Todas são mentiras. São apenas máscaras para o medo."

"Então, o que é verdade?"

"O medo, eu acho. O medo é o mais honesto de todos os sentimentos."

Não lhe perguntei qual a importância disso; não queria começar um debate. Hae-jin me dera um presente perfeito, e eu havia adorado o filme, especialmente quando Edward diz: "O que posso dizer é que eu o amava e que sinto falta dele". Pensei que, se o destino levasse Hae-jin primeiro, eu diria a mesma coisa sobre ele. E tinha certeza de que Hae-jin sentiria o mesmo a meu respeito.

"Que tal se a gente fizer aquilo também?", eu propus.

"Fazer o quê?", Hae-jin me olhou.

"Vamos anotar uma única coisa que queremos fazer antes de morrer."

Hae-jin resmungou um pouco — *Por que faríamos isso? Que besteira* —, mas, assim que peguei os papeizinhos da mochila, ele mudou de atitude. Começou a escrever, cobrindo seu papel com a mão esquerda, como se eu estivesse tentando espiar.

"Agora vamos trocar." Dobrei quatro vezes o papelzinho e o entreguei a Hae-jin. Ele fez o mesmo com o seu e o entregou a mim.

"Um, dois, três e já."

Abrimos os bilhetes ao mesmo tempo e os colocamos lado a lado.

Perambular pelo mar em um iate durante um ano.

Passar o Natal numa favela do Rio de Janeiro.

Meu desejo era o iate; o de Hae-jin era a favela. Nossos olhos se encontraram e sorrimos. Entendíamos perfeitamente o desejo um do outro.

"As histórias felizes geralmente não são verdadeiras." Era o que Hae-jin havia dito quando saíamos do cinema após assistir a *Cidade de Deus*. Eu queria lhe perguntar que tipo de verdade ele esperava encontrar no Rio, mas me contive. O trem já estava passando pelo rio Han. Precisávamos arrumar nossas coisas.

Mamãe jamais descobriu nossa viagem secreta. Estava tão obcecada pelos próprios planos que desconhecia totalmente os meus desejos. Também jamais desconfiou que eu usaria seu cartão de crédito para realizar o desejo de Hae-jin.

Procurei o USB na gaveta e o encaixei no computador. Usava aquele dispositivo todos os anos para reservar as passagens a Cebu — ali dentro, portanto, estava tudo de que eu precisava. Certificado de autorização, cópias de nossos passaportes... Reservei uma passagem de ida e volta para o Rio de Janeiro, passando por Dubai, válida por seis meses. Era meu presente de Natal para Hae-jin. Eu também faria uma viagem, mas, no meu caso, não haveria retorno. A verdade sobre meu paradeiro e o que aconteceu nesta casa permaneceriam ocultos para sempre. Imaginei a cara de Hae-jin abrindo o e-mail com a passagem eletrônica e sorri. Esquecendo minha própria situação, imaginei-o andando pela favela, com o rosto queimado de sol, apontando a câmera para todos os lados.

Nisso, ouvi uma batida na porta. Tomei um susto: será que o e-mail já chegou? Meu plano era que ele recebesse a passagem após minha partida. Guardei o cartão da mamãe às pressas, fechei a internet e falei alto:

"Um segundo."

Hae-jin estava a uns dois passos da porta. Não parecia surpreso ou contente, mas confuso e nervoso.

"A gente precisa conversar." Sua voz era dura e fria.

Meu sorriso se esvaiu.

"Desço num minuto."

"Não. Agora." Ele se aproximou.

"Tudo bem, entre", eu disse a contragosto.

Parou em frente à escrivaninha, balançando a cabeça. Parecia confuso.

"Quer a cadeira?"

"Não, vou sentar aqui mesmo."

Sentou-se na ponta da cama, perturbado. Pôs as mãos nos joelhos, respirou fundo, inclinou-se. Fechou e abriu as mãos várias vezes, balançando os ombros para a frente e para trás, fitando os próprios pés. Eu estava encostado na borda da escrivaninha.

"Escuta... Eu preciso perguntar uma coisa." A voz dele estava trêmula. Eu esperava que ele não me perguntasse algo sobre a passagem aérea. Então teria de inventar uma explicação para fazê-lo aceitar o presente. Talvez falasse da vez em que escrevemos nossos desejos no papelzinho, durante a viagem de trem. Diria que era um presente.

"Não sei por quê, mas fiquei pensando no que você me disse antes. Que a mamãe deixou o carro na garagem. Ela nunca sairia sem o carro. Muito menos em uma viagem longa."

Enfiei as mãos nos bolsos e fiquei olhando a ponta do pé. E daí?

"Aí eu desci para ver se achava alguma coisa no carro."

Um sopro frio subiu por minhas costelas, uma tristeza escura que me gelava por dentro. Senti que o momento mais temido se aproximava.

"Mas aí vi que o carro da titia está estacionado junto ao carro da mamãe."

Senti que ele me olhava. Escutei sua respiração pesada. Quando será que ele foi à garagem? Não ouvi a porta da frente se abrindo ou fechando. Talvez tenha ido enquanto eu queimava o diário. Mordendo o interior do lábio, esperei que ele continuasse.

"Achei estranho que as duas deixassem os carros na garagem e saíssem a pé. Coincidência demais. Mas, por algum motivo, não quis investigar a coisa mais a fundo. Fiquei editando um vídeo, vi um filme, arrumei o quarto. Aí, não aguentei mais. Fui ao quarto da mamãe."

Minha cabeça funcionava sem parar. Até ali, eu ainda poderia achar uma explicação. Titia saiu para encontrar alguém. Deixou o carro porque planejava tomar alguns drinques. Disse que voltaria tarde, mas não voltou. Não sei o que andou fazendo, não sei com quem está, e isso não é da minha conta.

"As malas da mamãe estavam no closet. A grande e a pequena. Na pequena, achei a bolsa e o sapato da titia. Fiquei sem entender. Por que as coisas da titia estariam aqui se ela saiu ontem às cinco?" Hae-jin esfregou as mãos nos joelhos para enxugar o suor. "Tentei me acalmar, pensando que, enfim, não era impossível que mamãe tivesse viajado sem carteira, sem bolsa, sem carro. Tentei achar algum motivo para titia deixar as coisas aqui e sair de pés descalços. Disse a mim mesmo que você havia trancado o quarto da mamãe porque ela estava fora." Levantou da cama e parou na minha frente. Enfiou as mãos nos bolsos, mas continuou a abri-las e fechá-las lá dentro. Seus olhos castanhos me encaravam, duros. Parecia zangado, impaciente, desconfiado, querendo alguma coisa impossível. "Mas, por mais que eu tentasse, não conseguia parar de imaginar o pior."

Entendi o que ele estava prestes a perguntar. Um grito desesperado e inútil ressoava em minha cabeça. *Pare. Pare agora mesmo. Cale a boca.*

"Imaginei que alguma coisa tivesse acontecido na cama da mamãe. Porque, quando a titia ligou ontem, disse que estava deitada na cama do quarto principal e que estava cansada."

Eu queria fechar os olhos. Senti que meu corpo despencava. Por que não esperou mais um pouco? Dez minutos seriam o bastante: eu faria as malas e sairia pela porta do terraço. Seria melhor para nós dois. Se não tivesse vindo aqui me dizer isso, eu poderia partir achando que você ainda está do meu lado.

"Então, eu... tirei o lençol da cama. O resto... você me explica."

Nós nos encaramos por um tempo sem falar nada. Percebi que ele não iria recuar. Dava para sentir a tensão no ar: era como se todas as coisas ao nosso redor estivessem prestes a se despedaçar com um simples toque.

Eu estava tonto. Por onde começar? Não conseguia encontrar uma maneira de justificar racionalmente o que eu havia feito. E agora percebia que perder a confiança de Hae-jin era muito pior do que cometer um assassinato.

Hae-jin engoliu em seco. O pomo de adão se movia sob a pele do pescoço, para cima e para baixo. Além do medo, havia algo mais em seus olhos: queria que eu o convencesse de que estava enganado. Tive o impulso de lhe dizer exatamente o que ele queria ouvir, mas me controlei. Não iria me comportar como um covarde.

"É melhor se sentar. É uma longa história." Minha voz soou mais estável e fria do que eu esperava. Hae-jin balançou a cabeça negativamente e cruzou os braços.

"Dois dias atrás..."

Hae-jin estudou meus olhos de forma lenta, profunda, como se houvesse um sistema solar em minhas pupilas.

"... eu acordei sentindo cheiro de sangue."

Durante duas horas, Hae-jin não disse uma única palavra; apenas me escutou. Às vezes, parecia não estar respirando. Ficou todo esse tempo de pé como uma estátua, olhando nos meus olhos para impedir que eu mentisse. E eu não tinha intenção de mentir mesmo. Fiz o que pude para contar de forma coerente o que havia acontecido nos últimos dois dias. Não falei o que queria falar, mas o que tinha de falar. Resisti à tentação de me justificar, argumentar, negar. Não posso dizer que fui completamente honesto, mas com certeza fui mais honesto do que havia sido em muito tempo. "Eu ainda sinto como se estivesse num pesadelo", completei.

A cada segundo, os olhos de Hae-jin mudavam: num momento ardiam, em chamas, depois ficavam frios, depois escuros como o interior da terra. Finalmente, me calei. Não queria dar mais explicações, nem implorar compreensão, nem usar nossa amizade como argumento. Um silêncio impenetrável adensou-se entre nós. Um silêncio frio, impiedoso e terrível, que me sufocava. Eu nada podia fazer além de esperar. O desespero começou a me dominar. Antes, eu esperava que ele ficasse ao meu lado, não importando o que os outros dissessem nem o que eu havia feito; agora, essa esperança erodia. Esperei, de qualquer forma. Ele tinha de falar alguma coisa. Talvez dissesse: *Tudo bem*. Ou talvez: *Seu desgraçado*. Então eu poderia finalmente sair do quarto e seguir meu caminho.

Com passos duros, ele passou por mim e foi à vidraça do terraço.

Mesmo sabendo que não adiantaria suplicar, estiquei a mão e segurei seu cotovelo.

"Por que não olha mais tarde? Depois que eu sair…"

Hae-jin se desvencilhou. Ou melhor, ele estremeceu. Olhou para mim, e havia repugnância em seus olhos. Uma onda fria envolveu meu coração e todos os pelos de meu corpo se eriçaram. Quando Hae-jin abriu a porta de vidro, senti uma vontade irresistível de sair correndo do quarto. O que estava esperando? O melhor era fugir de uma vez.

"Não saia daqui", Hae-jin ordenou, com voz trêmula.

Lá fora, a escuridão tombara. Hae-jin atravessou o terraço e parou em frente à cesta de borracha. Com um movimento quase raivoso, arrancou a tampa. Mesmo à distância, escutei o sibilar de sua respiração. A tampa escorregou de seus dedos e ele ficou com o olhar paralisado.

Imaginei titia sentada dentro da cesta. A bochecha encostada no joelho, de olhos fechados como se estivesse dormindo. Eu fechara suas pálpebras para que nunca mais pudesse julgar os outros com aquele olhar arrogante.

Hae-jin virou-se. Estava completamente pálido. Hesitava, talvez com medo do que veria em seguida. Pensei: *Pare!* Se ele não tivesse zarpado em direção à pérgula com passos tão velozes, eu teria cruzado o terraço para bloquear seu caminho e lhe perguntar se queria mesmo fazer aquilo.

De costas para mim, Hae-jin empurrou a tampa da mesa. Recordei a manhã em que havia encontrado o cadáver de mamãe, aquele momento de assombro em que tudo ficou escuro e o solo pareceu desabar sob meus pés. Lembro que fiquei sentado ao lado dela, esperando que uma luz entrasse em minha cabeça e me arrancasse daquele abismo. Todos aqueles momentos voltaram à minha mente, e pensei que Hae-jin estaria sentindo as mesmas coisas, na mesma ordem: talvez estivesse ouvindo, agora, uma voz desesperada em sua própria cabeça lhe dizendo que tudo aquilo era um pesadelo.

Em pé no centro da pérgula, ele começou a tremer como se estivesse na caçamba de um caminhão em alta velocidade numa estrada cheia de buracos. Embora estivesse de costas para mim, a vários metros de distância, seu horror era evidente. Também fiquei paralisado junto à escrivaninha. Nada restava além de esperar, embora mal conseguisse respirar. Sentia estar despencando em queda livre rumo ao inferno. E lá no fundo do inferno havia um garotinho que só queria ser compreendido e gemia inutilmente: *Mas você vai ficar do meu lado, não vai?*

Quando Hae-jin finalmente voltou do terraço, minha língua estava seca e grudada no céu da boca. Eu não conseguia entender por que estava ali sentado, ansiosamente esperando por ele. O que eu esperava que fosse acontecer?

Ele entrou no quarto e fechou a vidraça atrás de si. Seu olhar não estava focalizado em coisa alguma; não parecia mais perplexo nem zangado; na verdade, não parecia sequer triste. Talvez não soubesse o que fazer. Mas ele precisava me dizer alguma coisa; afinal de contas, havia ordenado que eu não me mexesse — e eu não me mexi. Mas os segundos passavam, e não tive escolha além de falar primeiro.

"Vou partir agora", anunciei.

Hae-jin finalmente olhou para mim. Agora parecia atônito.

"Vai partir?" Contraiu o queixo, como quem escuta algo completamente absurdo; parecia me perguntar: *Quem lhe deu permissão para partir? E para onde pensa que vai?*

"Fique bem." Estendi a mão para me despedir.

Os olhos dele desceram até minha mão, depois subiram para me encarar novamente. Uma veia pulsava em sua testa. Uma respiração rouca escapava de seus lábios. O rosto dele começou a ficar vermelho, e o branco de seus olhos cresceu, as pupilas dilatadas, os cílios eriçados como espinhos. Eu já tinha visto aquele olhar uma vez. Mamãe olhara para mim desse jeito, duas noites atrás. *Yu-jin… Yu-jin, você… Você não merece viver*. Após um tempo, abaixei a mão. Assenti, cabisbaixo, indicando que entendia. Hae-jin considerava mamãe sua salvadora. Acolhera-o quando ele virou órfão; cuidara dele por dez anos. Após dois dias de confusão, ele havia encontrado a mulher que amava como sua própria mãe com a garganta cortada. Claro, eu entendia seus sentimentos. Não esperava que me compreendesse neste momento.

"Está bem", eu disse. "Deixa para lá. Eu só…"

Um soco me acertou em cheio no rosto. Fora desferido com todo o peso do corpo. Um estrondo retumbou no meu ouvido, e o queixo se torceu para o lado. Cambaleei.

"Fique bem?" O segundo soco atingiu meu peito. Tive a impressão de que minhas costelas iam arrebentar. Perdi o fôlego. Num movimento reflexivo, levei as mãos ao peito e curvei o corpo. Um punhal de dor transpassava meu tórax. "Fique bem?" A voz de Hae-jin fervia de raiva. Juntei forças e ergui o rosto. Tentei dizer que sim, eu queria que ele ficasse bem, mas a voz não saiu. Então veio o terceiro soco. Fui atingido no pomo de adão. Um líquido azedo me subiu pela garganta. O chão girou sob meus pés. Desabei no chão.

"Como tem coragem de falar isso, seu desgraçado?"

Ele lançou-se sobre mim e começou a me bombardear: nos dois lados do rosto, nos olhos, no nariz, na boca, no queixo. Eram socos ao mesmo tempo frenéticos e certeiros. Meus olhos incharam imediatamente. O sangue cobriu meu rosto, e eu não conseguia enxergar direito. Meus dentes pareciam soltos. Não tentei resistir; deixei que me espancasse, me entreguei completamente. E, de súbito, minha ansiedade desapareceu. Minha vida estava toda fodida, mas eu me sentia estranhamente aliviado. Era como se estivesse fazendo penitência após uma confissão especialmente difícil.

"Como pode me dizer uma coisa dessas, seu desgraçado?" Hae-jin me agarrou pela gola e me chacoalhou loucamente. Meus ouvidos zuniam, a visão oscilava, náuseas me subiam pelo peito, o rosto dele estava todo borrado e fora de foco. Mesmo assim, notei que estava chorando. Tinha os lábios contorcidos como os de uma criança, olhos vermelhos, e soluços convulsivos lhe subiam pela garganta. "Por que fez isso? Por que fez isso? Por quê, seu burro, desgraçado de merda!"

Apertei os dentes, para sufocar meu próprio choro. Hae-jin era como um irmão para mim. A pessoa que me dera liberdade para ser eu mesmo. A única pessoa.

Ele começou a soluçar mais forte. "A sua vida... Seu idiota, o que você..."

Ele me jogou para o lado e desabou. Eu é que tinha levado uma surra, e ele é que parecia destruído. Fechei os olhos. Ouvindo-o chorar, pensei nas últimas palavras que ele pronunciara. *Seu idiota, o que você...* Imaginei que fosse o início de uma pergunta: *Seu idiota, o que você vai fazer agora?* Eu queria acreditar que esses soluços, mais desesperados agora do que quando perdera o avô, eram por mim.

Engoli o sangue que enchia minha boca. Uma massa quente desceu pela minha garganta como um molusco. Meu coração começou a tiquetaquear como um relógio. Na escuridão lá fora, flocos de neve tombavam, maiores agora, grudando-se no vidro da porta. Mas tudo estava silencioso, exceto pelo pranto de Hae-jin. Ficamos ali deitados por um longo tempo; enfim, a respiração de Hae-jin se acalmou e ele ficou muito quieto, como se também estivesse escutando a neve cair.

O longo silêncio foi quebrado pelo carrilhão. Uma, duas, três... Seis batidas. Hae-jin sentou no chão.

"Levanta. Quero falar uma coisa."

Também sentei. Gotas de sangue caíram no chão. Hae-jin se levantou e me estendeu uns lenços de papel. Seu cabelo estava tão encharcado de suor que parecia ter saído de uma piscina. Já eu estava ensopado de sangue. Aquilo não era justo, mas tudo bem. Aceitei os lenços e enfiei um deles no nariz, que não parava de sangrar.

"Eu vou te dar duas horas", ele disse.

Olhei-o, atônito.

"Vá se lavar, se apronte e desça até as oito."

Virei-me para ele. Não entendi o que queria dizer com *se apronta*. O que ele planejava fazer?

"Eu quero que se entregue à polícia."

Fiquei zonzo e meus ouvidos zumbiram — a mesma sensação que eu experimentara dezesseis anos antes, quando a pedra do estilingue rachou minha cabeça.

"É a única solução."

Encarei-o. Seus olhos ainda estavam marejados. Então aquelas lágrimas não eram por mim? Não era por mim que estava chorando? Achei que os socos eram uma punição por eu ter arruinado minha vida; achei que ele se importasse. Será que eu me enganara?

"Só assim eu posso dar um jeito nisso."

Mas o que ele iria fazer? Como diabos ele iria *dar um jeito nisso*? Acharia um advogado? Pediria redução de pena por eu ser um réu confesso? Levaria marmitas até que eu morresse de velhice dentro da prisão?

"Mesmo que fuja, é questão de tempo até o pegarem."

Eu sabia disso. É claro que sabia. Mas eu queria decidir meu próprio futuro. "Você só precisa ficar quieto", ele disse. "É só fingir que não sabe de nada, por um dia…"

"Se você sair, eu vou chamar a polícia." A voz de Hae-jin estava ainda mais fria.

Tentei me levantar.

"Não adianta tentar sair escondido. Vou vigiar a porta da frente, e o cachorro vai começar a latir se tentar sair pelo terraço. Agora, me entregue a navalha."

Uma risada quase escapou. O que ele estava pensando, que eu tentaria cortar sua garganta? Para fazer isso, eu não precisava da navalha. Não faltavam instrumentos de corte na casa. Eu poderia pegar o serrote no terraço, o estilete no escritório, as facas alemãs que mamãe guardava na cozinha. Além do mais, eu poderia simplesmente quebrar seu pescoço, com as mãos nuas. Estava achando que seria fácil me vencer numa luta para valer? Só por que eu deixei que batesse em mim? Arranquei o lenço de papel que estava enfiado em meu nariz. Enxuguei o sangue com as costas da mão e abri a gaveta. Estendi-lhe a navalha e percebi que ele hesitou por um momento.

"Duas horas. Não vou esperar mais que isso." Sua voz era baixa e fria, como metal. Era estranho ouvir Hae-jin falando desse jeito, mas, ao mesmo tempo, aquele tom de voz era familiar. Era como se o espírito de mamãe tivesse possuído Hae-jin. Perguntei, só para ter certeza:

"Está falando sério?"

"Estou falando sério." Sua voz não deixava dúvidas. Guardou a navalha no bolso e saiu do quarto. Ouvi seus passos pesados descendo as escadas.

A força se esvaiu de minhas pernas. Desmoronei no chão. Apoiei o corpo na mesa. Me entregar? Não, de jeito nenhum. Mas também abandonei a ideia de fugir do país. Já estava difícil sair do bairro, quanto mais embarcar num avião. Hae-jin cumpriria sua promessa: avisaria a polícia assim que eu saísse. Eu havia imaginado que Hae-jin pudesse reagir desse jeito; mesmo assim, sua reação me deixou confuso. Eu consideraria confessar o crime se isso facilitasse a minha vida; mas não fazia sentido se tudo terminasse da mesma forma, tendo me entregado ou sendo pego.

Se há algo a considerar, era o peso da culpa — não a minha, mas a de Hae-jin. A culpa por ter deixado que tudo isso acontecesse; agora, para se redimir, queria fazer com que eu me entregasse. Talvez esteja agindo por algum estúpido senso de dever; talvez esteja com tanta raiva que não possa me deixar partir agora. Qualquer compaixão que sentisse por mim deve ter evaporado quando viu os corpos de mamãe e titia.

No final das contas, era preciso decidir: Hae-jin ou eu? A resposta era óbvia, e mesmo assim era difícil. Eu ainda tinha sentimentos por ele. Não fosse por isso, a decisão seria simples como trocar de sapatos. O problema é que não se tratava de um sapato. Para mim, era impossível pensar em Hae-jin sem despertar emoções. O que quer que escolhesse, iria me arrepender pelo resto da vida. Estava encurralado.

O tempo foi diminuindo. O ponteiro do relógio passou pelas 18h30 e continuou em direção às 19h. Obriguei-me a emergir do mar de pensamentos onde me debatia desde ontem. Era preciso tomar uma decisão. Estava na hora de trocar de sapatos.

Levantei-me. Nesse instante, toda minha hesitação se dissipou. Um plano completo se desenhou em minha cabeça, como se meu inconsciente o tivesse elaborado há muito tempo. A única variável com que precisava me preocupar era a viatura policial que fazia a ronda do bairro regularmente.

Primeiro, peguei as coisas que precisava jogar fora. O celular da mamãe, o cartão de débito, o brinco de pérola, a chave do terraço, as luvas de látex. Apaguei as digitais com um lenço de papel. Enrolei tudo na minha jaqueta, levei o embrulho até o terraço e o enfiei na mesa da pérgula. Com uma toalha, limpei as digitais na torneira. Depois queimei as luvas na churrasqueira.

Quando voltei para o quarto, o relógio marcava 19h47. Estava quase na hora. Peguei um maço de cinquenta mil won que tinha escondido numa caixa, para emergência. Da escrivaninha, tirei o estilete. Coloquei tudo numa sacola de plástico e a prendi à barriga com fita adesiva. Vesti uma calça folgada de exercício e um blusão xadrez, sem abotoar as mangas. Nisso, ouvi a campainha tocar no andar de baixo.

Imóvel, agucei os ouvidos. Ouvi passos no vestíbulo. Cerca de um minuto depois, meu celular começou a tocar em cima da escrivaninha. Quando atendi, Hae-jin sussurrou:

"Desça agora."

Hae-jin estava encostado à porta do quarto principal. De braços cruzados, me olhou descer a escada. Somente ao pisar no último degrau, notei que havia mais duas pessoas na casa. Um homem com olhos de bode, e outro um pouco mais jovem, de terno preto. Esses homens não me pareciam estranhos. Logo percebi que eram os detetives de ontem, que vieram averiguar a denúncia. Parei numa posição esquisita, um pé na escada, outro na sala. Meu radar mental procurava a saída mais próxima. Eu poderia correr pelas escadas, pelo terraço... mas talvez houvesse o dobro de policiais lá fora cercando o condomínio.

O pânico contorceu minhas entranhas. Minha cabeça girou. Fora pego de surpresa. Jamais imaginaria que Hae-jin pudesse me apunhalar pelas costas desse jeito. Eu seria algemado e arrastado para fora, na frente dos vizinhos, antes que pudesse pensar em uma explicação. Levantei os olhos inchados e encarei Hae-jin. Como pôde fazer isso comigo? Não tinha prometido esperar? Não tentei fugir. E ainda não são oito horas.

Hae-jin relanceou o olhar ao balcão da cozinha, como a dizer que eu fosse para lá. Os olhares dos investigadores se alternavam rapidamente entre nós dois. Nada mais natural; afinal de contas eu tinha a aparência de quem quase morreu de tanto apanhar. Ainda não limpara o sangue do rosto, o que tornava as coisas piores. Era evidente quem havia me espancado — a menos que eu tivesse batido em mim mesmo como um louco. Eu estava sem opções. Se me virasse e fugisse, pareceria um covarde — talvez pensassem que eu tinha medo de apanhar de novo. E se me capturassem, além de covarde eu seria um idiota, que nem consegue fugir direito.

Endireitei as costas e segui em direção ao balcão. Tentei respirar normalmente e manter uma expressão neutra.

Hae-jin caminhou até a divisória entre a escada e a cozinha e disse, sem olhar para mim:

"Dizem que são da polícia."

Com assim, dizem? Por que estava falando daquele jeito? Eu me apoiei no balcão e cruzei os braços. O carrilhão badalou oito vezes. Depois, Hae-jin voltou-se para os policiais.

"Então, podem me dizer por que vieram?"

O homem de casaco preto levantou-se do sofá. Mostrou o distintivo e se apresentou; não peguei todos os detalhes, mas entendi que se chamava I-han Choe e era inspetor.

"O nome de sua mãe é Ji-won Kim, certo?", perguntou a Hae-jin enquanto guardava o distintivo.

"Sim," Hae-jin respondeu.

Por que ele estava falando de mamãe e não de mim? Aliás, a pergunta feita por Hae-jin também era estranha. Não teria perguntado aquilo se os tivesse chamado. É o tipo de coisa que se pergunta a alguém que chegou sem avisar. Então, não vieram me prender?

"Como se chama?", o inspetor Choe perguntou a Hae-jin. Após ouvir a resposta, virou-se para mim. Nem ele nem seu parceiro deram mostras de ter me reconhecido. Só tinham me visto uma vez, e agora eu estava com o rosto inchado.

"Meu nome é Yu-jin Han", eu disse, com voz irregular.

"Então, você estava aqui anteontem, quando viemos averiguar a denúncia feita pela sra. Ji-won Kim."

Hae-jin olhou para mim, confuso.

"Sim", eu respondi. Agora tinha certeza. Hae-jin não os chamara. Isso fazia mais sentido. Por mais chocado que estivesse, ele não agiria assim. Senti uma onda de alívio, mas só por um instante. A situação não havia mudado. O fim inevitável fora apenas postergado. Minha vida continuava nas mãos de Hae-jin.

"Onde está a sra. Hye-won Kim?"

Pestanejei. Não esperava essa pergunta. Quase murmurei: *A titia?*

"Nossa tia?", Hae-jin perguntou.

"Parece que ela veio aqui ontem, não? Já foi embora?"

Hae-jin olhou para mim.

"Chegou por volta das duas da tarde e foi embora às cinco", eu disse.

"Às cinco? Qual de vocês estava aqui nesse horário?"

"Só eu."

"Sua tia costuma visitar vocês com frequência?"

"Não", respondi

"Então, deve ter vindo para tratar de algum assunto. Posso perguntar que assunto era esse?"

Olhei de relance para Hae-jin. Ele apoiou as costas na parede divisória, cruzou os braços e olhou para a ponta dos pés. Parecia indicar que eu deveria responder. A saliva escorreu por minha garganta dolorida. Tentei ser o mais conciso possível: disse que ela viera me ver, e havíamos celebrado.

"Não falou nada em especial quando foi embora?"

"Não."

"Por acaso lembra como ela estava vestida?"

Pensei um pouco. Casaco branco, calça jeans, blusa preta, um colar pomposo.

"Acho que estava de calça jeans e blusa. Não prestei muita atenção."

O inspetor Choe virou-se para Hae-jin.

"E você, onde estava?"

"Eu estava em Mok-po", disse Hae-jin. "Não vai me dizer por que vieram?"

Choe ignorou a pergunta.

"Foi uma viagem longa?", continuou o policial.

"Mais ou menos."

"A que horas voltou para casa?"

"Um pouco depois das dez. Então, por que vieram?" Dessa vez, Hae-jin elevou um pouco a voz. Mesmo assim o inspetor continuou o interrogatório.

"Uma viagem de trabalho?"

"Algo assim."

"Que tipo de trabalho você faz?"

Hae-jin contraiu os lábios, indicando que não daria mais respostas, enquanto não lhe explicassem o motivo da visita.

Enquanto o inspetor Choe nos enchia de perguntas, o detetive com olhos de bode se levantara, caminhando até o armário das chaves.

"Mas que cheiro forte é esse? Cheira a alvejante e algo metálico...", resmungou alto, de costas para nós. Depois, ficou olhando nosso retrato de família, tirado no dia em que viramos irmãos: eu à direita, Hae-jin à esquerda.

Olhei-o de relance. Não podia haver nenhuma marca de sangue ali. Eu limpara tudo meticulosamente. Se algo escapara ao meu exame, então ele também não poderia encontrar.

"Estamos aqui porque não conseguimos entrar em contato com a sra. Hye-won Kim", o inspetor Choe finalmente concedeu. "Ligamos para ela, querendo lhe perguntar sobre o desaparecimento da sra. Ji-won Kim. Mas o celular estava desligado. Ligamos para o número fixo, e a faxineira nos disse que ela fora à casa da irmã. Então decidimos vir pessoalmente. Não é muito comum recebermos uma denúncia de furto logo após uma denúncia de desaparecimento, ambas envolvendo a mesma família, sabe?"

"Denúncia de desaparecimento?", Hae-jin perguntou, empertigando-se. Estava visivelmente surpreso.

"Recebemos a denúncia ontem por volta do meio-dia. Foi feita pela sra. Hye-won. Pelo que disseram, ela veio aqui logo após falar conosco. Ela disse algo a vocês?"

Hae-jin me olhou, e eu o olhei de volta. Agora eu entendia o que acontecera. O melhor que a titia podia fazer para verificar o paradeiro de mamãe era uma denúncia de desaparecimento. O problema é que a polícia não faz nada quando um adulto fica inacessível por alguns dias. Para fazê-los agir com rapidez, precisava criar um estímulo adicional. A falsa denúncia de furto fora um truque para despertar mais suspeitas. Uma habitante deste bairro, onde ocorreu um assassinato, faz uma denúncia de furto e, em seguida, desaparece — titia deve ter imaginado que essa estranha conjunção de fatos despertaria o interesse da polícia. Talvez tenha acreditado que os agentes viriam imediatamente. Por isso invadiu a casa com tanta bravura: esperava que os policiais chegassem a qualquer momento. Mas a polícia veio com um dia de atraso.

"Você disse que estava em Mok-po a trabalho, certo? No que você trabalha?", o inspetor Choe insistiu.

Hae-jin respondeu que trabalhava em um filme, e os dois começaram a conversar amenidades. O policial perguntou em quais filmes havia trabalhado, qual filme estava gravando no momento, quando chegaria ao cinema, e se havia uma locação em Mok-po. Hae-jin respondeu tudo calmamente. Explicou quando fora a Mok-po, o que fizera lá e quando pegara o trem de volta para casa.

"Quer dizer que o trabalho acabou às duas, e depois ficou no ancoradouro de Yung-san", concluiu o inspetor. "Havia mais alguém com você?"

"Não. Eu estava sozinho."

"Deve ter pegado o trem de volta sozinho também."

"Sim."

"Muito bem", assentiu o inspetor. "Vamos falar da sra. Ji--won Kim agora?"

Agora? Até quando essa conversa ia durar? E onde estava o outro cara? Será que entrou no quarto de mamãe? O bom senso dizia que não, mas ainda assim me sobressaltei e chamei-o em voz alta: "Aonde você vai?".

O agente com olhos de bode espiou por sobre o corrimão da escada.

"É que eu nunca estive num dúplex. Queria ver como é." Começou a descer as escadas. "Venho do interior, sabe? Sou só um caipira", continuou o bode traiçoeiro. "Mas que diabos de cheiro é esse?" Passou por Hae-jin e parou na entrada da cozinha. "Até parece que tem um cadáver nesta casa."

Olhei irritado para o inspetor Choe, dando-lhe a dica de que seu parceiro estava sendo inconveniente. Ele me ignorou.

"Em que dia e a que horas, exatamente, a sua mãe saiu de casa?"

"Dia 9 de dezembro de manhã, não sei exatamente a hora", respondi. "Quando acordei, já não estava aqui."

Senti o olhar de Hae-jin na minha têmpora. Contei exatamente a mesma coisa que tinha lhe dito inicialmente. Não podia dizer a verdade, portanto não havia por que me envergonhar em dizer uma mentira na sua frente. O inspetor escutou e assentiu. Perguntou se eu notara algo de estranho no comportamento de minha mãe, se ela ia a retiros com frequência, se ia sempre sozinha, se tentei entrar em contato. Aliás, eu não achara estranho que ela não atendesse o celular?

"Não, porque ela costuma desligar o celular quando vai para o retiro."

"Isso é estranho. Por que a irmã da sra. Kim, que nem mora com ela, fez uma denúncia de desaparecimento, quando o próprio filho não acha nada estranho em sua ausência? Por que ela não falaria ao menos com você?"

Não respondi.

"Aonde acha que a sua mamãe foi? Tinha algum lugar onde ela queria ir?"

"Não sei."

"Ela tem amigos próximos?"

"Ela passa bastante tempo com o pessoal da igreja. Mas não sei se foram juntos dessa vez."

"Tem os contatos deles? Deu uma olhada na agenda de sua mãe, por exemplo?"

"Não. Ela costuma salvar os contatos no celular."

"E você não tem nenhum desses números?"

"Não."

"Não?"

Ele me olhou, cético. Senti vontade de lhe perguntar se ele sabia de cor todos os contatos de sua própria mãe. O inspetor voltou a atenção a Hae-jin.

"Você também não viu sua mãe sair?"

"Não."

"Por que não?"

Hae-jin enrubesceu, desconfortável sob meu olhar. Mas continuei olhando fixo, para impedi-lo de mudar de ideia e revelar algo incriminador.

"Dormi na casa de um amigo em Sang-am-dong na noite anterior."

"Estava com seu amigo, então."

"Não. Ele me emprestou o estúdio, porque tive de editar uns vídeos até tarde da noite. Estava lá sozinho."

"Ou seja, tanto na noite em que sua mãe sumiu quanto na outra, em que sua tia desapareceu, você dormiu fora de casa. É isso?"

Hae-jin ia dizer alguma coisa, mas se calou. Agora até suas orelhas estavam vermelhas. O inspetor Choe notou seu desconforto e estudou seu rosto em silêncio. Enquanto isso, o outro detetive parou em frente ao armário da sala e fingiu observar os bonecos de porcelana.

"Vamos organizar as informações, então?", o inspetor Choe quebrou o silêncio. "Ninguém viu a sra. Ji-won Kim sair. O irmão mais velho dormiu fora, o irmão mais novo estava dormindo. Nesse mesmo dia, à tarde, a própria sra. Ji-won Kim ligou para a polícia, fazendo uma denúncia falsa sobre um furto. No dia seguinte, a irmã mais nova, Hye-won Kim, relatou o desaparecimento de Jin-won. Após passar por aqui, a própria Hye-won desapareceu. Nessa ocasião, o irmão mais velho estava dormindo fora, mas o mais novo estava aqui. Estou correto?"

"Sim", respondi.

"Então, vocês estão aqui por que ninguém consegue encontrar mamãe e titia?", Hae-jin perguntou.

"Vocês devem saber que houve um assassinato neste bairro anteontem, certo?" O outro detetive se aproximou do inspetor Choe.

Nenhum de nós respondeu.

"No mesmo bairro, duas mulheres, que ainda por cima são irmãs, desaparecem em um curto espaço de tempo. Não acham que pode haver alguma ligação com o caso de assassinato? Aliás, gostaríamos de fazer um pedido." Os olhos do bode fitaram Hae-jin, depois a mim. "Gostaríamos de dar uma olhada no quarto da sua mãe. Com o consentimento de vocês, é claro."

Por pouco não cambaleei. Minha respiração falhou. Hae-jin fora o último a entrar no quarto. Não houve tempo para arrumar as coisas antes de vir falar comigo. As coisas de titia estariam fora da mala, a cama estaria descoberta, e o colchão, exposto, com as manchas de sangue visíveis.

"Por quê?", Hae-jin perguntou.

"Porque o espaço onde uma pessoa vive diz muita coisa sobre ela mesma", respondeu o inspetor Choe. "Isso talvez nos ajude a avaliar a situação e descobrir o que aconteceu. Por exemplo, olhando as coisas dela, podemos determinar se foi realmente a um retiro, como vocês dizem."

Agora o rosto de Hae-jin parecia uma chama escarlate. Eu me sentia sufocado, como se estivesse pendurado pelo pescoço num galho de árvore. Todo o poder sobre a situação estava nas mãos de Hae-jin. Mesmo que eu os proibisse de entrar no quarto, ele poderia consentir, e isso era tudo de que precisavam para fazer uma busca.

Por fim, Hae-jin quebrou o silêncio.

"Mamãe não gosta que mexam nas coisas dela. Vai ficar furiosa quando voltar."

A contrariedade se estampou no rosto do inspetor Choe. Evidentemente, ele esperava que ao menos um de nós cedesse. O outro policial tentou intervir.

"Escutem, se algo tiver acontecido com sua mãe..."

Mas Hae-jin o interrompeu com a voz afiada como faca:

"Se quiserem entrar no quarto dela, voltem com um mandado de busca."

"Está bem...", disse o inspetor, mas foi interrompido por um chamado urgente em seu rádio, solicitando que regressassem à delegacia. Os policiais se entreolharam, e depois passaram os olhos pela sala. "Vamos atrás disso; e vocês nem pensem em sair daqui. Voltaremos logo."

Eles saíram às pressas e eu podia ouvir o rádio estrilando do outro lado da porta.

"Vista seu casaco e desça", me disse Hae-jin, sentado ao balcão da cozinha. Eu, que estava saindo da cozinha, me virei para olhá-lo. "Temos que ir à delegacia", ele continuou. "Você vai se entregar."

Será que eu escutara direito? Os agentes tinham partido a menos de cinco minutos. Me entregar? Eu pensei que ele estivesse do meu lado. Afinal de contas, me ajudou a me livrar dos policiais. Será que mudara de ideia?

"Está falando sério?"

"Eu só não queria que você fosse preso aqui em casa. Não queria que o arrastassem algemado para fora do condomínio." A dor estava estampada em seu rosto.

"Está falando sério mesmo?", eu repeti.

"Ponha uma roupa quente. Está frio lá fora."

Está frio lá fora. Então era assim? Assentindo com a cabeça, eu olhei para os pés. De repente, lembrei-me do penhasco em forma de U. Sempre que sonhava com aquele dia, acordava pensando que, se voltasse no tempo, poderia me esquivar do disparo do estilingue. Mas agora eu compreendia. A vida humana decorre em ciclos, com pequenas variações. Minha variação hoje seria esta: vou disparar meu próprio estilingue.

"Está bem."

Hae-jin me olhou com os músculos tensos. Acho que queria me surrar de novo. Mas não faria isso. Era o tipo de pessoa que respeita o princípio do *ne bis in idem*.

"Mas primeiro vou comer alguma coisa", eu disse. "Estou com fome."

Dei meia-volta, abri a geladeira, peguei o bolo, depois apanhei um garfo e comecei a comer, com o traseiro apoiado na pia. Meu coração se acalmou. Agora, eu não precisava de bravura. Precisava de carboidrato. E de um pouco de sorte, talvez. Vi as facas de mamãe à direita da pia. Hae-jin me olhava, escandalizado.

"Como consegue comer numa hora dessas?"

Dei de ombros, mas queria mesmo era lhe falar de um conceito que escutara algum tempo atrás: uma das maldições da humanidade é que ela se adapta a qualquer situação. Olhe para mim. *Neste momento, estou me adaptando espantosamente bem à ideia de trair você.*

Joguei a bandeja no lixo e coloquei as chaves do carro sobre o balcão.

"O que é isto?", Hae-jin olhou as chaves. Ora, ele sabia muito bem o que era aquilo. Já dirigira o carro da mamãe inúmeras vezes.

"Você dirige", eu disse.

Hae-jin pegou a chave e se levantou, o rosto frio e sem expressão. O Hae-jin que eu conhecia — aquele cujo rosto eu conseguia ler tão facilmente — havia desaparecido. A década e meia que vivemos como irmãos, nossa confiança, nosso afeto, nossa compaixão, nossa cumplicidade — era como se todas essas coisas jamais tivessem existido. Em outras palavras, não nos amávamos mais. E, pensando bem, talvez esse negócio de amor não estivesse mesmo nos planos de Deus. Se assim fosse, Ele teria criado um mundo onde todas as criaturas se amassem naturalmente. Em vez disso, criou uma cadeia onde os mais fortes devoram os mais fracos.

"Está nevando lá fora. Suba e pegue a jaqueta", ele disse, colocando a chave no bolso da frente da calça. O bolso traseiro continha algo comprido e volumoso. Minha navalha, pensei.

"Não vai estar frio no carro", eu disse, já me dirigindo ao vestíbulo. Hae-jin veio logo atrás; também não foi buscar um casaco. De suéter e calça jeans, enfiou os pés nos sapatos. Não podia me deixar fugir, mas iria passar frio comigo. Abri a sapateira e tirei os tênis que tinha usado anteontem à noite. Ainda estavam molhados e sujos de lama. Meus pés estavam gelados.

Quando cruzei a porta, Hello começou a latir. Pela direção do som, não estava latindo dentro de casa, mas no corredor; sinal de que a dona o levava para passear. Apertei o botão do elevador e fiquei com as costas retas, braços nas costas, enfiando a mão direita na manga esquerda e segurando meu pulso. Hae-jin estava terminando de calçar os sapatos.

O elevador chegou. Entrei primeiro, ainda com as mãos para trás. Caminhei de viés, para que a câmera de segurança não filmasse minhas costas. Depois me encostei na parede, fazendo o possível para parecer desajeitado e desconfortável, como se estivesse com as mãos amarradas. Hae-jin entrou em seguida e apertou o botão do subsolo. O elevador parou no sétimo andar. O cachorro entrou no colo da dona. Hello se lamuriava sem parar, e sua dona tinha os lábios pintados de batom vermelho, parecendo um gato que acabara de comer um papagaio. A vizinha entrou sorrindo, mas sua expressão mudou no momento em que viu meu rosto. Seus olhinhos rasgados de camarão dilataram-se por um instante, então se voltaram para Hae-jin, que ficou claramente desconfortável. Por um instante, pareceu prestes a dizer *Não fui eu quem bateu nele*, mas aí deve ter percebido que, na verdade, tinha batido sim.

Durante todo o trajeto, a vizinha ficou olhando para baixo, voltada para a porta, o corpo visivelmente tenso sob os agasalhos — a tensão de alguém que acabava de ver algo que não deveria ter visto. Hello parece ter pressentido algo de errado também. Com as patas dianteiras apoiadas no ombro da dona, esticou a cabeça para a frente e começou a latir, parecendo prestes a avançar sobre nós. Ficou cada vez mais nervoso, e seus latidos eram tão altos que comecei a ficar tonto. Quando a porta se abriu, a vizinha saiu correndo feito bala, com Hello no colo, e desapareceu pela porta de emergência.

"Vamos", disse Hae-jin.

Eu não me mexi. Ele me puxou pelo braço. Obriguei-o a me arrastar para fora do elevador. Quando chegamos à porta de emergência, estaquei de novo.

"O que está fazendo?", Hae-jin puxou meu cotovelo. De novo, teve que me arrastar. Continuei com as mãos para trás, caminhando apenas quando ele me puxava, e me detendo sempre que me soltava. Continuei encenando assim até chegarmos ao carro. Hae-jin parecia acreditar que eu mudara de ideia. Segurando meu cotovelo, abriu a porta do carona e me empurrou para dentro. Resisti um pouco na entrada; ele bateu a porta assim que passei. Ele levou menos de dez segundos para fazer a volta e entrar pela porta do motorista.

"Coloque o cinto de segurança", ele ordenou, já pondo o seu.

Dessa vez, obedeci, afundando no banco e tirando os sapatos. Hae-jin começou a dirigir. À saída do estacionamento, passamos outra vez pela dona do Hello. Ela vinha dirigindo pelo outro lado da garagem. Os dois carros pararam um diante do outro. Hae-jin piscou o farol, sinalizando que ela fosse na frente, mas o automóvel da vizinha não se moveu.

Saímos da garagem e Hae-jin disse:

"Vamos para a delegacia de Gun-do." Ficava no distrito Um. Chegaríamos lá em cinco minutos; era só atravessar a ponte após o cruzamento.

"Faça como quiser", respondi, olhando pelo painel. A neve agora caía com força. Era a primeira nevasca do ano. Apesar do volume de neve, não ventava. Hae-jin ligou o para-brisa. O relógio marcava 20h36. Pensei no quiosque do Yong. Será que estaria aberto? Uma nevasca dessas seria bom motivo para fechar mais cedo, certo?

Hae-jin dirigiu, indo para o portão de trás. Olhei pelo retrovisor. Avistei faróis que saíam da garagem; era o carro da vizinha. Viramos à direita, e percebi que o carro vinha atrás. A dona do Hello devia estar indo ao quebra-mar.

"Está fazendo a coisa certa. Você vai ver", disse Hae-jin, me olhando de relance. Balançou a cabeça, como que concordando consigo mesmo. Agora eu novamente conseguia ler suas emoções: um toque de culpa, por estar entregando o próprio irmão; o receio de que eu tentasse alguma coisa, na situação de desespero em que me encontrava; o senso de responsabilidade, que o impelia a me levar à delegacia. Deve ter dito aquelas palavras para tranquilizar a si mesmo, não a mim. Eu poderia lhe responder que, em minha opinião, *fazer a coisa certa* nem sempre é a melhor escolha. Existe uma diferença entre o que é certo e o que é lógico. Na atual situação, a opção mais lógica seria deixar que eu cuidasse de minha própria vida. Talvez não fosse a *coisa certa* a fazer, mas teria sido *melhor* — para nós dois.

"Se você diz." Fiquei olhando pela janela. O semáforo do cruzamento estava vermelho.

"Quando cheguei em casa ontem, não imaginei que uma coisa dessas poderia acontecer", disse Hae-jin. Paramos no semáforo; o carro da vizinha parou alguns metros atrás, em vez de emparelhar conosco. "Na verdade, mesmo hoje de manhã", Hae-jin continuou. "Até aquele momento, eu jamais imaginei que estaríamos no carro da mamãe assim. Mas eu já estava sentindo algo estranho." Sua voz ficou mais baixa, como se fizesse uma confissão. "Enquanto esperava por você no andar de baixo, fiquei me perguntando se tudo isso não seria um sonho. Mesmo depois de ver os corpos, eu ainda duvidava. Agora mesmo, tudo parece irreal."

Mordisquei o interior da boca. Essa confidência era muito semelhante ao diário da mamãe. *Eu te amo, mas não tenho escolha. Isso é mais difícil para mim do que para você. Queria que soubesse disso.*

"E agora estou te levando para a delegacia. Ainda sinto que estou tendo um pesadelo. Como se, a qualquer momento, fosse acordar e abrir os olhos."

O semáforo ficou verde. Hae-jin deu a partida.

"Quero pedir um favor", eu disse.

"O que é?". Ele verificou o retrovisor.

"Me dê pelo menos vinte minutos."

Ele me olhou, desconfiado.

"Eu queria passar no observatório."

"No Observatório da Via Láctea?"

E tem mais algum observatório no bairro? "Não precisa se preocupar. Não vou fugir. Você é quem está dirigindo."

"Não estou preocupado. É que..."

"Eu só quero passar lá antes de irmos para a delegacia." Eu me lembrei das incontáveis noites em que fora assolado pela enxaqueca e pelos zumbidos, das incontáveis madrugadas em que saía correndo para observatório, como um louco. Pensei na amurada do penhasco, de onde se enxergava o quiosque do Yong. Naqueles tempos, eu ainda não sabia de nada e só sonhava em declarar independência de minha mãe. A ponte surgiu à frente, coberta pela tempestade de neve. "Vai ser a última vez. Eu nunca mais vou poder voltar aqui. Nem preciso descer do carro. Só quero passar na frente."

Hae-jin dirigiu sobre a ponte. No cruzamento do quebra-mar, a dona do Hello dobrou à direita, rumo a Incheon, e nós viramos à esquerda, em direção ao parque; Hae-jin iria realizar meu desejo. A avenida do quebra-mar estava mais escura e deserta que o normal; quase não havia carros circulando. A parada de ônibus estava vazia. Olhei Hae-jin de soslaio. Se ele me deixasse descer aqui, eu poderia pegar um ônibus e sumir para sempre; com isso, estaria lhe fazendo um favor. Mas ele continuou com o rosto voltado para a frente, ignorando meu olhar, embora certamente o tenha sentido. Voltei-me para o quiosque do Yong. Mesmo fechado, estava com as luzes acesas. Lá dentro, o sr. Yong decerto estava trocando de roupas, transformando-se num executivo. As viaturas que eu vira antes no ancoradouro já não estavam lá.

Dez minutos depois, passávamos pela ponte Yun-ryuk. Era o ponto sem retorno. Na metade da ponte, uma viatura policial passou por nós, após fazer a ronda do parque. Torci para que seguissem em frente, sem prestar atenção em nós. A viatura desapareceu na distância. Mas assim que entramos no parque, seus faróis reapareceram. Pior: a luz da sirene se acendeu. O sinal era claro.

"Estão nos mandando parar", disse Hae-jin, me olhando de relance.

Um gosto azedo se espalhou pela minha boca. Essa era, precisamente, a variável que me deixara preocupado. A viatura tornava as coisas mais complicadas, mas não desisti do plano. A placa que avistamos na entrada informava que o penhasco ficava a menos de quinhentos metros, após um trecho reto como pista de decolagem. Estava na hora.

"Acelera."

"O quê?", Hae-jin retrucou, olhando de relance.

Eu apertei o botão da minha janela, abrindo o vidro.

"Eu falei para acelerar, seu merda."

O vento soprou com força pela janela e apagou minha voz. Uma rajada de neve entrou, ofuscando a visão. A sirene da viatura começou a gritar. Hae-jin estendeu o braço para o botão do vidro.

"Eles querem que a gente..."

Enfiei o cotovelo em seu olho com toda força. Ele gritou e largou o volante. Atirou a cabeça e o corpo para trás; seu pé escapou do acelerador. Lancei uma perna sobre o assento do motorista e pisei no acelerador até o fundo. Esmaguei seu rosto e seu tronco com o ombro esquerdo, prendendo-o contra a porta, e pus as mãos no volante. Um, dois, três...

O carro da mamãe, com seu motor poderoso, soltou um rugido enquanto ganhava velocidade. Hae-jin se debatia sob meu ombro, mas não me mexi. O carro voou em linha reta, direto para o penhasco. O gradeado amarelo veio em nossa direção. Tirei meu pé do acelerador e escorreguei de volta ao meu assento. O carro saltou rumo ao vazio, rasgando a brancura da nevasca que se agitava no espaço.

Senti o corpo levitar. O tempo ficou mais lento, como ontem à noite, quando matei titia. Todos os nervos do meu corpo se transformaram em olhos, com os quais eu lia as coordenadas da situação, segundo a segundo. Meu corpo foi lançado para a frente, mas o cinto de segurança o deteve, minha cabeça foi jogada para trás e senti o pescoço estalar. O carro foi sacudido por um estrondo gigantesco. Os airbags se abriram simultaneamente; fiquei preso, sem conseguir mover um dedo, como enterrado vivo. Então os airbags começaram a murchar e a água jorrou pela janela aberta.

A escuridão e o silêncio nos envolveram. O carro estava na vertical dentro da água, quase virando ao contrário. Ondas entravam sem parar. A água do mar chegou à altura do meu pescoço, e o frio penetrou meus ossos. Escutei a sirene lá no alto. Em questão de minutos, chegariam mais viaturas, chamadas pelo rádio. Mas levaria mais tempo até acionarem a guarda costeira ou conseguirem descer o penhasco. O carro afundaria antes.

Tateei a lateral do assento, soltei meu cinto de segurança e saí pela janela aberta. Eu me apoiei no carro, subi ao teto, tirei a camiseta e a calça, joguei-as fora. Neste momento, o holofote do observatório cortou a superfície do mar. Graças a isso, pude saber em que direção seguir. Se a polícia não tivesse aparecido, a situação seria mais simples. Bastaria escalar o penhasco; nesse caso, eu não teria de nadar no mar gelado sob uma tempestade de neve.

Respirei fundo, fechei os olhos e imaginei: isto não é o mar; é uma piscina, e vou começar uma competição de mil e quinhentos metros, minha especialidade. A última competição da minha vida. Ignorei o fato de que não treinava desde os quinze anos. Também me obriguei a esquecer de que não entrava na água desde o verão passado, em Cebu. Acreditei no sussurro doce do otimista que mora em minha cabeça. *Você consegue. Serão no máximo dois quilômetros. Não é nada. Vá com calma.*

Meu coração ficou completamente calmo, pulsando em um ritmo regular. Olhei o mar que se dilatava contra o penhasco. A maré devia estar subindo de sete a quinze quilômetros por hora. Velocidade duas a três vezes maior que a minha. Se eu conseguisse acompanhar a entrada da maré, como um objeto flutuando no mar, chegaria em trinta minutos, com folga.

Antes de partir, olhei o carro que afundava rapidamente, com os faróis apagados. Hae-jin já estava debaixo d'água. Sobre a superfície, eu enxergava grossos flocos de neve e um nevoeiro denso. Eu não podia esperar que o holofote do observatório completasse o giro. O ar gelado me golpeava como um machado. Eu me joguei no mar, empurrando o carro com os pés.

Minhas braçadas escalaram a encosta das ondas, depois escorreguei num profundo vale de água escura. O caminho a percorrer era longo. Meu corpo inteiro parecia uma pedra de gelo. Espasmos sacudiam minha barriga e meu peito. Mas mantive a calma e controlei a respiração. Nessa situação, ficar nervoso significava morrer. Se tentasse ir rápido demais, afundaria na metade do caminho. Era preciso ficar calmo e acompanhar o fluxo da água sem pressa. O halo do holofote se aproximou lentamente e passou por cima de mim. Quando a luz passou, minha visão ficou ainda mais escura. A escuridão era tão densa que imaginei se não poderia arrancar um pedaço dela com a mão. A neblina engrossou. Eu não enxergava nada. As ondas grossas me lavavam infinitas vezes. Estava ficando fraco. Afundava com frequência, e era cada vez mais difícil respirar. Sempre que abria a boca, engolia borbotões de água gélida e salgada. Meus braços e pernas estavam rígidos. Sentia como se estivesse remando um barco com gravetos. Minha consciência atravessou o tempo e o espaço como um bote de gelo, avançando rumo ao passado.

Estava de volta ao penhasco em forma de U, na ilha de Tan, brincando de sobrevivência com Yu-min. Vi-me no chão, derrubado pela pedrada. Segurando a cabeça com as mãos, escutei a risadinha dele. *Você ainda não morreu?*

Espere um pouco, respondeu a voz em minha cabeça. *Acho que vou morrer em breve.*

Escutei o badalar do sino à distância.

Pare!, meu irmão havia gritado. *Eu disse para parar!*

Uma pedra redonda passou raspando. Eu não enxergava direito. O sino explodia em meus ouvidos. *Eu disse para parar!*

Meu corpo escalou uma onda negra. A cabeça afundou na água e emergiu por pouco. A voz de Yu-min desapareceu. Também sumiram o penhasco, o pinhal, o sino. Luzes moviam-se na névoa. Pensei escutar um vago som de motores. Talvez seja o bote da guarda costeira, vindo para o resgate.

A escuridão encheu a minha cabeça como uma onda. O mar cobriu meu corpo. O que restava de ar escapou de meus pulmões. Meu corpo estava exaurido, e meu ímpeto de viver se esgotava. Terá sido assim com Yu-min e meu pai? Teriam sentido a mesma coisa ao se entregarem à morte? Uma onda virou meu corpo. Deixei que as águas me levassem. A nevasca tinha cessado, e o céu se abria e a luz das estrelas caiu sobre mim. Quando o clarão pálido tocou meu rosto, uma voz sussurrou: *Mamãe estava certa.*

Epílogo

Aquela noite continua nítida em minha memória, como se fosse ontem. Os únicos momentos que permanecem nebulosos são aqueles em que a morte parecia iminente. Não tenho certeza se perdi a consciência. Lembro que em algum momento bati a cabeça, depois voltei a mim. Abri os olhos e me descobri enrolado no cabo da balsa, no ancoradouro, como o corpo de certa moça que usava brinco numa orelha só.

O mar estava coberto por um manto branco. A névoa era tão densa que não dava para saber o que estava em cima e o que estava embaixo. Escutei as sirenes no parque, enquanto botes ziguezagueavam pelas águas. Viaturas iam e vinham pela avenida junto ao quebra-mar. Mas o ancoradouro estava deserto. Eu tinha conseguido voltar à desolada e gélida margem da vida.

Não havia tempo para comemorar. Meu corpo pesava, como se estivesse vestido numa armadura de ferro fundido. Arrastar esse volume para fora da água não foi tarefa fácil. A minha visão estava embaçada e eu mal conseguia enxergar. Os dentes batiam e as juntas chacoalhavam. Sempre que inspirava, o ar cortava a garganta. E as mesmas palavras ressoavam em meus ouvidos. *Mamãe estava certa.*

Imagens fragmentadas cruzaram minha mente: eu, correndo em direção à torre, Yu-min puxando a corda do sino e me mandando parar; eu saltando rumo à amurada e desferindo um soco em seu rosto, Yu-min cambaleando e perdendo o equilíbrio, meu pé afundando em seu peito, Yu-min tombando pelo penhasco, seu corpo desenhando um arco enquanto a corda do sino balançava, o mar abrindo as mandíbulas para engolir o corpo de meu irmão. Observei seus últimos momentos de vida: Yu-min se debatia sobre as ondas, afundando e ressurgindo, até desaparecer na distância. Lembro claramente o que pensei nesse momento. *Não se engane. O vencedor é quem continua vivo.*

O poste de luz no ancoradouro projetava um halo amarelo. Com as mãos anestesiadas, agarrei os corrimãos e me obriguei a subir as escadas, com os pés duros de frio. Era como escalar o Himalaia durante uma crise de vertigens. O quiosque do Yong parecia tão distante quanto Plutão. Mesmo assim, subi sem parar. O que me impelia não era a força de vontade, tampouco um milagre; era apenas o poder da simplicidade. Eu me concentrava apenas no passo seguinte, e assim cheguei lá em cima. O quiosque escuro me recebeu no quebra-mar. Senti gratidão pelo sr. Yong, que fechara a loja na hora certa. Minha sorte era comovente: não havia transeuntes na calçada, nem carros na rua. Tirei o estilete que havia prendido na cintura e cortei a parte traseira da cortina do quiosque. Lá dentro, era mais fácil respirar. Uma onda de alívio entrou em meu corpo. Eu iria sobreviver. Era a vontade divina.

Tateei o quiosque até encontrar um isqueiro a gás em forma de pistola. Quando puxei o gatilho, o fogo subiu com um estalo. Agora eu conseguia enxergar. Avistei o uniforme do sr. Yong no cabide. Também havia uma toalha pendurada na parede. Enxuguei a cabeça e o corpo até ficar seco, depois vesti o uniforme. Calça e jaqueta acolchoada, boné com protetores de orelha, botas de borracha de cano curto, meias grossas de alpinista. As peças ficaram um pouco curtas, mas essas questões não eram minha prioridade no momento. Fiquei feliz simplesmente por caber dentro das roupas.

Ainda tremendo, me arrastei até a parada e embarquei no ônibus com destino a An-san. Lá, passei a noite numa casa de banho. Fiquei horas na água quente, me livrando do sal e do frio, depois entrei na sauna e adormeci sobre o chão aquecido. Na madrugada seguinte, embarquei no trem com destino a Mok-po, na estação Gwang-myung. Doze horas depois, me tornei tripulante aprendiz em um navio pesqueiro e zarpei para o mar. Naveguei por um ano. Dormia no porão, preparava refeições, fazia faxina, ajudava a pescar camarões.

Tudo o que eu sabia sobre Hae-jin era o que vira no noticiário da YTN durante a viagem de trem. A guarda costeira resgatara o cadáver. Havia indícios de que lutara até o fim, tentando soltar o cinto de segurança. Portanto, naquele último momento, quando eu me virei para olhar para o carro, Hae-jin estava se debatendo sozinho na escuridão.

Ao receber a notícia, fiquei mais calmo do que esperava, embora uma bolota quente e incômoda continuasse presa em minha garganta. Aquela dorzinha ficou lá por muito tempo, me atormentando como a velha enxaqueca. O que éramos um para o outro — Hae-jin e eu? O que havia entre nós? Mesmo agora, não tenho como responder. O que eu sabia com certeza é que as coisas não tinham que acabar assim. Se eu tivesse partido mais cedo, ou se ele tivesse descoberto mais tarde, nossa amizade não teria sido posta à prova.

Depois disso, passei um longo tempo sem receber informações sobre Hae-jin e a investigação. Havia um rádio no navio, é claro, mas eu não tinha tempo para ouvir notícias. Pela primeira vez na vida, estava ocupado apenas em sobreviver.

Hoje, por volta das sete da manhã, coloquei os pés em terra firme, com o pouco dinheiro que recebera no navio. Fui direto para uma casa de banho — a primeira vez que fazia isso em um ano. Lavei o corpo, fiz a barba, me olhei no espelho, passei um creme no rosto. Depois comprei roupas, chapéu, calçados, fiz uma refeição e tomei café. Hae-jin adorava café. Em seguida, fui a uma lan house, achei lugar em meio a um bando de nerds que jogavam video game e comecei a pesquisar notícias de um ano atrás.

O caso ficara conhecido como os Crimes da Navalha. Hae-jin foi apontado como o assassino. A polícia concluiu que, após assassinar uma desconhecida na rua, ele matara a mãe adotiva, a tia, depois tentara fugir do país; percebendo que não conseguiria, acabou cometendo suicídio, levando consigo o irmão caçula. Várias evidências apoiavam essa conclusão. A navalha foi encontrada no bolso de sua calça; sua jaqueta do filme foi localizada na mesa da pérgula; uma passagem para o Rio fora comprada naquele mesmo dia com o cartão de sua mãe adotiva. Além disso, uma vizinha afirmou que vira Hae-jin arrastando o irmão para o carro com as mãos amarradas; era evidente que o havia espancado. A testemunha também relatou que Hae-jin fora de carro com o irmão para o parque à beira-mar. Quanto ao caçula, foi declarado desaparecido. Procuraram-no por três dias, mas só acharam suas roupas. Era possível que tivesse sobrevivido, pois fora um nadador competitivo, mas nenhuma evidência, nenhuma testemunha sustentava essa teoria. Por causa da natureza chocante dos crimes, centenas de manchetes relacionadas apareceram em poucos dias. Cada notícia atraiu centenas de comentários de leitores. A maioria dizia, em essência, a mesma coisa: *É isso que acontece quando você traz um desconhecido para dentro de casa.*

Fechei o navegador. Enquanto eu vagueava pelo mar, o choque se desvaneceu, e a maioria das pessoas se esqueceu do assunto. Já ninguém se lembrava do irmão desaparecido.

Eu ia desligar o computador, mas me conectei novamente. Não foi difícil lembrar o usuário e a senha do e-mail de Hae-jin. Na caixa de entrada, havia centenas de mensagens não lidas — quase todas, propagandas. Depois de vinte e tantas páginas, encontrei o e-mail da companhia aérea, com a passagem eletrônica para o Rio de Janeiro.

Nome do passageiro: Hae-jin Kim
Número de compra: 1967-3589
Número do bilhete: 1809703202793

Hae-jin jamais abrira aquela mensagem. Não houve oportunidade, até sairmos de casa. E, depois que saímos, ele nunca mais abriria mensagem alguma. Se meu plano original tivesse dado certo, tampouco eu estaria abrindo esse e-mail agora. Teria sido meu adeus a Hae-jin. Durante o último ano, o presente de Natal, que ele jamais recebeu, permanecera encravado em minha consciência. Nas noites sobre o mar, eu ficava pensando em nossos desejos finais, trocados na viagem de trem. Como teriam sido as coisas se Hae-jin me deixasse partir? Ele teria passado o Natal no Rio? Mas Hae-jin não me deixou ir embora e, por isso, meu desejo foi o único que se realizou. É verdade, não naveguei num iate, e sim num barco pesqueiro, e eu havia trabalhado todos os dias até a exaustão, como um animal. Mesmo assim, encontrara a paz. Agora estava de volta ao mundo, mas não sabia se conseguiria viver como um ser humano novamente, entre outras pessoas.

Fechei as mensagens e saí da lan house. Saí caminhando, em busca de um lugar para dormir. A rua estava deserta, a noite estava quieta e as névoas cobriam o mar. No meio do nevoeiro, lá na frente, alguém estava caminhando. Ouvi os passos dela. O cheiro de sangue flutuou em minha direção no vento salgado.

종의 기원 © You-jeong Jeong, 2016. Publicado mediante acordo
com Barbara J Zitwer Agency, KL Management e SalmaiaLit

Todos os direitos desta edição reservados à Todavia.

Este livro foi publicado com o apoio do Instituto
de Tradução de Literatura da Coreia (LTI Korea).

Grafia atualizada segundo o Acordo Ortográfico da Língua
Portuguesa de 1990, que entrou em vigor em 2009.

capa
Pedro Inoue
edição de texto
José Francisco Botelho
revisão
Valquíria Della Pozza
Jane Pessoa

4ª reimpressão, 2025

Dados Internacionais de Catalogação na Publicação (CIP)

Jeong, You-jeong (1966-)
O bom filho / You-jeong Jeong ; tradução Jae Hyung
Woo. — 1. ed. — São Paulo : Todavia, 2019.

Título original: 종의 기원
ISBN 978-85-88808-51-5

1. Literatura coreana. 2. Romance. I. Woo, Jae Hyung.
II. Título.

CDD 895.7

Índice para catálogo sistemático:
1. Literatura coreana : romance 895.7

Bruna Heller — Bibliotecária — CRB 10/2348

todavia
Rua Luís Anhaia, 44
05433.020 São Paulo SP
T. 55 11. 3094 0500
www.todavialivros.com.br

fonte
Register*
papel
Pólen natural 80 g/m²
impressão
Geográfica